KNAUR
SCIENCE FICTION

Herausgeber
Werner Fuchs

Thorinn Goryatson ist kräftig und flink und kann trotz eines verdorrten Beines höher springen, als sein Kopf reicht. Daher auch sein Name: Thorinn bedeutet Floh.

Der Junge lebt mit Vater und Brüdern in dem Land Hovenskar bei der Nabe der Welt. Doch mit seiner vermeintlichen Familie – der alte Goryat ist in Wirklichkeit gar nicht sein Vater – hat Thorinn Pech. Als der Dämon Snorri zu grollen beginnt und alles in Hovenskar durcheinandergerät, beschließen die Stiefbrüder, den Außenseiter Thorinn zu opfern. Sie locken ihn in einen Brunnen und versperren ihm den Rückweg zur Oberfläche.

Für den Floh gibt es nur *einen* Ausweg: Er muß tiefer hinab, hinunter in ein Höhlensystem, das sich unter dem Brunnen auftut – und damit beginnt eine abenteuerliche Entdeckungsreise in die Unterwelt: Thorinn wird mit Wesen konfrontiert, wie er sie selbst in seinen wildesten Träumen nie gesehen hat, und es öffnen sich ihm schließlich Erkenntnisse, die sein Leben von Grund auf verändern…

DAMON KNIGHT, Jahrgang 1922, ist ein bewährter SF-Autor. Er begann 1941 zu schreiben und machte sich auch als Kritiker und Herausgeber einen Namen. Die Gründung des amerikanischen SF-Schriftstellerverbandes SFWA geht ebenfalls auf seine Initiative zurück. Als Autor ist Knight durch ausgezeichnete Kurzgeschichten und Erzählungen anerkannt. »Sturz in die Unterwelt« ragt unter seinen bisherigen Romanen heraus als eine besonders gelungene Mischung aus Fantasy und Science Fiction.

Deutsche Erstausgabe

Titel der Originalausgabe »The World and Thorinn«

Aus dem Amerikanischen von Ulrich Kiesow
Umschlagillustration Thomas Kidd
Satz IBV Lichtsatz KG, Berlin
Druck und Bindung Hanseatische Druckanstalt GmbH, Hamburg
Printed in Germany · 1 · 9 · 383
ISBN 3-426-05758-1

1. Auflage

DAMON KNIGHT

STURZ IN DIE UNTERWELT

Science-Fiction-Roman

Deutsche Erstausgabe

Knaur

Inhalt

endlich einmal für Katie und für unseren Sohn Jonathan

1 Wie Thorinn Goryatson erfuhr, daß er nicht der Sohn seines Vaters war, und wie er in die Unterwelt hinabstieg, ohne es zu wollen.

In den Tagen von König Alf gab es ein Haus im windigen Hovenskar bei der Nabe der Welt, wo sich der Himmel um Snorris Pfeife dreht. Die Hausmauern waren aus Rasenstücken aufgeschichtet, und es hatte ein Dach aus Stein, denn kein anderes Dach kann dem Wind standhalten, der aus dieser und jener Richtung bläst, überm kalten Hovenskar, grad so, wie sich der Himmel dreht.

Hovenskar gleicht einer gelben Schüssel, und will man von einem Rand zum anderen gelangen, braucht man drei Tage dazu. Die Götter, die aus dieser Schüssel essen, brauchen einen langen Löffel! Im Norden kann man Snorris Pfeife sehen, eine graugrüne Säule, drei Wegstunden dick. Sie ist so hoch, daß sie den Himmel wie eine Nadel zu durchbohren scheint; und um diese Nadel dreht sich der Himmel. Zur Hälfte ist er erleuchtet, zur Hälfte ist er dunkel. Zur Mittagszeit blickt daher immer ein dunkles Auge über den Rand von Hovenskar und zur Mitternacht ein leuchtendes. Und der Wind weht immer vom Dunkel zum Licht, hierhin und dorthin über Hovenskar.

An diesem unseligen Ort lebte zur Zeit König Alfs ein Mann namens Goryat mit seinen drei Söhnen. Sie waren Geächtete und aus Kjelsland vertrieben. Goryat und seine beiden ältesten Söhne waren grauhäutige Tieflandbewohner; acht Ellen waren sie hoch, mit Hauern wie Dolchen. Der jüngste Sohn jedoch hatte eine rosige Haut wie einer aus dem Hochland und reichte Goryat gerade bis zur Gürtelschnalle. Obwohl er ein verdorrtes Bein hatte, war er kräftig und flink und konnte höher springen, als sein Kopf reichte. Darum wurde er Thorinn genannt, das ist eine Art Floh.

Nun geschah es am letzten Lebenstag von König Alf (ein Dachziegel löschte ihm das Licht aus), daß die Erde auf Tausende von Wegstunden, ja, bis in das Land der Skryllinger hinein, flach wurde, wo sie einst erhaben war, und sich hob, wo sie einst flach gewesen war. Flüsse verließen ihre Betten, aus Seen wurden Sümpfe, die Luft war ein kreischender schwarzer Vogelschwarm; überall rollten Kochtöpfe aus den Küchen, und die Mägde stolperten hinterher.

Doch von all diesem wußten die vier in Hovenskar nichts. Sie wußten nur, daß Snorris Pfeife zu grollen begonnen hatte. Es war ein Laut, der in den Knochen trommelte und gegen den sie sich nicht wehren konnten, auch wenn sie sich die Finger in die Ohren steckten. Ihre Körper waren mit einemmal leicht wie im Traum, und es gab einen Erdstoß, der Menschen und Pferde auf dem Boden tanzen ließ wie Läuse auf einem Blech. Aus dem Himmel fielen Stücke wie Frostflocken herab.

Noch eh die Männer ihre fünf Sinne wieder fanden, hatte sich eins der Pferde, eine Stute mit einem Fohlen, in einem Sumpfloch das Bein gebrochen. Die anderen hatten sich im obersten Ausläufer des Tales verstreut, und es würde einen halben Tag dauern, sie von dort wieder zurückzutreiben.

Dies war eine schwerwiegende Angelegenheit, und sie nahm an Gewicht noch zu, als den anderen vier Stuten am nächsten Tag die Milch ausging. Goryat nahm das edelste der verbliebenen Pferde, einen Hengst von zwei Sommern, und opferte ihn Snorri. Doch der Dämon hörte nicht auf zu grollen; nein, als Goryat gerade seine Gebete beendet hatte, gab es einen zweiten Erdstoß, und aus dem nahen Brunnen war ein Geräusch zu hören, als würden Steine bersten. Alles Wasser floß in die Unterwelt ab, und fortan war der Brunnen knochentrocken.

Da bedrängten die beiden älteren Söhne Goryat, Hovenskar zu verlassen und sich nach Süden aufzumachen, doch der alte Mann, dessen Hand noch immer kräftig war, auch wenn seine Mähne die Farbe von Rauhreif angenommen hatte, wollte nichts davon hören. »In der ganzen Mittwelt gibt es keine Sicherheit für mich und mein Geschlecht, außer hier in Hovenskar«, sagte Goryat zu seinen Söhnen. »Auch Thorinn darf nicht davonziehen, denn ich habe bei Wit und Bal geschworen, daß ich ihn behalten werde.« So erfuhren die beiden Söhne zum erstenmal von ihres Vaters Lippen, daß Thorinn nicht von ihrem Blute war. (Eigentlich hatte man das schon immer deutlich sehen können.)

»Aber wenn wir noch ein Pferd opfern, müssen wir vielleicht mit leeren Bäuchen durch den Winter kommen«, sagte Withinga, der älteste Sohn. »Außerdem ist es doch sonnenklar, daß Snorri keine Pferde will.« So sprach Untha, der zweite Sohn. »Ist er der Dämon des Wassers oder nicht? Als ihm das Pferd angeboten wurde, war er ergrimmt und zerschlug unseren Brunnen.«

»Wir müssen ihm etwas Besseres geben«, sagte Withinga.

»Es ist nutzlos zu prahlen, wenn die Hände leer sind«, erwiderte Goryat. »Sollen wir vielleicht ins Skryllingsland ziehen und von dort ein Opfer holen?«

»So weit brauchen wir gar nicht zu gehen«, sagte Withinga und wies mit dem Kinn zum Hang hinauf, wo Thorinn die Pferde zum Bach führte.

Da sprach Goryat: »Willst du mich zu einem Eidbrecher machen? Ich sage dir, ich habe geschworen, den Jungen so lange zu behalten, bis Snorri ihn sich holt.«
Untha erhob sich und zeigte auf den schwarzen Schlund des Brunnens. »Dann gib ihn Snorri!«
So kam man überein. Als Thorinn nichts Böses ahnend herunterkam, sagten sie zu ihm: »Steig hinab in den Brunnen und sieh nach, ob man ihn reparieren kann.« Dann, als er im Brunnen war, zogen sie den Eimer herauf, bedeckten die Öffnung mit einem schweren Stein und sprachen ein Bittgebet darüber.

Der Floh lag auf dem Rücken und hatte sein gesundes Bein über das andere gelegt. Sein linkes Bein war kürzer als das andere, und das war schon immer so gewesen. Er konnte einen Pferderücken mit den Schenkeln gut umklammern, aber wenn er zu Fuß war, trug ihn das schwache Bein nur einen kurzen Moment lang, darum hüpfte er ständig. (Goryats Söhne sagten jedoch immer, daß das kurze Bein gut dafür tauge, an einem Hang entlang zu laufen, so lange jedenfalls, wie er sich mit dem verkrüppelten Bein an der Bergseite hielt.)
Die Halme des gelben Grases bildeten einen Schutzwall um ihn, sie schützten seinen Körper vor dem Wind, der über ihm dahinrauschte. Durch halb geschlossene Augen konnte er den flammenden hellen Fleck, den Himmel, sehen. Einschläfernder Duft von Gras und Blüten drang in seine Nasenlöcher und vermischte sich mit dem schwachen, aber durchdringenden Pferdegeruch, der immer in seinem Lederzeug hing. Er konnte die spröden Halme knistern hören, wenn Insekten an ihnen emporkletterten. Er hörte das Schnauben und Stampfen der Pferde weiter oben auf dem Hang und, ganz in der Ferne, das endlose Dröhnen von Snorris Pfeife.
Prächtig getarnt, behaglich und schon fast im Schlaf entrückt, hing er Tagträumen von fernen Bergen und bunt gekleideten Menschen nach, als ihn ein neues Geräusch aufschreckte.
Er stützte sich auf die Ellenbogen und lauschte; da war es wieder. Er stieß sich mit einer Hand vom niedergedrückten Gras ab, sprang auf. Weit unten konnte er über tausend gelbe Graswogen hinweg Goryats Anwesen in der hellen Talhälfte sehen, das Haus mit dem Dach aus grauem Stein, die vom Wind verwehte Rauchfahne, den Pferdestall, die Vorratskammer, die Lohgerberei, den Brunnen... Alles war so winzig wie Kieselsteine. Nahe beim Haus stand ein Männlein, seine Mähne war ein winziger gelber Punkt. Die Arme hatte es erhoben, es fuchtelte mit einer Faust in der

Luft. Nach einer Sekunde war der Ruf wieder zu hören: *...OOORRIII...*

Als Antwort winkte Thorinn mit den Armen. Die winzige Gestalt gab mit einer Hand ein Zeichen, dann wandte sie sich ab. Sie trottete bereits bedächtig auf das Haus zu, als ihr Ruf ankam: *...omm...eerunnteeer...*

Wahrscheinlich hatten sie wieder eine Aufgabe für ihn ersonnen, das war ja zu erwarten.

Als er den Kopf hob und den scharfen Wind einsog, hatte Thorinn seine Enttäuschung schon wieder vergessen. Es war heller Vormittag, und wo die Spitze der Pfeife hinter dem Talrand an den Himmel stieß, war die Kuppel, die sich über Thorinns Kopf wölbte, durch einen sauberen Bogen geteilt. Ein Teil des Himmels war in bleiches Licht getaucht, der andere in Dunkelheit. Das halbe Tal war taghell, die andere Hälfte lag noch in tiefer Dunkelheit, die hier und da vom Geflacker herabgefallenen Himmelsstoffs gesprenkelt war. Über dem Torfmoor stiegen Nebelschwaden wie Geister auf; am Rand des Tageslichts funkelten noch immer Tautropfen im Gras.

Im Verlauf des Tages würde der Bogen im Himmel um den Rand des Tales wandern. Man konnte fast sehen, wie er sich bewegte. Thorinn hatte schon viele Stunden auf dem windgepeitschten Hügel gelegen und das Schauspiel beobachtet, bis er schließlich einschlief und die Pferde sich davonmachten, um nach Herzenslust umherzustreifen.

Wacholderdrosseln und Sperlinge flatterten geschäftig im abgefressenen Gras bei der Quelle; sie stritten zeternd über die Getreidereste, die sie in den Pferdeäpfeln fanden. Falken rüttelten über dem Bergkamm; und Thorinn wußte, daß sich auf der dunklen Seite Eulen und Ziegenmelker regten. Man sagte, daß es im Norden von Hovenskar Wesen gab, Kreaturen der Nacht, die nie ans Tageslicht kamen, sondern immer nur der Dunkelheit folgten, im ewigen Kreislauf. Eines Tages würde Thorinn ausziehen und sie jagen, Goryat mußte ihn gehen lassen, wenn er erst ein Mann war. Die Welt war schön, mochte Snorri auch noch so grollen.

Über ihm, bei den kahlen Felsen an der Quelle, hoben die elf riesigen Pferde aufmerksam ihre Köpfe. Thorinn blähte seine Lungen auf und brüllte: »He, Beißer! He, Steinkopf!« Die Pferde schnaubten und schüttelten ihre Mähnen; Steinkopf, der alte Hengst, entblößte seine heimtükkischen Zähne. Thorinn ging in die Knie und sprang über die Halme hinweg. Acht Ellen weiter oben landete er auf dem Hang und kam sofort wieder hoch. Die Pferde trotteten in gespielter Furcht davon, sie wieherten. Thorinns Bein stieß wie wild, wie ein Grashüpfer flog er hinter den aufsteigenden Pferden her. Er kam an zwei Einzelgängern vorbei; es waren nervöse junge Fohlen. Die Erde erzitterte, sie warf ihn noch höher hinauf. Das Blut kochte in seinen Adern, der Wind peitschte über sein Gesicht, Tränen rannen seine Wangen hinab. Mit gesenktem Kopf und zitternden Hinterbacken floh der alte Steinkopf vor ihm her. Steine und Grasklumpen trafen Thorinn wie Hagel. Er flog, seine Lungen brannten. Hinein in die gelbe See und wieder hinaus. Vor ihm glitzerten die runden Augen des Hengstes, das alte Pferd machte eine Drehung und mühte sich den Hang hinauf. In zwei Atemzügen war Thorinn neben ihm. Ein letzter Sprung, und die Mähne schlug ihm ins Gesicht, Arme und Schenkel umklammerten den struppigen Hals, die Erde drehte sich.

Voller Glück und atemlos hing Thorinn am Hals des Pferdes. Nach ein paar Sprüngen hatten sich Erde und Himmel um ihn herum wieder gefestigt. Wenn er gewollt hätte, der alte Hengst hätte ihn zehn Ellen weit durch die Luft schleudern können, doch er gehorchte seinem Willen und stand zitternd und schnaubend da. Thorinn streckte die Hand aus, packte eine dicke behaarte Ohrmuschel an der Wurzel und zog sanft daran. Der Hengst nickte mit dem gewaltigen Kopf, wendete und setzte sich in Bewegung.

Die anderen Pferde, die aus einer Entfernung von ein paar hundert Ellen zugeschaut hatten, blieben schnell hinter ihnen zurück. Die gewölbte, gelbe Talschüssel kam dem Reiter entgegen, der Wind pfiff in Thorinns Ohren. Hinab ging es, mit einem halsbrecherischen Sprung, und noch ein Sprung, hinab, und weiter. Unten tanzten die winzigen Formen der Häuser, mit jedem atemberaubenden Satz wurden sie größer. Thorinns Wange lag auf dem ausgestreckten Hals des Hengstes. Sie flogen wie der Wind. Sie würden springen und nie mehr herunterkommen.

Der Abstieg wurde flacher, der Hang lag jetzt hinter ihnen. Nun stürmten sie über ebene Erde auf das steinbedeckte Haus und die graue Gestalt daneben zu. Thorinn erkannte Withinga, er reichte dem Haus bis zur Dachtraufe. Sein Lederwams war fleckig, sein Gürtel mit runden Metallbeschlägen besetzt.

Steinkopf gehorchte Thorinns Befehl, stemmte die Hufe in den Boden, rutschte, daß Thorinns Knochen erzitterten, und stand. Während Withinga ihn mürrisch beobachtete, sprang Thorinn auf den Boden und gab Steinkopf einen Klaps auf die Schulter. Der Hengst schnaubte, wirbelte herum und galoppierte davon, hinauf zu den fernen Umrissen der anderen Pferde hoch oben auf dem Hügel.

»Willst du dir den Hals brechen, Floh?« fragte Withinga und trat einen Schritt auf ihn zu.

»Wenn Snorri ruft, muß man gehorchen«, sagte Thorinn. Er sprang zurück, da er mit einem Schlag gerechnet hatte, aber Withinga starrte ihn nur einen Augenblick lang an und sagte: »So ist es. Komm, der alte Mann hat eine Aufgabe für dich.«

Thorinn folgte ihm um die moosbewachsenen Wände des Hauses. Unter dem Gewicht des Daches hatten sich die Mauern aus Rasenstücken in jedem Jahr weiter verformt, und das Haus hatte sein rechteckiges Aussehen eingebüßt. Nun ähnelte es eher einem Käse. Im Innenhof hockten Untha und der alte Goryat bei der Brunnenöffnung neben der leeren, ledernen Pferdetränke. Sie schauten auf, als Withinga und Thorinn näherkamen. Untha, der stumpfsinnig mit dem Dolch im festgestampften Boden gekratzt hatte, öffnete einfältig seinen Mund; seine Hauer waren zu sehen, sie waren so lang wie Thorinns Daumen. Aus gelben, geschlitzten Ziegenaugen starrte er Thorinn an, als ob dieser ein Fremder sei.

Ohne ein Wort zu sagen, kauerte sich Withinga neben die beiden. Jetzt hockten sie in einer Reihe und starrten Thorinn gemeinsam an; ihre mächtigen, gelb bemähnten Köpfe waren mit dem seinen auf gleicher Höhe. Hinter ihnen wölbte sich der geteilte Himmel über den Rand von Hovenskar. Endlich sprach Goryat: »Der Brunnen ist zersprungen.«

»Hast du mich herunterrufen lassen, um mir das zu sagen?« fragte Thorinn in echter Überraschung.

»Hüte deine Zunge und höre mir zu«, versetzte Goryat. »Mir steht der Sinn danach, den Brunnen wieder abzudichten. Also springe hinunter und sieh nach!«

Thorinn hüpfte zum Brunnenmund und sah hinab. Der tiefe Schacht versank in Dunkelheit. Unter dem Lederseil und dem unscharfen Umriß des Eimers konnte er den Boden nicht erkennen.

»Wie sollen wir ihn abdichten?« fragte er.

»Mit Steinen«, grunzte Withinga. »Der Narr fragt, die Weisen geben Antwort. Hinab mit dir, Floh!«

Thorinn beugte sich über den scheinbar endlos tiefen Schacht, aus dem eine schwache, kühle Brise heraufstieg. Da kam ihm ein Gedanke. »Wenn das hier lange dauert«, sagte er, »wer soll dann das Essen kochen?«

Die beiden Brüder sahen einander an, und Withinga kratzte sich mit einer grauen, krallenbewehrten Hand das Kinn. »Gut gefragt«, stimmte er mürrisch zu. »Wer soll uns außerdem das Pech fürs Feuer holen und die Pferde versorgen?«

»Und wer soll die Stuten melken, wenn sie wieder einmal Milch haben, und Käse machen«, warf Untha mißmutig ein. Er spielte wieder mit seinem Dolch. »Das ist keine Arbeit für einen Mann.«

Thorinn schaute von einem zum anderen, denn ihre Worte ergaben wenig

Sinn, doch Goryat sagte: »Was habe ich für Schlauköpfe als Söhne! Die Sache ist entschieden. Ruhe jetzt!« Unter den eisgrauen Brauen warf er ihnen einen strengen Blick zu. In den Händen hielt er ein Gebilde aus gelblichem Elfenbein, das von eingeschnitzten Runen bedeckt war. Es war ein Zauberutensil, das Thorinn bisher nur zweimal gesehen hatte. »Hinab mit dir!«

Thorinn zögerte, aber er spürte einen Druck, als ob eine unsichtbare Hand auf seinem Rücken lastete. Da erkannte er, daß der alte Mann ihn mit einem Zauber belegt hatte, einem Bannfluch. Er mußte hinab. Er bückte sich, nahm den Eimerriemen auf und zog an dem Ende, das um einen der Steine der Brunneneinfassung geknotet war. Der Riemen hielt. Da schwang er sich rückwärts über den Rand der Brunnenöffnung und ließ sich Hand über Hand hinab. Die drei bemähnten Köpfe drehten sich in seine Richtung, sie beobachteten ihn. Dann verschwanden sie hinter der Brunneneinfassung, doch einen Moment später waren sie, während er weiter hinabstieg, wieder zu sehen. Jetzt starrten sie nach unten. Die Umrisse der drei Gesichter schienen immer weiter emporzuschweben und kleiner zu werden, die Tiefe kam ihm entgegen wie Wasser, das über seinem Kopf zusammenschlug. Erdklumpen und vereinzelte Kiesel, die er mit seinen Füßen löste, prallten unter ihm an den Wänden ab. Nach ein oder zwei Augenblicken hörte er etwas auf dem Boden aufschlagen. Kalte Luft stieg auf. Der Rand des ledernen Eimers stieß gegen seine Oberschenkel. Er hielt sich mit einer Hand an dem Riemen fest und zog den Eimer zwischen seinen Beinen durch. Einen Moment lang hing er so, dann ließ er sich fallen.

Der Boden kam näher. Er sah ihn verschwommen und zog die Beine an, um den Stoß abzufangen. Aber der Boden des Brunnens war wider Erwarten stark geneigt, daher prallte er so heftig gegen eine Wand, daß ihm der Schädel brummte.

Er richtete sich auf und atmete tief ein. Wie kalt es hier unten war. Das war eigentlich nicht erstaunlich, denn das Wasser, das sie von hier geschöpft hatten, bevor der Brunnen trockenlief, war so kalt wie Eis gewesen. So war es auch ganz natürlich, denn je weiter man nach unten vordrang, desto weiter entfernte man sich vom wärmespendenden Himmel. Darum war es hier, auf dem Boden des einstigen Ozeans, kälter als im Hochland, und auf dem Grund des Brunnens war es noch kälter. Wenn man noch tiefer in die Erde hineingraben würde, dann würde man schließlich in das Land des ewigen Eises gelangen, in die Unterwelt, wo Snorri herrschte.

Hinab mit dir.

Thorinn kauerte sich hin und tastete nach dem Ursprung des stetigen, schwachen Luftzuges, der ihm um die Beine strich. Das war seltsam: Obwohl die Luft kühl war, erschien sie doch wärmer als die Erde und Steine um ihn herum. Seine Hände fanden eine Öffnung, die zur Hälfte mit Schlamm gefüllt war. Soweit er das beurteilen konnte, war die Felsplatte unter dem Brunnen geborsten, und er hockte nun auf einer gekippten Scholle, die sich bei ihrem Fall festgekeilt hatte.

Er hörte ein Geräusch und sah nach oben. Die Öffnung des Brunnens war eine helle Scheibe und von konzentrischen Halbkreisen aus grauem, reflektiertem Licht umgeben. Wieder war das Geräusch zu hören, und Thorinn sah einen winzigen Punkt zum Brunnenrand aufsteigen, schwanken und verschwinden.

Einen Moment lang konnte er es nicht glauben, dann richtete er sich hastig auf und rief: »He! Laßt doch den Eimer unten! Wie soll ich denn hier wieder herauskommen?«

Ein bemähnter Kopf erschien, dessen Silhouette sich gegen den Himmel abzeichnete, und sah schweigend zu ihm herab. Er verschwand wieder; an einer anderen Stelle tauchte ein anderer Kopf auf, dann zog auch der sich wieder zurück. »He!« brüllte Thorinn. Er hörte, wie seine Stimme den Schacht hinaufdröhnte.

Er lauschte. Das gemächliche Seufzen des Windes war zu hören. Dieses Geräusch war so vertraut, daß man es nur bemerkte, wenn es sich änderte. Doch jetzt wurde es von Goryats mürrischer Stimme überlagert.

»Faßt mit an!«

Fußtritte scharrten über die Kiesel neben dem Brunnen. Dann kam etwas Dunkles in sein Blickfeld und schwebte einen Augenblick lang über der Mitte der Scheibe. Der durchbrochene helle Kranz, der das Ding umgab, flackerte und verlosch. Das Licht auf der Brunnenmauer wurde grau und ging aus. Ein steinerner Klang dröhnte zu ihm herab. Die schwarze Luft drückte schwer auf Thorinns Augen, sie schien so schwer zu atmen zu sein wie Wasser. Lange herrschte Schweigen, dann ertönte das Geräusch noch einmal.

Thorinns Herz klopfte bis zum Hals, aber er war ruhig genug, um in seinen Mantelsack zu greifen, das hölzerne Lichtkästchen zu finden und das Glimmerfenster auf der einen Seite freizulegen. Das bleiche Elmsfeuer des Himmelsstoffs in dem Kistchen reichte gerade, um seine Arme in ein gespenstisches Dämmerlicht zu tauchen und einen vagen Schein auf die Wand zu werfen. Auch wenn er es mit der Hand abschirmte, reichte es nicht bis zur Mündung des Schachtes hinauf.

Er wartete und sagte zu sich selbst: »Es ist nur ein Scherz«, doch in seinem

Innern wußte er es besser: Für keinen Streich in der Welt würden der träge Goryat und seine faulen Söhne diese großen Steinplatten anheben. Solange er denken konnte, hatten diese beiden Felsstücke, die vom Dach übriggeblieben waren, halb in der Erde eingesunken neben dem Haus gelegen. Jetzt hatten sie sie auf die Brunnenöffnung gelegt.

Er lauschte. Ganz entfernt und durch die Steinplatten vibrierend waren auf- und absteigende Töne von Goryats tiefer Stimme zu hören. Zwar konnte Thorinn die Worte nicht verstehen, doch der Rhythmus war ihm vertraut. Was war es? Dann wurde es ihm klar: die Anrufung Snorris. Goryat hatte sie schon einmal gesungen, als er den Hengst opferte.

Die Menschen von Hovenskar lebten von ihren Pferden. Es war ein großes Unglück, wenn den Stuten die Milch ausging. Ein kluger Mann fordert die Götter nicht heraus, deshalb hatte Goryat den Hengst geopfert. Als Snorri die Gabe zurückwies, was wäre da natürlicher gewesen, als ihm einen Jungen zu opfern?

Kalte Furcht griff nach seinem Herzen. Er sog tief die Luft ein, einmal und noch einmal. Die steinernen Mauern um ihn herum waren wie ein zu eng geschnürtes Wams. Er fühlte sich bereits halb erstickt, und doch wußte er, daß es nicht an Luft mangelte. Der Durst würde ihn töten, und das würde Tage dauern. In einem Brunnen zu verdursten! Ganz gleich, er hatte Zeit, eine kostbare Gabe. Drei oder vier Tage würden vergehen, bevor er zu schwach war.

Was hatte er noch? Er hatte sein kurzes Schwert; in Wirklichkeit war es ein alter Dolch Goryats, aus Yen-Metall, der in einer Lederscheide steckte. Der breite Ledergürtel, an dem der Dolch hing, mochte beim Klettern nützlich sein. Er hatte seinen Mantelsack und dessen Inhalt, den er nun untersuchte: Lichtkästchen, Feuerstab und Zunder, ein paar Käsestückchen, einen Streifen getrocknetes Pferdefleisch und ein wenig Krimskrams, farbige Kiesel und dergleichen, den er aufgesammelt hatte, weil er ihm gefiel. Dann waren da noch die Kleider, die er trug: Hemd und Hosen aus Ziegenleder, pferdelederne Schuhe und die Riemen, mit denen seine Waden umwickelt waren. Aus all diesen Sachen zusammen konnte man vielleicht eine Art Seil machen.

Thorinn hockte sich auf den Boden, zog die Knie an und umklammerte sie, um sich zu wärmen. Im Glimmerlicht des Lichtkästchens, das er neben sich auf den Stein gestellt hatte, sah er plötzlich etwas durch die Luft flattern: Etwas Kleines, Graues war im Zickzack vorbeigehuscht und in der Dunkelheit verschwunden.

Thorinn starrte mit offenem Mund nach oben, dann ergriff er das Licht und hob es über den Kopf.

Zuerst sah er nichts. Dann stieß sich eine kleine Kreatur von der Wand ab, entfaltete ihre Membranflügel und flatterte zur anderen Seite hinüber. Es war eine Flügelmaus, eines dieser Wesen, die die Dunkelheit lieben. Hin und wieder hatte er sie aus einer Höhle in zweieinhalb Wegstunden Entfernung oben im Tal herausfliegen sehen. Woher war die Maus gekommen?

Er richtete das Licht auf die Öffnung zu seinen Füßen. An der Seite des Brunnens war ein schmaler, schwarzer Spalt, nicht mehr als eine Spanne breit, doch jetzt sah er, daß er sich weiter hinten verbreiterte.

Er kniete nieder und preßte die Stirn gegen den Schlamm und die Kiesel. Jetzt konnte er einen Grat schlammiger Erde sehen, der sich ein paar Ellen weit erstreckte. Er befand sich jedoch nicht unter der ganzen Öffnung, denn unmittelbar in seiner Nähe sah er einen schwarzen Rand, ein zweites, tieferes Loch. Schlamm und Kiesel verschwanden in einem sanften Bogen in der Dunkelheit. Der schwache, feuchte Luftstrom zog ständig an seinen Fingern vorbei; er schien genau auf ihn zuzuwehen.

Thorinn richtete sich auf. Er spürte, wie sein Herz klopfte. Wer den kurzen Weg nicht nehmen kann, der muß den langen einschlagen, so lautete ein altes Sprichwort. Wenn er irgendwie die Höhle der Flügelmaus erreichen könnte...

Hinab mir dir, die Stimme in seinem Kopf bestärkte ihn. Er zog sein Schwert hervor und rammte die Spitze in die überhängende Erde über dem Spalt. Eine Scholle aus Erdreich und Steinen löste sich und stürzte in die Dunkelheit. Er lauschte, aber er hörte sie nicht aufschlagen. Er brach eine weitere Scholle heraus, dann noch eine. Als die Öffnung so groß war, daß sein Körper hindurchpaßte, hielt er inne und spähte hinein. Dieses Mal konnte er im Dämmerschein des Lichtkästchens eine wild durcheinandergewürfelte Masse aus Schlamm und Steinen sehen, die wie in einem Trichter schräg nach unten abfiel.

Nachdem er einen Augenblick lang nachgedacht hatte, löste Thorinn einen der Riemen um seine Waden und schlang ihn fest um das Lichtkästchen. Dann kniete er sich wieder über das Loch, senkte das Kästchen hinab und ließ es fallen. Jetzt stand er in tiefer Dunkelheit, nur durch das Loch im Brunnenboden kam ein schwacher Schein. Über ihm dröhnte noch immer Goryats Stimme. Einen Augenblick lang starrte er schweigend hinauf in die Finsternis, dann wandte er sich um und ließ sich mit den Füßen voran durch das Loch gleiten.

Eine düstere Höhle umfing ihn. Er landete, stolperte, fing sich wieder. Die Höhle war so niedrig, daß er in gebückter Haltung das Lichtkästchen wieder aufnehmen und vom Schmutz, der darauf gefallen war, reinigen

mußte. Er hielt den Atem an, um zu lauschen. Das Schweigen war so tief, daß er seinen Herzschlag hören konnte.
Die Decke bildete eine unregelmäßige Kuppel. Sie war schmutzig, porös und streifig, hier und da rötlich braun gesprenkelt. Decke, Wände und Boden waren mit Schlamm verkrustet. Steine, größer als sein Kopf, lagen willkürlich verstreut auf dem Boden. Der zerfurchte, von Rinnen durchzogene Strom aus Schlamm und Steinen verschwand auf einer Seite unter einer riesigen, gekippten Steinplatte. Die Öffnung zwischen Schlamm und Stein mochte vielleicht eine Spanne hoch sein. Auf der anderen Seite verlor sich der Gang fast ebenerdig in der Dunkelheit.
Thorinn löste den Riemen vom Lichtkästchen und wickelte ihn wieder um seinen Unterschenkel. Ein schwacher Luftstrom blies ihm ins Gesicht, als er seinen Weg in die Dunkelheit einschlug.
Gerade über seinem Kopf hingen Zapfen von einem verkrusteten rötlichen Material von der Decke. Thorinn zupfte neugierig daran und stellte fest, daß es Metall war. Es war so weit durchgerostet, daß es unter seiner Berührung zerfiel. Der zerfurchte Schlammstrom zu seinen Füßen wurde flacher und endete schließlich mit ein paar vereinzelten Felsbrocken. Jetzt ging Thorinn über einen glatten Boden. Während der Weg sich leicht nach unten neigte, erweiterte sich die Decke über Thorinns Kopf. Sie wölbte sich in einem so gewaltigen Bogen, daß man glauben konnte, durch den Gang eines riesigen Erdwurms zu gehen. Die Stümpfe aus rostigem Metall waren jetzt größer und dichter beieinander; andere fand er, zerfallen und zerbrochen, unter dem Geröll zu seinen Füßen. In der Ferne glänzte das Dach des Tunnels silbrig durch den Rost. Thorinn ging zu einer Wand hinüber und untersuchte sie. Fassungslos blieb er stehen. Zwischen den rostigen Flecken und Löchern schimmerten Wände und Decke silbergrau. Der Tunnel war mit Yen-Metall, dem unzerstörbaren, ausgeschlagen, und doch war es an vielen Stellen vom Rost völlig weggefressen.
Bei jedem langen Schritt, den er machte, kam ihm ein weiterer, gelblicher Abschnitt des Tunnels entgegen. Er hatte das Gefühl, sich gar nicht zu bewegen, sondern daß es vielmehr der Tunnel war, der ihm entgegenkam. Der Gang war wie ein gelbes Auge mit einer riesigen schwarzen Pupille in der Mitte, und Thorinn erfüllte dieser Anblick mit Schrecken, weil das Auge so nahe war und so ungeheuer groß. Wenn er sich umschaute, sah er hinter sich ein zweites gelbes Auge. Nach jedem Schritt senkte sich die Stille lastend schwer auf seinen Kopf, wie ein Geräusch, das so laut war, daß man es nicht hören konnte.
Als er müde wurde, hielt er an, knabberte ein wenig Pferdefleisch und

legte sich zum Schlafen nieder. Als er erwachte, starrten ihn die gelben Augen des Tunnels genauso an wie zuvor. Er kaute noch ein wenig Pferdefleisch, aber das steigerte nur seinen Durst. Da steckte er zwei Kiesel in den Mund und saugte beim Gehen an ihnen, das half ein wenig.
Jetzt veränderte sich der Tunnel allmählich. Leichte Unregelmäßigkeiten zeigten sich im Schwung der Decke und Wände, gelbliche, glasige Beulen, geformt wie Kerzenwachs, doch hart wie Stein. Während er weiterzog, wurde der Tunnel durch diese Ausbeulungen noch unangenehmer. Sie wurden zu blinzelnden Wimpern um das große, starrende Auge.
Bei seiner Reise hatte er alles Gefühl für Entfernungen verloren: Er wußte, daß er zehn Wegstunden oder mehr zurückgelegt haben mußte, und doch war es ihm, als ob er nur hinauf- und hinabsprang, während der Fels auf ihn zutanzte.
Er roch das Wasser, noch ehe er es hörte: ein ferner, rauschender Klang im Tunnel vor ihm. Mit jedem Augenblick kam es näher, und der Luftzug frischte auf. Jetzt sah er, daß der Tunnelboden von einem großen Loch zerrissen war. Zwanzig Ellen mochte es breit sein. Nach unten erstreckte sich ein Schacht, dessen wellig braun- und cremefarben gestreifte Wände in der Dunkelheit verschwanden. Große Geröllbrocken waren an beiden Rändern des Loches aufgetürmt, und der dunkle Schacht setzte sich in der Decke fort. Thorinn hielt es nicht für besonders schwierig, von den Geröllbrocken nach oben in den Schacht zu springen. Oben war sein Durchmesser klein genug, daß man ohne Seil hinaufklettern konnte. Doch er mußte zum Klettern beide Hände frei haben. Er wickelte den Riemen von einem Bein ab und benutzte ihn, um das Lichtkästchen an einen Unterarm zu binden.
Dann kletterte er auf die Felsbrocken und richtete das Lichtkästchen nach unten. Den Boden konnte er nicht sehen, aber das Rauschen des Wassers klang ihm in den Ohren. Als er zum Springen ansetzte, geschah etwas Seltsames: Er machte einen unbeabsichtigten Schritt. Unter ihm toste das Wasser.
Voller Schrecken zuckte er zurück, aber die Steine unter ihm gaben nach. Er fiel. *Hinab mit dir*, sagte die Stimme in seinem Kopf.

2 Wie Thorinn sein Schwert in einem See verlor und zu einem Steinsetzer wurde, um es zurückzubekommen.

Es war das ferne, donnernde Tosen des Wassers, das ihn aus der Finsternis zurückholte. Er lag auf feuchte Steine hingestreckt und würgte schwach. Seine Beine lagen noch in dem Wasser, das rhythmisch und beharrlich gegen seinen Leib schlug, immer an die gleiche Stelle. Als er versuchte, aus der Reichweite des Wassers herauszukriechen, stellte er fest, daß seine Beine so schwer waren, daß er sie nicht bewegen konnte. Er erbrach wäßrigen Schleim auf die Steine vor seinem Gesicht. Nach einer langen Zeit schaffte er es endlich, sich eine Elle weit vom Wasser fortzuziehen. Er rollte auf den Rücken.

Das Lichtkästchen war noch immer an seinen Arm gebunden, doch sein Leuchten war so schwach, daß er es kaum sehen konnte. Als er aufschaute, legte sich die Finsternis wie ein Schleier auf seine Augen. In der fernen Dunkelheit war das endlose Rauschen des Wassers zu hören. Ihm fiel wieder ein, wie das Wasser über seinem Kopf zusammenschlug, seine hilflose Gegenwehr, der Sturz...

Als er sich soeben auf dem Stein herumgewälzt hatte, war ihm eine ungewohnte Leichtigkeit aufgefallen: Etwas fehlte ihm. Er tastete nach der Scheide an seinem Gürtel. Sie war da, aber sie war schlaff: Sein Schwert war fort.

Nach einiger Zeit hörte er einen schwachen Laut in der Dunkelheit. Er stemmte einen Ellenbogen in den Boden und richtete sich auf, doch das Geräusch wiederholte sich nicht. Er hörte nur das unablässige, rauschende Getöse des Wassers.

Auf seinem rechten Backenknochen ertastete er eine daumendicke Beule, aus der noch immer Blut hervorquoll. In der Schulter hatte er ein Gefühl, als ob jemand mit einem Knüppel daraufgeschlagen hätte.

Ein Griff sagte ihm, daß das Lichtkästchen zerstört war. Eine Seite war zerbrochen, die Glimmerscheibe fehlte und der ganze Himmelsstoff war aus dem Fach herausgewaschen, bis auf ein paar Fasern, die noch an dem triefenden Holz klebten. Der schwache Dämmerschein kam von diesen Fasern.

Den Knoten in den nassen Riemen konnte er mit seinen klammen Fingern nicht beikommen, daher machte er sich schließlich mit den Zähnen ans Werk. Hartnäckig riß er an ihnen, bis er die Knoten so weit gelockert hatte, daß er das Kästchen freibekam. Er hielt es sorgfältig mit beiden

Händen fest und brach den Holzdeckel von der anderen Seite ab. Hier war die Glimmerscheibe unversehrt.
Er löste die Scheibe, klappte sie hoch und stocherte vorsichtig in dem zweiten Fach. Es war halbvoll von kühlem Wasser, und er konnte fühlen, wie der vollgesogene Himmelsstoff darin herumschwamm.
Thorinn stieß den Atem aus, den er angehalten hatte. Mit der freien Hand tastete er über den Fels, bis er eine Vertiefung gefunden hatte. Darüber kippte er das Kästchen aus. Er preßte den Himmelsstoff gegen die Holzwände und ließ das Wasser zwischen den Fingern hindurchrinnen.
Ihm fiel wieder ein, daß er einen Teil des dunklen Himmelsstoffs zur Seite legen mußte. Er streifte seinen Ranzen ab, goß alles Wasser aus, das darin war, preßte einen Teil des Himmelsstoffs zwischen Daumen und Zeigefinger aus und legte ihn vorsichtig auf den Boden des Ranzens.
Wenn nun doch genug des hellen Himmelsstoffs übriggeblieben war...
Thorinn schabte mit dem Zeigefinger über die Innenseite des zerstörten Fachs. Als er den Finger wieder hervorzog, glühte es schwach unter dem Nagel. Er berührte die feuchte Masse in der anderen Hälfte des Kästchens, und der Himmelsstoff entflammte zu einem bleichen Schein. Dämmrig zwar, aber wunderschön anzusehen.
Nun, da er wieder Licht hatte, galt seine erste Sorge den wenigen Himmelsstoffasern, die zwischen seinen Fingern hindurchgeschlüpft waren, als er das Wasser ausgegossen hatte. Er fischte sie eine nach der anderen aus der kleinen Pfütze, trocknete sie, so gut es ging, indem er sie schüttelte, und legte sie in das Kästchen zurück.
Danach dachte er an seine Wunden. Es hieß, daß dunkler Himmelsstoff, den man feucht auf eine Wunde band, Heilkräfte entwickelte, aber er hatte keinen Stoff übrig und auch sonst keine Mittel. Zaubersprüche kannte er auch nicht. Er konnte Runen deuten und manchmal verlorene Gegenstände wiederfinden, aber das war auch alles.
Mit steifen Gliedern kletterte er höher. Seine klatschnasse Kleidung klebte ihm am Leib, und seine Schuhe gluckšten bei jedem Schritt. Sogar aus seinem Haar rannen kalte Tropfen den Nacken hinab. Er wandte sich dem fernen Rauschen zu und begann langsam am Rand das Wassers entlangzuhüpfen. Das Lichtkästchen hielt er vor sich.
Nach zehn Schritten zeichnete sich eine schwarze Felswand glänzend in der Dunkelheit ab. Sie endete fast direkt am Wasser und erstreckte sich weiter nach oben, als sein kleines Licht reichte. Er wandte sich vom Wasser ab und ging den Hang hinauf. Nach ein paar Schritten endete der Fels, auf dem er gegangen war, und teilte sich in einzelne Schollen und Platten auf. Die Trümmer wurden kleiner und schichteten sich höher auf, wäh-

rend die Wand dahinter zurückwich, sich von dem Rauschen entfernte und schließlich parallel zum Wasser verlief.

Nach ungefähr dreißig Schritten stieß Thorinn auf einen Felsgrat in Kopfhöhe, auf dem einige ledrige, fächerförmige Pilze wuchsen. Er riß sie ab und stellte fest, daß sie im Innern weiß und teigig waren. Ein starker, schaler Geruch entströmte ihnen. Er knabberte an einem, fand ihn eßbar, aß alle anderen und suchte weiter. Aber er fand keine von der gleichen Größe mehr. Es gab jedoch eine Menge größerer. Sie waren in langen Reihen aneinandergewachsen, tot und hart wie Lanzenholz.

Er wandte sich enttäuscht ab, doch einen Augenblick später besann er sich anders, ging zurück und brach ein Stück von den trockenen Pilzen ab. Ein langer Stab, wie ein Laib Brot, löste sich. Er betrachtete die Bruchfläche im Schein des Lichtkästchens sorgsam aus der Nähe: Sie war porös und zundertrocken. Insekten hatten das Innere zerfressen, es war so morsch, daß es unter seinem Daumen zerbröselte.

Thorinn kniete sich auf den kalten Fels, öffnete seinen Ranzen und zog den Feuerstab hervor. Der Zunder war noch eine getränkte, fasrige Masse. Thorinn verteilte ihn auf dem Felsboden. Vielleicht würde er so weit trocknen, daß man ihn wieder benutzen könnte, doch das würde Tage dauern.

Er trocknete die Hände, so gut er das vermochte, indem er sie über den Fels rieb, dann nahm er den Pilzstab wieder auf und brach kleine Stückchen heraus. Aber er konnte nicht verhindern, daß sie unter seiner Berührung feucht wurden, darum brach er den Stab schließlich in der Mitte durch und rieb dann die beiden Enden gegeneinander, wodurch sich kleine Brocken und Krümel der Pilzmasse lösten. Als er so einen kleinen Haufen hatte, legte er den Pilz zur Seite und ergriff seinen Feuerstab. Er war feucht, aber der Stößel glitt noch gut durch den Zylinder. Thorinn zog ihn auseinander und schüttelte ein paar Wassertropfen heraus. Dann klemmte er den Zylinder gegen den Felsboden zwischen seinen Beinen und trieb den Stößel geduldig immer wieder in den Zylinder, bis sich dieser warm anfühlte und innen völlig trocken war.

Jetzt zog er den Stößel ganz heraus und klemmte den Zylinder aufrecht in eine Felsspalte. Mit großen Pilzstücken klemmte er kleinere Pilzkrumen ein und hielt sie so trocken. Er ließ sie in den Feuerstab fallen. Dann führte er den Stößel ein, trieb ihn heftig nach unten und zog ihn wieder heraus. Die Pilzstückchen glühten hellrot. Er schüttete sie behutsam auf das Häufchen aus Pilzkrümeln. Sie glühten noch einen Moment lang, dann erloschen sie.

Beim dritten Versuch zündete sein kleines Feuer. Thorinn schirmte es mit der Handfläche ab und blies sanft hinein. Speiste es mit kleinen Splittern, dann mit größeren. Schließlich gelang es ihm, größere Pilzbrocken zu entflammen.

Das gelbe Licht tanzte hinauf und wurde zehn oder zwölf Ellen hoch von der Felswand glitzernd reflektiert, bis die Wand in der Finsternis verschwand. Wenn er das Feuer mit den Händen abschirmte und hinaufsah, glaubte Thorinn einen vagen Schimmer zu erkennen, der vielleicht die Decke war.

Er kauerte sich ans Feuer und nahm die Wärme mit Händen und Gesicht auf. Dann zog er seine nassen Kleider aus und stellte sich ganz nah an die Flammen. Er drehte sich wie ein Braten am Spieß, bis er sich endlich warm und trocken fühlte. Das Blut, das aus den Wunden an Wange und Schulter rann, begann zu gerinnen.

Thorinn fühlte sich gestärkt, er ging an der Felswand entlang und brach weitere Pilzstäbe ab, die er neben dem Feuer auftürmte. Dann wendete er Hosen und Hemd und ließ sich nieder, um sie zu trocknen. Er leerte seinen Ranzen, legte den Himmelsstoff sorgfältig in eine Rinne im Fels und untersuchte zum erstenmal den Rest seiner Habe, um sich zu vergewissern, daß sie keinen Schaden genommen hatte. Er reihte seine Besitztümer sorgsam auf dem Felsen auf, dann klappte er den Ranzen auf, um ihn gemeinsam mit den Schuhen zu trocknen.

Sein Lederhemd dampfte, die braune Farbe wurde allmählich heller. Er stülpte es wieder auf die rechte Seite, streifte es über und zog dann die Hosen an. Sie waren nicht völlig trocken, aber sie waren von innen warm, und das würde reichen. Er suchte einen langen, schweren Pilzstab aus und legte ihn mit einem Ende mitten ins Feuer. Seine Schuhe waren genauso naß wie zuvor, aber er zog sie wieder an, stopfte seine Besitztümer in den Ranzen und befestigte ihn am Gürtel.

Inzwischen stand das Ende des Pilzstabes in Flammen, und er zog ihn aus dem Feuer. Gelbe Flammen züngelten um die Spitze. Wenn er den Stab über den Kopf hielt und die Augen mit der Hand abschirmte, konnte er die Höhle auf viele Ellen überblicken.

Die Felswand ragte in übereinandergeschichteten Graten hinauf in die Dunkelheit. Wenn Thorinn den Kopf in den Nacken legte, konnte er jetzt die rissige Decke der Höhle sehen. Doch obwohl er direkt am Rand des Wassers stand und die Fackel hoch in die Luft hielt, vermochte er die gegenüberliegende Seite nicht zu erkennen, sondern nur die gläserne, dunkle, schwach bewegte Wasserfläche und den Boden darunter, der in sanfter Neigung in der Finsternis verschwand.

Er kehrte dem Rauschen den Rücken und ging am Wasser entlang in die andere Richtung. Die Felswand kam näher, sie war zerrissen und mit grauen Pilzbüscheln besetzt. Der steinerne Grat zu seinen Füßen wurde so schmal, daß er kaum noch darauf gehen konnte, schließlich traten aufgetürmte Geröllhalden an seine Stelle. Das donnernde Tosen lag jetzt weit hinter ihm, doch auch von vorn war jetzt Wasserrauschen zu hören. Wenn er die Fackel über das Wasser hielt, sah er das Blinken einer schnellen Strömung.

Die Decke senkte sich. Thorinn suchte sich seinen Weg von einem umspülten Felsbrocken zum nächsten am Fuß der kahlen Felswand. Hier war die Decke noch niedriger, und am Ufer des Sees lagen zwei riesige Felsplatten. Dazwischen schoß das Wasser in einem gewundenen, dunklen Strom dahin. Glänzend wie Glas verschwand es in einem engen, schwarzen Spalt am Fuß der Felswand.

Am anderen Ende des Ausflusses verbreiterte sich das Ufer wieder. Dahinter lagen Massen von durcheinandergewürfelten Felstrümmern. Thorinn sprang und landete sicher.

Soweit er das abschätzen konnte, war die Höhle auf dieser Seite vierzig oder sechzig Ellen breit, und die Decke mochte in der Mitte wohl sechzig Ellen hoch sein. Auf dieser Seite knickte die Decke ab und stieß auf den Geröllhaufen, an dessen Fuß er stand. Hier und dort wuchsen Pilze auf den Steinen. Thorinn pflückte alle kleinen ab, aß einige und stopfte den Rest in seinen Ranzen. Er fand noch einen langen, toten Pilzstab, den brach er ab und nahm ihn als Ersatzfackel mit sich.

Während er den See umrundete, wurde das Tosen lauter. Von der anderen Seite der dunklen Wasserfläche stach ihm ein hellrotes Flackern in die Augen: Das war sein Feuer auf der anderen Seite des Sees. Er betrachtete es lange Zeit, wie es ihm schien, dann war es plötzlich wieder verschwunden. Er sagte sich, daß es eine Felswand geben mußte, die in den See vorstieß.

Seine Fackel war niedergebrannt. Er hielt an, um die zweite zu entzünden, und in ihrem helleren Licht erhob sich etwas Weißes, Riesiges vor ihm aus der Dunkelheit. Während er näherkam, erfüllte das Tosen die ganze Höhle. Seine Ohren waren von dem Lärm erfüllt. Er brüllte, doch er konnte seine eigene Stimme nicht hören. Die Luft war voller winziger Tropfen, die in märchenhaften Bögen vorbeischwebten, aufblitzten und verschwanden. Das weiße Wasser donnerte tosend in den See und warf schäumende Berge von Gischt auf. Hinter dem Wasservorhang konnte Thorinn vage die Formen von riesigen Felsbrocken erkennen. Sie glichen gewaltigen Schädeln. Er konnte nicht sehen, wo der Vorhang oben endete. Seine Fackel qualmte und wurde dunkler, wenn er versuchte, näher

heranzugehen. Die feuchte Luft würde sie auslöschen. Thorinn zog sich zurück, und die Fackel flammte wieder hell auf. Dann kletterte er über die Geröllhalde, um sich von hier aus dem Wasserfall zu nähern.
Hier oben war die Luft weniger feucht, und er konnte sich bis auf vierzig Ellen an die Wasserwand heranarbeiten. Er war jetzt auf halber Höhe der Höhlenwand, bis hierhin reichte die Geröllhalde. Er hob die Fackel. Der dämmrige Schein zeigte ihm ein Loch in der Felsdecke, aus dem der Strom in einem Bogen grünlich weiß hervorschoß.
Ein Blick bestätigte ihm, was er bereits wußte: Er würde niemals auf dem gleichen Weg zurückgehen können, auf dem er gekommen war.
Während er auf einem Felsbrocken saß, blieb sein Blick an einem hellen Glitzern, etwa in der Mitte des Sees, tief im dunklen Wasser hängen. Er legte die Hand an die Stirn und starrte darauf. Einen Augenblick später war er sich fast sicher, daß es sein verlorenes Schwert war. Wenn es viele tausend Wegstunden weit weg gelegen hätte, wäre es ihm auch nicht mehr von Nutzen gewesen.
Erschöpfung ergriff ihn, während er so dasaß, und er stellte sich vor, wie schön es sein müßte, behaglich beim Feuer zu liegen und sich zu erholen, obwohl es ihm bis auf seine feuchten Hosen und Schuhe gar nicht unbehaglich war. Die Luft in dieser Höhle war kühl und frisch, es gab keinen Wind... Da stellte er sich mit einem Mal vor, daß der endlose Wind von Hovenskar durch die Höhle blasen würde und die graumähnigen Pferde drüben hinter Goryats Haus die Köpfe hoben. Das steinerne Dach verschmolz ganz eigentümlich mit den Höhlenwänden, und der Rauch aus dem Abzugsloch stieg schief in die Luft.
Er schreckte auf und erkannte, daß er die Fackel fallen gelassen hatte. Sie war fast erloschen, ein schwarzer Stumpf, über den kleine Feuerwürmer krochen. Der dünne, beißende Rauch trieb durch die Luft.
Thorinn hob den Kopf und sah dem entschwindenden Rauch nach. Da die Luft hier frisch war, mußte es einen Weg geben, auf dem sie kam und ging. Aber durch die einzigen zwei Löcher, die er kannte, floß das Wasser.
Plötzlich sprang er hellwach auf und begann zu klettern. Er folgte der Luftströmung und der dünnen Rauchfahne seiner Fackel. Nachdem er ein paar Minuten auf dem obersten Rand der Geröllhalde entlanggeklettert war, fand er eine Spalte in der Felswand, vor der ein schwacher Luftsog herrschte. Doch der Spalt war nicht breiter als seine Faust.
Am unteren Ende der Höhle, wo große Trümmerstücke aus der Decke gebrochen waren und nun ein Geröllabyrinth bildeten, verwehte der dünne Rauchfaden seiner Fackel. Als er sich hinabbeugte, um zwischen zwei

Felsstücken hindurchzuspähen, spürte Thorinn, wie ihm kühle Luft entgegenwehte. Er hielt die Fackel näher an die Öffnung und versengte sich vor Aufregung das Haar.

Hinter den Felstrümmern verschwand ein unregelmäßiger Gang in der Erde; am Anfang war er etwa zwei Ellen hoch, weiter hinten schien er sich noch zu vergrößern. Thorinn steckte einen Arm hinein und versuchte, auch noch den Kopf hineinzuzwängen, aber das gelang ihm nicht.

Er zog sich zurück und untersuchte die Felsbrocken. Der kleinere von beiden war von einem Trümmerhaufen weiterer Felsen halb vergraben, doch der größere stand fast frei, am unteren Ende wurde er von einer anderen Felsplatte gestützt. Thorinn griff mit den Fingern hinter die Kante des Felsens, stemmte sich gegen den Boden und zog mit aller Kraft. Ohne Ergebnis. Er versuchte es noch einmal weiter oben, doch es hatte keinen Zweck. Der Felsbrocken hatte das Gewicht eines Pferdes.

Er ließ sich nieder, fühlte sich schwach vor Hunger und Erschöpfung. Wenn er nur eine Brechstange hätte, irgendeinen Stab, dann könnte er den größeren Felsbrocken aus seiner Verankerung heraushebeln!

Ein Bild tauchte vor seinem inneren Auge auf, doch er verdrängte es sofort wieder. Wo es einen solchen Gang gab, würde es weitere geben. Er schwärzte den Felsbrocken mit dem Stumpf seiner alten Fackel, um ihn zu markieren, dann setzte er seinen Weg fort. Er sprang am Ausfluß des Sees über den Wasserlauf und gelangte wieder zu seinem Ausgangspunkt.

Das Feuer bestand nur noch aus Schlacke und grauer Asche. Er entfachte es neu, dann schickte er sich an, die Terrassen, die hinter ihm aufstiegen, zu erklimmen. Hier war die Felswand voller vielversprechender ovaler Öffnungen, aber jede einzelne von ihnen erwies sich lediglich als Felsnische. Er legte noch einmal den ganzen Weg um die Höhle zurück, bis er endlich Gewißheit hatte: Es gab keinen anderen Ausgang aus der Höhle.

In seinem Geist erschien das Bild seines Schwerts, verschwommen gelb lag es unter Wasser. Wenn er es nur zurückgewänne, könnte er es als Brechstange benutzen. Doch das war ganz unmöglich.

Eine Weile kletterte er ziellos auf der Geröllhalde herum, dann ging er hinunter zum See und starrte auf die schwarze Wasserfläche.

Das Schwert im Wasser überhaupt zu finden war bereits unmöglich. Hätte er durch die Luft fliegen können, dann wäre es vielleicht gegangen: Er hätte den See unter sich und das Schwert in seiner Tiefe glänzen sehen. Dann hätte er nur noch die Richtungen durch zwei weiße Steine am Ufer markieren müssen. Nun, hier gab es aber keine weißen Steine, und wenn es welche gab, so konnte er sie im Flackerlicht der Fackel sowieso nicht erkennen.

Dann dämmerte ihm eine Möglichkeit. Er ging auf den Wasserfall zu und sammelte abgestorbene Pilze auf. Als die weißen Gischtberge im Licht seiner Fackel erschienen, wandte er sich um und begann zu klettern.
An der Stelle, wo er das Schwert auf dem Grund des Sees glänzen sah, machte er ein Feuer auf der flachen Oberseite eines Felsbrockens. Er kletterte den Hang ein paar Ellen weiter hinauf und entfachte ein zweites Feuer. Danach kletterte er noch ein Stück höher und überprüfte, ob die beiden Feuer, eins hinter dem anderen, genau auf das Schwert zeigten.
Er stieg die Halde wieder hinab, trat ans Ufer und schaute über den See. Das Wasser war hier seicht, geradeso wie auf der anderen Seite, aber der Grund fiel rasch ab, und nach ein paar Ellen konnte das Licht seiner Fackel ihn nicht mehr erleuchten.
Thorinn zog Schuhe, Hosen, Gürtel und Ranzen aus und legte alles auf einen Stein. Die Luft strich kühl über seine nackte Haut. Er sprang ins Wasser und zuckte zusammen. Der Stein war sehr schlüpfrig. Er bückte sich und stützte sich mit der Hand ab, dann tat er noch einen Schritt und war bis zu den Knöcheln im Wasser, noch einen, und das Wasser reichte ihm bis zur Wade. Noch ein kleiner, vorsichtiger Schritt, und es ging ihm bis zum Knie.
Er stolperte zurück, wollte sich umdrehen; sein verkrüppelter Fuß glitt aus, und das kalte Wasser erstickte seinen Schrei.
Würgend und schluckend kämpfte er sich wieder ans Ufer. Er hatte versucht, die Fackel bei seinem Sturz über dem Wasser zu halten, aber die Spritzer hatten sie ausgelöscht. Er war überall naß, genauso naß, wie er es schon einmal gewesen war.
Etwas später kauerte er am Ufer und beklagte sein trauriges Los. Er starrte über das dunkle Wasser. Das Schwert lag auf dem Grund, nur dreißig Fuß von der Stelle entfernt, wo er saß. Aber der See war zu tief zum Waten, er konnte nicht schwimmen, es gab kein Boot und nichts, aus dem man eines bauen konnte. Ach, wenn der See doch aus solidem Fels wäre...
Thorinn richtete sich auf. Im Geiste sah er eine ebene Straße aus Steinen unter der Wasseroberfläche, sie führte gerade dorthin, wo sein Schwert lag. Sein Herz pochte. Er sah sich um, suchte mit den Augen die Halde nach geeigneten Felsen ab. Es gab eine Menge von ihnen, flache Schollen, vielleicht eine Elle dick.
Mit den ersten dreien war es leicht: Er legte sie in gerader Linie ins Wasser hinaus. Die vierte war schwerer. Die fünfte Platte war auch nicht größer als die anderen, doch er konnte sie nicht einmal bis zu den Knien heben. Dennoch arbeitete er sich mit ihr in den See hinaus, ließ sie an ihren Platz fallen und taumelte ans Ufer zurück.

Nun machte er eine Ruhepause, fachte die beiden Feuer wieder an und begann erneut mit seiner Arbeit. Als der Damm länger wurde, mußte er zwei Steine statt einem in den See legen: Einen auf den anderen, damit der oberste über die Oberfläche ragte. Seine ersten Steine hatte er eine halbe Elle voneinander entfernt gelegt, aber seit er begonnen hatte, sie aufeinanderzutürmen, mußte sich jede Säule an die nächste lehnen, damit sie nicht umfiel. Dennoch geschah es mehr als einmal, daß der obere Stein abrutschte.

Dann fiel der Grund noch steiler ab, und jetzt wurden für jede Säule drei Steine benötigt. Dreimal versuchte Thorinn eine Säule aus drei Steinen aufzutürmen, dreimal kippte sie um. Er platschte fluchend zum Ufer zurück und warf sich vor Erschöpfung zitternd auf den kalten Fels. Aber er stand wieder auf und legte das Fundament zwei Steine nebeneinander auf den Grund, darauf dann den nächsten und den vierten darüber. Auf diese Art baute er eine weitere Säule und noch eine.

Die Zeit verging. Die Feuer brannten nieder, er entfachte sie aufs neue. Wenn er von der Höhe hinabschaute, konnte er sehen, wie der steinerne Pfad seinem Ziel entgegenkroch. Er hatte noch nicht einmal den halben Weg geschafft.

Er legte sich nieder, um sich zu erholen, und sank in einen erschöpften Schlaf. Er erwachte von einem Traum voller augenloser Dämonen und stellte fest, daß er frierend im Dunklen lag. Die Feuer waren erloschen. Er sammelte Pilze, um sie wieder zu entfachen, trank ein wenig Wasser aus dem See und erleichterte sich hinter einem Felsen.

Jetzt mußten die Säulen vier Steine hoch sein: zwei Steine, darüber noch einmal zwei, dann einer und noch einer. Als er eine solche Säule aus sechs Steinen aufgetürmt hatte, waren seine Arme schwer wie Blei, seine Lungen brannten. Er konnte unmöglich weitermachen. Er lag da und verwünschte sich, dann stand er auf und begann mit einer neuen Säule.

Jetzt stand die Zeit still. Es gab nur noch den Schmerz seiner Mühen. Er zählte die Säulen und kam auf neunzehn. Die zwanzigste mußte fünf Steine hoch werden. Er baute sie in Lagen: erst drei Steine, dann zwei, zwei, danach einer und noch einer. Jedesmal, wenn er den Hang hinaufkletterte, um einen neuen Stein zu holen, mußte er überprüfen, ob sein Damm noch die richtige Richtung einhielt. Er schlief und aß ein wenig.

Die sechsundzwanzigste Säule war sechs Lagen hoch: vier Steine, dann drei, drei, dann zwei, zwei, einer und noch einer. Er brauchte nun fünfzehn Steine, damit sein Damm einen Stein länger wurde. Wieder mußte er völlig erschöpft eine Pause einlegen. Als er diesmal die Säulen zählte, kam er auf neunundzwanzig.

Thorinn zog die Fackel aus der Felsspalte und watete über den Damm hinaus in den See. Zitternd hielt er die Fackel über den Kopf und starrte hinab. Da lag es, tief unten, direkt unter ihm. Golden glitzerte es unter Wasser.

Er ging zurück, klemmte die Fackel wieder in die Felsspalte und kletterte auf der Suche nach weiteren Steinen den Hang hinauf. Er baute seine letzte Säule sehr sorgfältig auf: erst vier Steine, darauf noch einmal vier, dann drei, drei, drei, zwei und zwei. Die letzte Lage ragte über die Wasseroberfläche hinaus. Er ging noch einmal zurück, holte die Fackel und klemmte sie zwischen die beiden obersten Steine.

Das Schwert schimmerte aus der Dunkelheit, es schien zum Greifen nahe. Er konnte den holzgeschnitzten Griff sehen, der der Hand einen guten Halt bot. Er sah, wie sich ein Tangfaden trübe um das Heft wand; die doppelte Schneide glänzte. Das Schwert lag wartend auf einem glatten Felsen zwischen ein paar Kieselsteinen.

Thorinn knotete seinen Lederriemen am obersten Stein fest, das andere Ende schlang er sich um die Taille. Seine Hände schienen aus Holz zu sein. Zögernd kletterte er an der letzten Säule hinab, immer nach einem Halt für seine Füße tastend. Das kalte Wasser biß in seine Wunden. Das Wasser drängte, es hob seinen Körper empor, wollte ihn zu Fall bringen und ertränken. Er klammerte sich an das Ende des Dammes und preßte die Wange gegen den Stein. Jetzt war nur noch eine Kleinigkeit zu tun: Zwei Ellen tief mußte er noch hinabsteigen, dann konnte er das Schwert ergreifen und wieder an die Oberfläche klettern.

Thorinn füllte seine Lungen mit Luft und schloß die Augen, dann ließ er sich ins Wasser hinabgleiten. Die kalte Flüssigkeit schlug über ihm zusammen, blendete und betäubte ihn. Das Wasser hob ihn an, ließ ihn hilflos treiben, während er um sein Leben kämpfte. Seine Hände fanden den Riemen, er zog daran, würgend und tastend kam er wieder hoch.

Die Schwierigkeit lag wohl darin, daß er versucht hatte, an den Felsen hinabzuklettern, als ob sie sich in der Luft befänden. Der unvertraute Auftrieb des Wassers hatte ihn getäuscht, hatte ihm das Gleichgewicht genommen. Also lag in der Vorsicht sein Feind. Er mußte sich kühn ins Wasser fallen lassen, hinabsinken bis auf den Grund, das Schwert aufnehmen und sich wieder hinaufziehen.

Es war leichter, daran zu denken, als es wirklich zu tun. Zweimal versuchte er sich abzustoßen, und zweimal versagten seine Muskeln ihm den Dienst. Schließlich kletterte er so weit hinab, daß das Wasser ihm bis zur Brust reichte, dann schloß er wie zuvor die Augen und stieß sich ab.

Sofort hatte er ein Erstickungsgefühl. Er sank nicht, noch trieb er nach oben, er drehte sich nur langsam. Deshalb zog er sich wieder hustend und Wasser spuckend hinauf.

Er setzte sich auf den Damm und schaute zurück über die lange Reihe der Steine, die im Fackelschein unter der Wasseroberfläche hervorschimmerten. Wie bitter es doch war, nach solchen Mühen zu scheitern! Aber ohne die Kunst des Schwimmens konnte er sich unter dem Wasser nicht bewegen; der verräterische Stoff ließ es nicht einmal zu, daß er zum Grund sank.

Da kam ihm ein Gedanke, und er stand erschöpft auf. Er blickte auf die Steine des Dammes hinab, bückte sich und hob einen auf, der halb unter Wasser lag. Vor Anstrengung stöhnte er. Der Stein wog fast soviel wie er selbst, und in seiner Erschöpfung konnte er ihn kaum halten. Soviel war sicher: Wenn er noch einmal ins Wasser sprang und dabei diesen Stein in seinen Armen hielt, dann mußte er auch zum Grund sinken.

Er gestattete sich nicht, weiter darüber nachzudenken. Als er unbeholfen bis zur letzten Säule geklettert war, glitt er aus und fiel. Das Wasser schlug über ihm zusammen. Der Stein zog ihn hinab, Wasser war in seinen Augen, seiner Nase, seinen Ohren... Er spürte einen Schlag gegen die Handknöchel und wußte, daß er auf dem Grund war. Er löste seinen Griff, sofort trieb sein Körper nach oben, doch er packte schnell wieder zu. Seine Lungen wollten platzen. Er zwang sich, die Augen zu öffnen, und sah einen blendenden Schein... Mit einer Hand hielt er sich am Stein fest, und mit der anderen tastete er verzweifelt umher. Er spürte, wie sich seine Finger um Holz und Metall schlossen.

Irgendwie fand er mit der anderen Hand den Riemen. Er zog daran und trieb nach oben. Dann war er an der Luft, lebte. Das Schwert, das Schwert! Sein schwerer Arm fuhr hoch, in seiner Hand lag die wassertriefende, glänzende Waffe.

Aus der Verankerung gehoben, erbebte die Felsplatte, bewegte sich um eine Fingerbreite und begann zu kippen. Thorinn zog das Schwert aus dem Weg und sprang zurück. Mit majestätischen Drehungen rollte die Platte die Halde hinab, gefolgt von einer Lawine kleinerer Felstrümmer. Weiter unten traf sie auf einen mächtigen Felsbrocken, stürzte um und kam zur Ruhe. Steine polterten noch eine Weile, dann wurde es still. Eine Staubwolke hing in der Luft.

Thorinn untersuchte seine Waffe sorgenvoll, doch das harte Yen-Metall hatte keinen Schaden genommen: Die Doppelschneide wies nicht die geringste Scharte auf.

Kalte Luft wehte ihm aus dem freigelegten Tunnel entgegen. Im Licht der

Fackel erwies er sich als gewunden, glanzlos, mit glatten Wänden und einem unregelmäßigen Querschnitt. An Boden und Decke kamen die Wände einander so nah, daß sie sich fast berührten. Der Gang verschwand leicht ansteigend aus dem Blickfeld.
Thorinn wandte sich um und warf einen letzten Blick in die Höhle. Er hatte geschlafen, sich erholt und soviel von den jungen Pilzen gegessen, wie sein Magen fassen konnte. Der Rest – wenig genug war übriggeblieben – war in seinem Ranzen.
Er warf die Fackel fort. Sie rauchte zu stark, um sie in diesem engen Gang zu benutzen. Als Hilfsmittel band er sich, wie schon zuvor, das Lichtkästchen an den Unterarm. Er betrat den Gang und machte sich vorsichtig im gelben Dämmerschein auf den Weg. Die ersten vierzig Ellen waren leicht zu gehen, doch dann verengte sich der Gang so sehr, daß er nur noch kriechend vorankam, wobei er seinen Ranzen hinter sich herzog. Der Gang wand und ringelte sich wie eine Schlange in diese Richtung und in jene, mal nach links und mal nach rechts. Bei jeder Biegung nach oben wartete Thorinn darauf, daß die Stimme in seinem Kopf wieder sprach, aber das geschah nicht, und ihm wurde leichter ums Herz. Doch schließlich machte der Gang einen entschiedenen Knick nach unten und verbreiterte sich wieder.
Thorinn kroch hinaus in einen schwarzen, hallenden Raum. Es handelte sich um eine andere Höhle, viel kleiner als die letzte. Die gegenüberliegende Wand glänzte im Licht. Sie war mit Streifen und Beulen eines glasigen Stoffes bedeckt, der wie Talg aussah, der geschmolzen und auf dem Stein wieder erstarrt war, aber als Thorinn den Stoff berührte, war es der Stein selbst.
Irgendwo von oben kam ein Rinnsal und tropfte mit melancholischem Klang von der untersten Beule. Thorinn fing ein wenig in der Hand auf und probierte es, doch es schmeckte bitter.
Auf der gegenüberliegenden Seite der Höhle stieß er auf zwei ebene Felskorridore, die einander gegenüberlagen, so als ob sie Teile eines langen Tunnels wären, der zufällig die Höhle schnitt. Thorinn entschied sich für den Weg nach links. Beinahe augenblicklich weitete sich der Korridor, die Decke hob sich, und das Ganze wurde zu einer sechs Ellen hohen Kuppel. In der Mitte dieser Kuppel lag etwas Kreisrundes, riesig und dunkel.
Thorinn starrte es mißtrauisch an. Es bewegte sich nicht. Soweit er sehen konnte, schien es keinerlei Gliedmaßen zu besitzen. Es hatte die harte Kühle von Eisen und war wohl geschmiedetes Metall, das größte Stück, das er je gesehen hatte. Mit einem Durchmesser von mindestens zehn Spannen glich es dem Schild eines Riesen. An einer Stelle war ein rundes

Loch ausgestanzt, das einen Durchmesser von drei Spannen hatte. Dies Loch war nicht in der Mitte des Schildes, sondern nahe am Rand. Wenn er hindurchsah, konnte er den braunen, zerschrammten Boden des Tunnels sehen.

Er kniete nieder und legte neugierig die Hand dicht beim Rand des Loches auf das Metall. Der massive Schild drehte sich unter seiner Hand, als ob er schwebte.

Thorinn sprang zurück, umklammerte den Schwertgriff. Aber der Schild drehte sich langsam auf einem verborgenen Zapfen, bis er wieder zu seinem Ausgangspunkt zurückgekehrt war. An der Stelle, wo das Loch zuvor gewesen war, hielt er an.

Ein zweites Mal bückte sich Thorinn, legte die Hand auf den Schild und spürte, wie er sich bewegte. Wenn er die Hand wegnahm, schwang er langsam wieder in die Ruhestellung zurück. Was für einen Sinn mochte ein solches Ding hier unter der Erde haben? Es konnte nur eine Falle sein.

Während er noch zögerte, drang ein Geräusch an seine Ohren: ein hauchzartes Flüstern oder Rauschen. Es schien unter dem Schild hervorzukommen. Das Geräusch verstummte, dann war es wieder da, so als ob ein kleines Wesen unter dem Schild herumkroch . . . nein, das war es nicht, es war ein Geräusch, das er kannte: Plötzlich wußte er es, es war der Wind im Gras.

So etwas war völlig unmöglich, doch je länger er lauschte, desto sicherer wurde er. Mit der Spitze seiner Scheide stieß er nach dem Schild. Unter dem runden Loch zog braune Erde vorbei, plötzlich blitzte es hell auf. Das Windgeräusch wurde lauter, ein warmer Luftstrom kam ihm entgegen. Die helle Linsenform erweiterte sich zu einem Kreis.

Thorinn vergaß zu atmen. Er sah hinab in Tiefen voll silbernen Lichtes und braungrüner Schatten. Dunkelbraune Streifen waren zu sehen. Sie verjüngten sich in bizarren Windungen nach unten. Schließlich erkannte er, daß das Baumstämme waren, knorrig und riesenhaft. Nach unten wurden sie dunkler und dünner, bis sie über dem Boden kaum dicker als Nadeln waren.

Er konnte nicht an seinen Sinnen zweifeln. Irgendwie war er über die Mittwelt hinausgelangt, denn sie lag dort unter ihm.

Hinab mit dir, sagte die Stimme in seinem Kopf.

3 Wie Thorinn entdeckte, daß es leichter ist, ins Paradies zu fallen, als es wieder zu verlassen.

Im Frühjahr, wenn die Glücksschoten reif waren, ging jedermann im Rosa Kreis hinaus zu einem Picknick im Wildgarten am Flusse Wend. Die Grashüpfermänner gingen hin, zu zweit, die Arme ineinandergehakt sprangen sie durch die Luft. Die Knödelfrauen und ihre Galane gingen hin, schnaufend und schlingernd. Die graubärtigen Altweisen gingen hin, humpelnd lehnten sie sich gegeneinander, dann setzten sie sich ins Gras, um den jungen Leuten zuzusehen.

Zunächst sammelten die noch nicht geschlechtsreifen kleinen Mädchen und Jungen Nahrung von den Speiseranken, die im Wildgarten wuchsen: würzige Tomapfeln und süße Birnbeeren, Fleischileintrauben und Schinkblote von den Schinklotbüschen. Inzwischen hatten die jungen Männer Kissen von den Kissenblattbäumen gepflückt und sie in Kreisen auf den kühlen, grasigen Uferhängen aufgereiht, gerade so nahe beim Wasser, daß man das angenehme Glucksen des Wend hören konnte. Die Sangesmädchen stimmten ihre rankenbespannten Lurenen, dann stimmten sie Lieder an. Danach verspeiste man das Essen, das die kleinen Jungen und Mädchen gesammelt hatten. Anschließend gab es Spring- und Laufwettbewerbe, Spiele für die Kinder und Späße und Streitgespräche für die Älteren. Schließlich wanderten die Leute einer nach dem anderen davon in den Wildgarten, bis jeder eine reife Glücksschote gefunden hatte, die einladend offenstand, so daß ihr weiches, melonenrosiges Inneres leuchtete wie der Popo eines Knödelmädchens. Jeder suchte so lange, bis er eine Glücksschote gefunden hatte, die genau für ihn paßte: lange dünne für die Grashüpfermännlein, runde dicke für die Knödelfrauen und kurze, verkümmerte für die Kinder und Galane. Die Glücksschoten für die Knödelfrauen mußten dicht über dem Boden hängen, denn die Knödelfrauen waren recht unbeholfen und konnten nicht springen, doch die Galane konnten an den höchsten gewundenen Ranken emporklettern, und die Grashüpfermänner sprangen hoch, warfen sich in der Luft herum und landeten sanft, mit der Rückseite voran, im Innern der Glücksschoten. Unter dem Gewicht der Menschen sackten die Glücksschoten ein wenig tiefer. Sie hingen an langen, dehnbaren Ranken. Nach und nach schlossen sich die Schoten, bis sie fest zu waren. Dann saß man darin so glücklich wie eine Raupe im Seidenkokon. Oh, welche Träume man dann hatte, welch ein Glück! Ein jeder zitterte und

seufzte vor Glück, so daß die hängenden Schoten zu wippen begannen, erst eine, dann noch eine und schließlich eine ganze Reihe gleichzeitig.
Wenn das Himmelslicht schwand und die Schatten im Wildgarten dunkelgrün wurden, dann öffneten sich die Schoten wieder, und die Menschen stiegen heraus. Ihre Glieder waren locker, und ihre Gesichter strahlten vor freudigen Erinnerungen. Ihre Augen waren mild und entrückt, ihre Bewegungen behaglich langsam. Aber einige der Schoten blieben verschlossen, während die Leute wieder zum Rosa Kreis zurückwanderten. Es gab immer einige, die liebten die Glücksschoten so sehr, daß sie nicht einmal für einen Tag herauskommen wollten. Also blieben sie noch einen Tag, und noch einen, oder eine Woche, manchmal gar eine Wochenwoche. So kam es, daß im Frühjahr, wenn die Glücksschoten reiften, immer ein paar alte, dunkle Schoten aus dem Vorjahr unter den frischen zu sehen waren. Sie hingen schwer und verschrumpelt von abgestorbenen Ranken herab, bis der Wind, ein kletternder Junge oder ein schwerer, landender Vogel sie abschlug und sie in die Bodenranken rollten. Meist handelte es sich um ältere Leute, die nichts zu gewinnen hatten, wenn sie die Glücksschoten verließen, aber es waren auch junge darunter, ein paar in jedem Jahr, und gelegentlich blieb sogar ein Kind in seiner Schote und kam nie mehr heraus.
Was kann man über den Rosa Kreis sonst noch sagen, jenen lang vergessenen Ort, als daß er vollendet war, ein Elysium ohne Mißklang und schlechtes Essen. So war es dort, und so ist es immer gewesen, bis zu jenem schwarzen Tag, von dem auch die Altweisen nicht vorher kündeten, als eine Unperson hinab in den Wildgarten kletterte. Ja, er kam direkt aus dem Himmel, ein Knödelmädchen hat es beobachtet. Er hat eine Tür im Himmel geöffnet, wie einen gähnenden Mund, dann fiel er, doch er fing sich in den Bäumen des Wildgartens. So ist er in die Welt der Menschen gelangt.

Hinab mit dir, sagte die Stimme, aber die Frage war, wie er das bewerkstelligen sollte. Der drehbare Schild war eine Art Tür, aber darunter gab es keine Treppe, nicht einmal eine Kletterstange. Das war eine Tür für Vögel und nicht für Menschen.
Er stemmte sich gegen die gleichmäßige, unbestimmbare Last, die ihn nach unten drücken wollte, und steckte den Kopf durch das Loch. So konnte er sehen, daß der am nächsten stehende Baum in einer wirren Krone verfilzter Zweige endete. Einige waren grün, die meisten braun und abgestorben. Vier Ellen von ihm entfernt zeichneten sie sich vor dem Himmel ab. Der Himmelsglanz so nahe vor seinem Gesicht blendete ihn.

Er zog den Kopf zurück und überlegte. Es würde gar nicht so schwierig sein, durch das Loch zu schlüpfen, sich mit den Händen am Rand festzuhalten und dann so zu schwingen, daß er in der Baumkrone landete. Doch wenn er den Schild nicht irgendwie festkeilen konnte, dann würde er sich vielleicht weiterdrehen, während er daran hing, und ihm die Finger einklemmen.

Hinab mit dir!

Thorinn nahm seinen Gürtel und seinen Wadenriemen ab und knotete sie so aneinander, wie er es schon einmal getan hatte. An einem Ende band er das Schwert fest. Er hielt den Schild offen und ließ das Schwert in einem weiten Bogen pendeln. Immer weiter schlug es aus, bis es sich endlich im Baumwipfel verfing. Beim erstenmal hatte es sich nur leicht verhakt und löste sich wieder, als er daran zog, doch beim zweitenmal saß es fest. Wenn er daran zog, nickte ihm ein Zweig des Baumwipfels zu. Er band das andere Ende seines Seiles an ein Handgelenk, zog die Knie an und schlüpfte durch das Loch.

Der Himmel über seinem Kopf war eine einzige, blendende Helligkeit; das Seil an seinem Handgelenk führte nirgendwo hin. Was war, wenn sich das Schwert aus dem Zweig gelöst hatte? Der Schild drehte sich weiter, gleich würde er seine Finger einklemmen ... Er löste seinen Griff und tastete nach dem Seil, während er durch die Luft flog. Er stürzte. Hand über Hand holte er das Seil ein. Endlich spannte es sich, und jetzt konnte er auch den Baum sehen, der ihm wie ein riesiger grüner Hügel entgegenkam. Zweige peitschten ihn, dann traf ihn der Baum wie ein gewaltiger Knüppel. Er klammerte sich an einen Ast und hing benommen und sicher, atemlos und triumphierend in der Luft.

Der Himmelsglanz wurde von den Blättern über Thorinns Kopf abgeschirmt, die die Welt in einen silber-grünen Schimmer tauchten. Alle Blätter waren in ständiger, sanfter Bewegung. Der Baum selbst schwankte leicht und schaukelte Thorinn, der an dem Ast hing, hin und her. Betäubt und erschöpft kletterte er in eine gesicherte Stellung auf der Oberseite des Astes, dort arbeitete er sich weiter vor, bis er sich mit dem Rücken gegen den Stamm lehnen konnte.

Ein helles Insekt von einer Art, die Thorinn noch nie zuvor gesehen hatte, flog vorbei. Einen Moment lang hielt es schwebend inne, dann war es verschwunden. Jetzt sah Thorinn, daß goldgelbe Früchte zwischen den Blättern hingen. Ein Schweißbächlein floß ihm den Rücken herunter. Es war wirklich sehr warm hier oben, aber das war nicht verwunderlich, schließlich befand er sich ganz dicht unter dem Himmel.

Das Seil verschwand in einem Bogen zwischen den hellen Blättern über seinem Kopf. Er zog daran und sah, daß oben eine Bewegung im Blattwerk antwortete. Da löste er den Riemen von seinem Handgelenk, befestigte ihn locker an einem Zweig und begann zu klettern. Er fand das Schwert, das sich in einer Astgabel verfangen hatte, und befreite es. Er riß an dem Riemen, der löste sich, und er konnte ihn einholen. Er legte den Schwertgürtel um die Hüften und verstaute die Riemen in seinem Ranzen.

Er hatte gehofft, daß er von hier oben eine bessere Aussicht auf das Land haben würde, aber die Helligkeit war so blendend, daß er gar nichts sah. Sein Lederhemd klebte ihm auf dem Rücken, Schweiß brannte in seinen Augen. Er kletterte wieder vom Ast herunter.

Weiter unten, wo die Zweige größer waren und dichter beieinander standen, konnte er von einem zum anderen springen. Das Gleißen wurde zusehends geringer, aber es war genauso heiß wie zuvor. In seinem Lederzeug erstickte er fast. Als ein dicker Ast ihm guten Halt bot, hielt er an und zog das Hemd aus. Sofort fühlte er sich besser. Eine Brise strich über seinen nackten Oberkörper. Das war ein wunderbares Gefühl; ein herrlicher Duft hing in der Luft.

Das Hemd war zu dick, es paßte nicht in seinen Ranzen, daher verknotete er die Ärmel miteinander und hängte es sich um den Hals. Nun, da es sein Oberkörper so angenehm hatte, fühlten sich seine Beine um so heißer und eingeengter an, also streifte er auch die Hose ab und band sie um seine Hüften.

Während er weiter hinabstieg, erspähte er hin und wieder ein Stück vom Boden zwischen den Zweigen. Er war mit Ranken und Gras bedeckt und nicht gar so grün wie die Blätter des Baumes. Allmählich wurde ihm klar, wie unglaublich hoch der Baum war. Von Ast zu Ast ließ er sich immer tiefer fallen, und doch kam ihm der Boden nicht näher.

Als er eine Pause machte, um Atem zu holen, hörte er von unten fernes Stimmengewirr. Er kauerte sich nieder und lauschte. Da war es wieder, näher diesmal. Zwei geflötete Töne, püüt-tüüt, und ein Chor, der ihnen antwortete. Darauf eine tiefere Stimme, bum, bum, bum, und wieder die hohen Töne. Er konnte kein Wort verstehen.

Von dort, wo er stand, konnte er ein Stück Grünfläche zwischen den Zweigen hindurch beobachten. Während er noch hinuntersah, huschte ein farbiger Fleck über den Rand seines Blickfeldes und verschwand sofort wieder. Er war sich nicht sicher, was er da gesehen hatte. Etwas Feuerfarbenes war es gewesen. Es hatte sich bewegt, und es schien ihm, als hätte er ein Gesicht gesehen, das zu ihm aufgeblickt hatte.

Erschreckend nah rief eine Stimme zwei helle Töne. Bumm, antwortete es von gar nicht fern. Dann raschelte es in den Blättern unter ihm.
Thorinn preßte sich flach gegen den Baumstamm. Der farbige Blitz tauchte wieder auf, diesmal blieb er stehen. Von unten aus dem Gras schaute etwas Rundliches, Buntes zu ihm auf. Er konnte es nicht genau erkennen, es ähnelte mehr einer Blume als einem Menschen, doch es hatte Augen und ein Gesicht. Es machte keine bedrohlichen Gesten, sondern es stand einfach da und sah zu ihm empor. Er sah, wie sich sein Mund öffnete. Die Lippen waren rot. Püüt-tüüt!
In den Blättern eines Astes in nächster Nähe raschelte es heftig. Thorinn blickte sich um und sah etwas Graues, Flinkes am Ast hängen. Es schwang sich herauf und stand aufrecht. Wieder raschelte es, dann wieder und noch einmal. Diese Wesen waren überall um ihn herum, inzwischen waren unten noch viele von den Bunten dazugekommen; alle standen sie da und sahen zu ihm herauf, während die grauen Wesen rufend auf ihn zukletterten. Es waren entweder Menschen oder Dämonen, grauhäutig wie Goryat und seine Söhne, doch unglaublich dürr. Ihre Arme, Beine und Rümpfe glichen Baumzweigen. Bumm, bumm, bumm hallte es von allen Seiten durch das Geäst. Und von unten püüt-tüüt, Zwitscher.
Thorinn stand mit dem Rücken gegen den Baumstamm gelehnt, das Schwert in der Faust. Er versuchte in alle Richtungen gleichzeitig zu sehen. Aber die grauen Wesen, die einen Halbkreis um ihn gebildet hatten, kamen nicht näher. Sie waren haarlos, nackt und trugen keine Waffen. Sie lächelten und gestikulierten, hielten ihm ihre leeren Hände entgegen.
Mißtrauisch stieß Thorinn das Schwert in die Scheide zurück. Das löste sofort eine neue Salve von Bumm-Rufen oben und Gezwitscher unten aus. Die Zweige gerieten wieder in Bewegung, und jetzt schwärmten andere, behende Wesen den Baum herauf. Es waren Kinder, etwa halb so groß wie die grauen Wesen. Einige waren rosig und allem Anschein nach menschlich, die anderen ähnelten Baumzweigen und waren grau. Alle schwatzten, zwitscherten und flöteten sie gleichzeitig, im Baum und unten auf dem Boden.
Thorinn schwang sich hinab auf den nächsten Ast und setzte seinen Weg fort. Die Kinder und die Zweigmänner folgten ihm, wobei sie immer den gleichen Abstand einhielten. Als die Äste weiter unten spärlicher wurden, zogen sich die Bunten auf dem Boden zurück.
Vom untersten Ast aus sah er sie sich genauer an. Sie waren nicht halb Mensch und halb Blume, wie er gedacht hatte. Die bunten, weichen Teile waren eine Art Kleidung, die sie sich aus riesigen Blütenblättern angefer-

tigt hatten. Die Kleider waren von Adern durchzogen, an den Rändern ausgefranzt und überaus farbenfroh. Die Körper darunter waren rund und mollig, und jetzt erkannte er auch, daß es sich um Frauen handeln mußte. Unter ihnen waren ein paar runzlige Gestalten, die er vorher kaum bemerkt hatte. Sie waren genauso gekleidet wie die Frauen, hatten helle Augen und faltige Gesichter. Alle standen in einem höflichen Halbkreis und warteten darauf, daß er zu ihnen hinabstieg.

Jetzt, da er wußte, daß die Wesen keine Gefahr für ihn bedeuteten, befand sich Thorinn in einer neuen Verlegenheit. Er war noch nie einem Fremden begegnet. Goryat und seine Söhne waren die einzigen Menschen, die er kannte. Wie sollte er sich verhalten? Was erwartete man von ihm?

Als er auf den Boden sprang, entstand ein neuer Tumult. Der Kreis schloß sich enger um ihn, und überall um ihn herum fielen die Kinder und Zweigmänner wie reife Früchte aus dem Geäst. Thorinn war von lächelnden, rosigen Gesichtern umringt, die bunten Kleider leuchteten zinnoberrot, dunkelblau und gelb. Als eine der Frauen sein Bein und seine Wunden erblickte, änderte sich mit einemmal ihr Gesichtsausdruck, und sie stieß jammernde Laute aus. Sofort waren die Frauen bei ihm. Sie betasteten sanft sein verdorrtes Bein, seine Wange und Schulter und blickten ihm mit so teilnahmsvoller Miene in die Augen, daß er unfreiwillig lachen mußte. Ängstliche Rufe liefen durch die Menge, dann setzten sich alle in Bewegung und zogen Thorinn mit sich.

Die fremdartigen, freundlichen Köpfe tanzten neben ihm auf und nieder, das Blattwerk der Bäume verwandelte den Himmelsglanz in ein sattes, grünes Leuchten, das Gras unter den Füßen war verführerisch weich, und der Weg über den Hang führte ihn unwiderstehlich abwärts, so daß alles, was geschah, wieder in gewohnte Bahnen einzumünden schien. Sie kamen an einem hüfthohen Gebüsch vorbei, das mit einer dicken Wolke weißer Blüten bedeckt war. Von den Bäumen hingen grüne und goldene Früchte, Kürbisse und Samenschoten wie verdrehte Schmuckbänder herab. Überall lagen umgestürzte Bäume, und Ranken wuchsen über sie hinweg.

Jetzt waren die Büsche nur noch vereinzelt zu sehen, auch Bäume gab es kaum noch, er hatte offenes Land erreicht, einen mit hellgrünem Gras bewachsenen Hang, der sanft zu einem sumpfigen Flußufer abfiel. Hinter dem silbrigen Wasser erhob sich genauso sanft das andere grüne Ufer, darauf folgten die Bäume und schließlich eine Bergkette, die oben den Himmel berührte. Die Luft am Fluß war kühl und frisch. Am diesseitigen Ufer saßen und lagen Menschen in kleinen Gruppen. Dazwischen hockten Kinder, andere rannten und sprangen. Jemand warf einen leuchtend orangenen Ball in die Luft, und ein Zweigmann sprang ihm nach. Höher und höher stieg er, unglaublich hoch. Er fing ihn mit dem Mund und landete unter tosendem Applaus wieder auf dem Boden.

Trotz seiner Schüchternheit hätte Thorinn sich ihnen gern angeschlossen, aber die Menge drängte ihn nach rechts an den Waldrand. Nach ein paar Ellen öffnete sich das Unterholz zu einer kleinen Lichtung, auf der riesige Ranken von einem Baum herabhingen. Die Ranken endeten in gewaltigen Schoten oder Kapseln. Sie waren vier Ellen hoch und sehr dick. Manche waren offen und zeigten ein weiches, rosiges Inneres, andere waren fest verschlossen und hingen dicht über dem Boden. Die Leute drängten ihn zu einer der leeren Schoten und bedeuteten ihm durch Gesten, er solle sich in eine hineinlegen.

Während er zögernd dastand, teilte sich eine der Schoten und öffnete sich langsam. Etwas Rosiges verbarg sich darin. Eine mollige Frau kletterte aus der Schote, sie hatte ein gerötetes Gesicht und verträumte Augen, wie jemand, der soeben aus einem langen Schlaf erwachte. Sie machte ein paar träge Schritte, sammelte ihre Blütenkleider auf, die im Gras verstreut lagen und streifte sie langsam über. Ein schwaches Lächeln kräuselte ihre Lippen, dann stapfte sie gemächlich in Richtung auf das Flußufer davon. Hinter ihr schaukelte die leere Schote.

Thorinn gefiel ganz und gar nicht, was er da mitangesehen hatte, und er zuckte zurück. Die Frauen ergriffen ihn bei den Armen, berührten sanft seine Wunden auf Gesicht und Schulter und zeigten immer wieder auf die leere Schote. Es war, als ob sie ihm sagen wollten, die Schote würde ihn heilen.

Thorinn versuchte mit Gesten zu erklären, daß er seine eigene Arznei hatte. Aber sie waren recht begriffsstutzig, daher mußte er schließlich eine Prise Himmelsstoff aus seinem Ranzen holen und wiederholt auf ihn und auf seine Wunden zeigen.

Dies verursachte eine Woge erregten Wortwechsels und einiges Gezappel und Gewedel mit den Armen. Die Leute holten einen ihrer Alten herbei, der Thorinn weise zuzwinkerte, sich den zottigen Bart strich und ein paar Worte in seinem Kauderwelsch flötete. Darauf brach die ganze Gesellschaft wieder auf. Diesmal ging es auf den Fluß zu. Thorinn zogen sie mit sich. Sie führten ihn zu einem Kreis von Leuten, die sich bei einem Früchtehaufen versammelt hatten. Einige Leute standen auf, um Platz zu schaffen, andere setzten sich, und als die allgemeine Verwirrung endete, stellte Thorinn fest, daß er zwischen zwei Frauen im Gras saß.

Ein Kind huschte in den Kreis und nahm eine grünliche, eiförmige Frucht von dem Haufen. Es reichte sie einer Frau, die sie Thorinn anbot. Er musterte sie mißtrauisch. Sie war kühl und hatte ein seltsames Aroma, doch er war hungrig, deshalb biß er mutig hinein. Sie war weich und scharf, der Geschmack war gleichzeitig süß und säuerlich. Kühler Saft rann ihm über das Kinn. Instinktiv spuckte Thorinn aus, was er im Mund hatte. Er überlegte es sich jedoch anders und wollte gerade einen zweiten Bissen nehmen, als eine der Frauen ihm die Frucht sanft aus der Hand wand und ihm eine andere Art anbot. Diese war flach, hellbraun und hatte eine Oberfläche, die an Brot erinnerte. Darunter schien sich etwas Festes zu verbergen. Thorinn biß durch die weiche äußere Schicht, und seine Zähne gruben sich in einen leicht salzigen, fasrigen Stoff. Dieser war rötlich braun und schmeckte fast wie Fleisch einer unbekannten Art, doch war das Ding ganz eindeutig eine Frucht, denn es hatte einen Stiel und wies die Überreste einer Blüte auf.

Mit breitem Lächeln und ermunternden Zurufen sahen ihm die Leute beim Essen zu. Während er noch auf dem letzten Bissen dieses Brot-Fleisch-Gebildes herumkaute, lief eine Gruppe von Kindern in den Kreis. Sie trugen aufgerollte Blätter in den Händen. In den Blättern war Himmelsstoff, den sie im Wald gesammelt haben mußten.

Einer der Alten trat vor und untersuchte den Inhalt der Blätter voller Ernst und Sorgfalt, dann verlangte er nach einer Frucht, die ihm auch gebracht wurde. Sie war klein und goldgelb. Er zerdrückte sie in seiner Hand, so daß der klare Saft in den Himmelsstoff tropfte. Mit seinen knorrigen Fingern verrührte und knetete er den getränkten Stoff. Als er mit der feuchten Masse zufrieden war, nahm er etwas davon, beugte sich vor und bedeckte damit vorsichtig die Wunde auf Thorinns Wange. Nachdem er instinktiv zurückgezuckt war, saß Thorinn still und ließ die Prozedur über sich ergehen. Durch den klebrigen Saft blieb die Masse auf seiner Wunde haften. Sie lag angenehm kühl auf den entzündeten Wundrändern.

Als er fertig war, verlangte der alte Mann nach einem Blatt, das er mit Saft aus einem grünen Stengel beschmierte. Darauf drückte er die Wundränder behutsam zusammen, klebte das Blatt über Himmelsstoff und Wunde und drückte es fest an. Nachdem er Thorinns andere Wunden auf die gleiche Art versorgt hatte, untersuchte er das verdorrte Bein und nickte traurig mit dem Kopf. Darauf hockte er sich auf die Fersen und fuhr sich mit der Hand dreimal über den Kopf, wobei er Thorinn fest in die Augen sah. Thorinn hatte keine Ahnung, was das bedeuten mochte, doch er machte Gesten des Einverständnisses und der Dankbarkeit, worauf der alte Mann auf die andere Seite des Kreises zurückging.

Weil er sich für ihre Freundlichkeiten revanchieren wollte, öffnete Thorinn seinen Ranzen und holte einige seiner Schätze hervor, verschiedenfarbige Kiesel, ein Stück von einem Wieselschädel, ein Stückchen von einem Kristall. Dies gab er dem alten Mann, während ihn die anderen vor Erregung zwitschernd umringten. Danach verteilte er den Rest aufs Geratewohl im Kreis. Zu den Schätzen gehörte auch ein Tuchfetzen, der von einem Gewand stammte, aus dem er vor Jahren herausgewachsen war. Danach hatten es Goryat und seine Söhne als Lumpen benutzt, mit dem sie die Metallbeschläge ihrer Gürtel polierten. Thorinn hatte das Stück aufbewahrt, weil bunte Bilder von Vögeln und Menschen hineingewebt waren. Die Leute nahmen seine Gaben mit allen Anzeichen von Wohlgefallen an. Einige Frauen und Kinder boten Thorinn weitere Früchte an, die alle verschiedener Art waren, und er setzte mit gutem Appetit seine Mahlzeit fort.

Ihm war klar, daß er irgendwie ins Hochland geraten war, doch wie das geschehen konnte, war ihm ein Rätsel. Es mußte das Hochland sein, denn die Bäume, obschon die höchsten, die er je gesehen hatte, waren auch nicht höher als zwanzig oder dreißig Ellen, dennoch berührten sie den Himmel. Sogar hier, am Fuß des Hanges, schien der Himmel ganz nahe. Doch die Kleidung und die Erscheinung dieser Leute waren ganz anders als die jener Hochländer, von denen Goryat und seine Söhne erzählt hatten. Auch hatte Thorinn nie gehört, daß sie je von einem Ort gesprochen hätten, der so warm und strahlend hell war.

Die Leute waren sehr freundlich, aber sie verstanden nicht, was er sagte. Auch konnten sie nur diese fremdländischen Laute ausstoßen. Er befragte sie einen nach dem anderen, indem er immer wieder »Hovenskar, Snorris Pfeife, Tiefland?« sagte und dazu Zeichen machte, doch er erreichte damit nur immer neue Ausbrüche ihres Gezwitschers.

Je länger er diese Leute beobachtete, desto verwirrter und unbehaglicher wurde ihm zumute. Es gab mindestens fünf verschiedene Arten von ihnen: die molligen, rundlichen Frauen, die Zweigmänner, die Alten, die Kinder aller Größen und dann noch eine Art Männer, die er zuerst für Kinder gehalten hatte, weil sie von kleiner Gestalt waren, doch sie waren gut gebaut und breitschultrig, und Thorinn beobachtete sie hin und wieder dabei, wie sie die Frauen umarmten und küßten.

Die meisten Frauen, Alten und einige der kleinen Männer trugen Blütenkleider, doch die anderen waren genauso nackt wie Thorinn selbst, seit er das durchgeschwitzte Hemd und die Hosen abgelegt hatte. Sie besaßen keinerlei Waffen, überhaupt nichts, das von Hand gefertigt war. Es mußte sich um edle Leute handeln, wenn man sie nach der Weichheit ihrer Hände und ihrem ständig fröhlichen Gesichtsausdruck beurteilte. Andererseits schienen sie aber auch nicht über Diener oder Sklaven zu verfügen, soweit Thorinn sehen konnte. Ziellos wie Kinder kamen und gingen sie. Sie waren genauso neugierig auf Thorinn wie er auf sie, und ein paar von ihnen waren immer bei ihm und betasteten seine Haut und sein Haar, aber alle verloren rasch das Interesse. Dann gingen sie davon, um sich an einem Spiel zu beteiligen, oder sie verschwanden zwischen den Bäumen.

Als er sich satt gegessen hatte, nahm er das Bündel seiner Sachen auf, das er nicht gern zurücklassen mochte, und begab sich, um sich Erleichterung zu verschaffen, an einen Ort, wo er schon andere bei diesem Geschäft beobachtet hatte. Die Stelle war am Waldrand und mit kriechenden Bodenranken überwachsen. Es herrschte hier ein übler Geruch, der jedoch bei weitem nicht so schlimm war, wie es zu befürchten war. Hier und dort hatten sich die breiten, grün-braunen Blätter zu Bündeln zusammengerollt, und als er sein Geschäft verrichtet hatte, sah er sie langsam wie verkrüppelte Schlangen herankriechen und das bedecken, was er hinterlassen hatte.

Thorinn beobachtete den Vorgang eine Zeitlang verwundert, dann ging er wieder den Hang hinab. Nach ein paar Schritten hielt er an und breitete sein Gepäck auf dem Boden aus, denn er wollte seine Sachen mit einem Wadenriemen zu einem festen Packen verschnüren. Sofort war er von Kindern mit aufmerksamen und neugierigen Gesichtern umringt. Während er sich an die Arbeit machte, hockten sie sich neben ihn, und gelegentlich streckte eines die Hand aus und betastete das Leder seines Ranzens und seiner Hosen. Sie unterhielten sich zwitschernd und flötend untereinander. Thorinn hielt sie nicht zurück, nur in seinem Ranzen ließ er sie nicht herumfingern. Doch plötzlich hatte ein Junge, der mutiger als die anderen war, das Schwert ergriffen und, bevor Thorinn es verhindern konnte, es halb aus der Scheide gezogen. Erschreckt und verärgert sprang Thorinn auf ihn zu, stieß ihn unsanft vor die Brust und entriß ihm das Schwert wieder.

Der Junge lag rücklings im Gras, den Kopf halb erhoben, und seine Lippen formten ein stummes O. Die anderen Kinder waren mit einemmal sehr still und starrten Thorinn an. Langsam füllten sich die Augen des Jungen mit Tränen. Während die anderen leise Wehlaute ausstießen und die Hände ineinanderlegten, stand der Junge auf. Mit schleppenden Schritten ging er auf das Unterholz zu. Thorinn rief ihm etwas nach, aber er sah sich nicht um. Er ging zu den Schotenranken und blieb einen Augenblick lang mit gesenktem Kopf vor einer leeren Schote stehen, dann stieg er hinein und legte sich hin. Langsam schloß sich die Schote um ihn.

Thorinn bemerkte, daß sich die anderen Kinder zurückgezogen hatten und nun in weitem Kreis um ihn herum saßen. Ihre Gesichter waren bleich, ihre Augen groß. Ein fragender Ruf scholl den Hang herab, und ein Kind gab eine kurze Antwort. Noch eine Frage und eine Antwort, andere Stimmen dröhnten und flöteten.

Thorinn schlang sich den Schwertgürtel um die Hüften und beeilte sich, seine anderen Sachen zu einem Bündel zu verschnüren. Mit dem Bündel in der Hand ging er zum Fluß hinab. Überall auf der weiten grünen Wiese konnte er sehen, wie sich ihm runde Gesichter zuwandten. Alle Leute hatten die Tätigkeit, der sie gerade nachgingen, unterbrochen. Sie waren reglos und schweigsam.

Thorinn setzte seinen Weg fort. Hin und wieder sah er sich um, doch niemand folgte ihm.

Am Fuß des Hanges ging die Wiese allmählich in Sumpf über. Thorinn watete zwischen dichten Grasbüscheln hindurch, das kühle Wasser reichte ihm bis zu den Knien. Kleine gelbe Vögel flatterten vor ihm aus dem Sumpf, sie schwirrten einen Augenblick lang um seinen Kopf, dann verschwanden sie wieder im Gras. Weiter stromauf, wo der Fluß einen sanften Bogen beschrieb, sah Thorinn größere Vögel im Wasser stehen. Sie hatten lange geschwungene Hälse, eine rote Brust und schillernde Schwungfedern. Im Licht funkelnde Tropfen rieselten von ihren Schnäbeln.

Wo der Sumpf endete und das Wasser tiefer wurde, hielt Thorinn an. Zu seiner Linken konnte er den Fluß etwa eine halbe Wegstunde weit überblicken, bevor er zwischen zwei flachen Hügeln verschwand; rechter Hand beschrieb der Fluß schon nach ein paar hundert Ellen eine scharfe Biegung und war nicht mehr zu sehen. Dahinter konnte Thorinn über den Baumwipfeln ferne Berge sehen und einen dünnen, hellen Faden, der vielleicht ein Wasserfall war. Das gegenüberliegende Flußufer war gleichfalls mit Gras bewachsen, aber es war schmaler, und das Gras war dichter. Dahinter folgten Bäume und schließlich eine Bergkette. Er hatte gehofft, daß er irgendein auffälliges Merkmal am Himmel sehen würde, aber da war nichts. Er würde wohl bis zur Abenddämmerung warten müssen.

Er hüpfte durch das seichte Wasser zurück. Über ihm standen ein paar Leute auf dem Hang und beobachteten ihn, andere waren wieder von ihren Spielen in Bann gezogen, doch die kleinen Kreise um die Obsthaufen hatten sich offenbar aufgelöst. Er sah Gruppen von Kindern, die etwas zum Strauchwerk trugen, und diese begegneten anderen Gruppen, die auf dem Rückweg waren.

Als er näher kam, sah er, daß sich die Leute zum Aufbruch bereit machten. Es waren die Reste ihrer Mahlzeit, die die Kinder trugen. Sie ließen ihre Last zwischen die Ranken fallen und kehrten zurück, um den Rest zu holen. Ganz in der Nähe sah er, wie sich einige Schoten öffneten und die Leute herausstiegen. Nach und nach versammelten sich die Leute an einer Stelle, alle gingen in die gleiche Richtung, sie bildeten kleine Gruppen, manche legten die Arme ineinander. Ihre Stimmen klangen fröhlich. Niemand kam zu ihm, als sie den Hang hinaufstiegen, aber einige lächelten ihm zu.

Eines der Kinder, ein halbwüchsiges Mädchen, stand bei den Schotenranken und wartete auf ihn. Sie zeigte auf eine Schote und sagte etwas. Ihre Stimme hatte einen fragenden Klang, und sie schaute ihm ernst in die Augen.

Thorinn blickte auf die Schote, die schwer über dem Boden hing. Alle anderen waren offen und leer, bis auf eine oder zwei, die tiefer im Gestrüpp hingen und braun und alt aussahen. Eine war von ihrem spröden Stiel abgefallen und lag dunkel auf dem Boden. Die breitblättrigen Ranken waren darüber hinweggekrochen, und sie war kaum mehr zu sehen.

Thorinn wandte sich wieder der Schote zu. Er dachte an den Jungen. »Ist er immer noch darin?« fragte er. Sie sah ihn ausdruckslos an. Er machte eine stoßende Geste, zeigte auf sein Schwert und auf die Schote. Nach einer Weile schien sie zu verstehen. Sie wiederholte seine Gesten, dann sagte sie etwas in ihrer flötenden Sprache.

Thorinn sah sich um. Die Leute waren schon ein Stück den Fluß heraufgezogen. Diese beiden waren als letzte zurückgeblieben. »Kommt er nicht heraus?« fragte er. Er hockte sich hin und legte die Hände gegen die Wange und schloß die Augen, als ob er schliefe. Darauf erhob er sich wieder und zeigte auf die Schote.

Das Mädchen schien verwirrt, doch es wiederholte seine Gesten. Es kam näher, sah ihm ins Gesicht und wiederholte zweimal sehr ernsthaft einen Satz.

Es war gar nicht so schwer, sich verständlich zu machen. Thorinn hockte sich wieder hin. Er imitierte den schlafenden Jungen in der Schote, dann spielte er das Aufwachen, das Öffnen der Schote und das Heraussteigen.

Das Mädchen starrte ihn an. Es ließ eine klagende Tonfolge hören. Mit traurigen Augen machte es eine Handbewegung, die Thorinn nicht verstand. Einen Moment lang sahen sie einander an, dann drehte sich das Mädchen um und ging den anderen nach, die sich auf dem langen Grünstreifen schon weit entfernt hatten.

Die Schote hing reglos an der Ranke. Thorinn stieß prüfend mit dem Fuß dagegen, und sie bewegte sich um eine Handbreite, doch aus dem Inneren kam keine antwortende Bewegung. Er dachte darüber nach, ob er die Schote öffnen sollte. Wollte sie ihm sagen, daß der Junge niemals mehr herauskommen würde?

Das Mädchen ging mit schleppenden Schritten, doch es hatte die anderen schon fast eingeholt. Thorinn zögerte einen Augenblick, dann entschied er, sich am besten nicht einzumischen und ging ihr nach.

In einer langen, unordentlichen Reihe von Zweier- und Dreiergruppen zogen die Leute vor ihm her. Die meisten Kinder und Zweigmänner gingen voran, ihnen folgten die Frauen, die Alten und die Männer der Frauen. Mit ein paar Sprüngen hatte Thorinn das Mädchen eingeholt. Er ging eine Weile neben ihm her, doch es sprach nicht mit ihm, sondern sah ihn nur einmal kurz an. Nach kurzer Zeit verlor Thorinn die Geduld und ging weiter nach vorn.

An der Stelle, wo der lange Grünstreifen schmaler wurde, zog die Reihe der Menschen in eine Öffnung im Wald. Er sah, wie ihre bunten Blütenkleider zwischen den Baumstämmen tanzten. Der Weg führte sanft nach oben. Niemals war er steil oder schwierig zu begehen. Es ging zwischen Büschen mit makellos grünen Blättern hindurch, an Blüten, Ranken und Bäumen mit herabhängenden Fruchttrauben vorbei. Hin und wieder mußte man einem gestürzten Baum ausweichen. Überall war der Boden mit einem weichen, grünen Teppich bedeckt, die Büsche hatten keine Dornen.

Wo der enge Pfad es zuließ, schlüpfte Thorinn an den stapfenden Frauen und alten Leuten vorbei, und schließlich hatte er alle überholt, bis auf die Zweigmenschen und die Kinder, die bereits außer Sicht waren. Der Verlauf des Pfades war weiterhin gut zu erkennen. Thorinn folgte ihm etwa eine halbe Wegstunde weit, bis er auf eine große grüne Wiese stieß. Zuerst erschien Thorinn die Lichtung sichelförmig, da sie in weitem Bogen nach rechts und links verlief, doch dann hatte er sich an den hellen, abendlichen Himmelsglanz gewöhnt und erkannte, daß die Wiese einen Ring bildete, in dessen Mitte ein rundes Gehölz aus schlanken Bäumen stand.

Die Leute gingen zwischen den Baumstämmen umher, und Thorinn entdeckte eine Reihe seltsamer, kuppelförmiger Gebilde aus Ruten und Ranken. Oben in den Ästen bewegte sich etwas, dort sah er Plattformen, auf denen Leute saßen.

Als er näher herankam, stellte er fest, daß die kugeligen Gebilde kleine Lauben waren. Was er für Ruten gehalten hatte, waren einfach Pflanzenstengel, die man mit grünen Ranken, an denen noch Blätter und Früchte hingen, zusammengebunden und miteinander verwoben hatte. In einigen Laubhütten hockten Kinder. Andere, größere Lauben waren fast bis zum Boden mit einer festen, grünen Haut überzogen. Er untersuchte sie näher und stellte fest, daß die Haut aus großen, überlappenden Blättern bestand, die man am Rand irgendwie fest verklebt hatte. Er spähte durch die Türöffnung einer dieser Lauben und sah einen Haufen von Blumen und ein paar Kürbisse. Ansonsten war sie leer.

Hinter ihm flöteten Stimmen, und die anderen Leute kamen zwischen den Bäumen hervor. Sie überquerten die Wiese, und einige musterten ihn unverhohlen, doch sie gaben ihm kein Zeichen. Am Fuß der Bäume versammelten sie sich in kleinen Gruppen. Ein paar verschwanden in den Lauben oder stiegen zu den Plattformen hinauf. Thorinn, der vergeblich auf eine Einladung gewartet hatte, zog sich ein wenig zurück und wartete ab.

Jetzt waren nur noch zwei Personen übriggeblieben: eine Frau und ihr kleiner Mann. Arm in Arm betraten sie eine der Laubhütten.

Die Vögel in den Baumwipfeln wurden still. Thorinn sah nach oben. Ein dunkler Rand zog lautlos und schnell den Himmel hinauf. Er war nicht so hoch gewölbt, wie die Himmelssichel von Hovenskar, sondern gerade wie eine Bogensehne. In zwei Herzschlägen war er vorüber, und der Himmel war dunkel.

Eine kühle Brise strich über die Wiese. Thorinn hockte in der Dunkelheit, und es kam ihm die Vermutung, daß er weiter von daheim entfernt war, als er gedacht hatte.

4 Wie sich Thorinn zum Abendessen zwei fette Wasserhühner briet, und was danach geschah.

Thorinn hockte reglos auf einem Felsen, hatte das Kinn in die Hände gestützt und schaute hinaus auf den gläsernen Bogen des Wassers, der vor ihm unter einem Felsüberhang verschwand. Die Stimme in seinem Kopf war ein fernes Murmeln, so unablässig und beharrlich wie das Wasser selbst. Die Felsen unter ihm waren schwarz und glänzten von der Gischt. Das Wasser rauschte gedämpft, ein Laut, der ihn so unablässig bedrängte, als ob er vom Blut in seinen Adern käme. Zweige, dann ein breites Blatt tanzten auf dem glänzenden Rücken des Flusses, dann schwangen sie herum und schossen außer Sicht. Er mußte hinabgehen, doch er konnte es nicht.

Drei Tage lang war er dem Flußlauf gefolgt, von dem herrlichen Wasserfall auf der Westseite, wo das Wasser die kahle Felswand heruntergesprungen kam, bis zu dem Ausfluß hier auf der östlichen Seite. Eine halbe Wegstunde stromaufwärts hatte er an einer seichten Stelle den Fluß überquert, und dann war er den Felsmauern um das ganze Tal herum gefolgt. Sie waren überall gleich: nackter, grauer Fels ohne einen Riß oder eine Spalte, ohne einen Vorsprung, der den Füßen Halt bot. Die Berge ragten in den Himmel hinein, oder der Himmel schnitt die Berge oben ab. Es gab keinen anderen Ausgang aus diesem Tal als den Schlund, in den das Wasser strömte.

Der Himmel wurde dunkler. Es wurde Zeit, ans Abendessen zu denken und an einen Platz für die Nacht.

Ihm war zur Gewißheit geworden, was er lange Zeit nicht wahrhaben wollte: Die Berge waren keine Berge, sondern Mauern aus Felsgestein, und der Himmel war kein Himmel, sondern das Dach einer Höhle. Das hätte auch ein Narr ahnen können, denn aus der Mittwelt war er ständig nach unten gewandert... aber wer konnte damit rechnen, daß es unter der Erde Bäume, einen Fluß und einen Himmel gab?

Er ging in den Wald, um sich Früchte zu suchen, aber ihr Anblick und Geruch zogen ihm den Magen zusammen. Er spuckte sie ins Gebüsch. Die Wasserhühner fielen ihm ein, die unten am Flusse nisteten, und entschlossen drehte er sich um. Immerhin konnte er sich seinen eigenen Braten jagen und sich eine Abendmahlzeit bereiten, die man auch essen konnte.

Über dem Fluß lag ein zauberhaftes Grün, wo sich zwischen den Schilfbüscheln der Himmel im Wasser spiegelte. Er watete mit äußerster Vorsicht. Bei jedem Schritt hielt er an, um zu lauschen. Im Büschel vor ihm raschelte es. Als er darauf zustürzte, hörte er ein schläfriges Krächzen, und ein kammgeschmückter Kopf fuhr hoch. Er packte den warmen Hals mit beiden Händen, drehte ihn um und erstickte so den plötzlichen Angstschrei des Tieres. Noch ein Körper rauschte durch das Schilfgras, Flügel schlugen, Thorinn flog hinüber und erwischte auch diesen. Er warf sich die schweren Körper über die Schulter und stapfte ans Ufer. Als er es gerade erreicht hatte, jagte die Nacht über den Himmel, und die Welt versank in Finsternis.

Er suchte im Wald nach Fallholz und entriß es den Ranken, die sich mit Tausenden von Saugnäpfen daran festklammerten. Dann entzündete er auf der Wiese, nicht weit von den Schotenranken, ein Feuer, rupfte seine Beute und nahm sie aus. Schließlich rammte er zwei Astgabeln in den Boden auf beiden Seiten des Feuers, steckte die Tiere – einen Hahn und eine junge Henne – auf einen Spieß und hängte sie über die Flammen.

Um ihn herum setzte ein schwaches Klopfen ein. Ein kühler Tropfen traf seine Nase. Thorinn holte zwei riesige Blätter aus dem Wald. Mit einem beschirmte er das Feuer, mit dem anderen sich selbst. Im rötlichen Schein verwandelte sich das Aussehen der Wiese, die Dunkelheit umgab sie wie eine schwarze Mauer. Der Regen prasselte auf seine Blätter, Tropfen blitzten im Feuerschein. Die Haut der Hühner kräuselte sich, zischend tropfte Fett in die Flammen. Ein Geruch stieg auf, der Thorinn das Wasser im Mund zusammenlaufen ließ, und er verspeiste das erste Huhn mit grenzenlosem Appetit, noch bevor es genügend abgekühlt war. Niemals hatte etwas so gut geschmeckt. Den zweiten Vogel nahm er mit unter den Schutz eines Baumes und aß noch eine Keule und eine Brustseite. Dann übermannte ihn die Müdigkeit. Er ließ den Rest des Bratens fallen und streckte sich aus. Über ihm trommelte der Regen auf die Blätter, und in der schwachen Glut des Feuers sah Thorinn kupferfarbene Streifen, die sich vor der Dunkelheit abzeichneten.

Beim ersten Morgenlicht war er wieder auf den Beinen, wusch sich am Fluß und verspeiste den Rest seines Bratens zum Frühstück. Faul und behäbig legte er sich noch einmal hin und schlief wieder ein.

Etwas später fuhr er erschreckt hoch. Ein halbes Dutzend der älteren Kinder starrte ihn über die Asche seines Feuers und den kleinen Haufen aus Knochen und Federn hinweg schweigend an. Bei ihnen war das Mädchen, das schon einmal zu ihm gesprochen hatte, oder zumindest eines, das diesem Mädchen sehr ähnlich sah. Ihre Gesichter waren bleich.

Von weiter hinten erschollen fragende Stimmen; weitere Leute kamen

aus dem Wald. Die Kinder drehten sich um und liefen ihnen entgegen, beim Laufen schrien sie. Eine Menge scharte sich um die Kinder, die mit jedem Augenblick größer und lauter wurde. Thorinn sah Gesichter, die sich ihm zuwandten, starrende Augen, offene Münder.
Erschreckt sprang er auf, doch die Leute hatten sich bereits abgewandt und zogen fort. Ihre Stimmen verklangen. Die ganze Menge zog sich in den Wald zurück. Schon war der letzte von ihnen verschwunden.
Als Thorinn am nächsten Morgen erwachte, lagen die Geschenke, die er ihnen gemacht hatte, in einem kleinen Haufen neben ihm: die Kiesel, der Kristall, der Wieselschädel und der Tuchfetzen.

Goryats Stolz, so hatte er Thorinn gelehrt, lag nur in drei Dingen: Wende niemals einem Feind den Rücken zu, breche niemals einen Eid und zahle jedes erlittene Unrecht heim. Darüber hinaus hatte Thorinn keine Vorstellung von Gut und Böse; er hatte nur ein starkes Gefühl für Unrecht und Gerechtigkeit. Nach allem, was er wußte, hatte er nichts getan, das falsch oder unrecht war, und doch war es ganz klar, daß er die Leute in der Höhle irgendwie verletzt hatte. Sie kamen jetzt nicht mehr zu der Lichtung am Fluß, nicht einmal in den Wald, der daran grenzte. In der Dämmerung des siebten Tages hatte er sich über den Pfad zum Dorf geschlichen und sie aus dem Wald heraus beobachtet. Sie kamen jetzt aus der entgegengesetzten Richtung, von flußaufwärts, wo sie einen Platz gefunden haben mußten. Er wagte es nicht, sich ihnen zu zeigen, denn er fürchtete, sie mochten glauben, daß er nun auch ihr Dorf durch seine Anwesenheit verseucht hatte.
Der Wald veränderte sich. In einem Umkreis von einer halben Wegstunde um den alten Spielplatz hingen die Blätter schlaff und welk von den Zweigen. Es wuchsen noch Früchte, aber jetzt waren die unreifen bereits runzlig und hart, andere waren faulig weich und verströmten einen ekelerregenden Geruch. Er fing an, an anderen Plätzen, wo er geschlafen und gekocht hatte, die gleichen Veränderungen festzustellen. Mehr und mehr Zeit verbrachte er am Ende des Flusses und sah hinauf auf den glatten Bogen des Wassers, das dort in den Felsen verschwand.
Er begann an ein Boot zu denken, vielleicht konnte man es aus den großen Blättern bauen, die die Leute für ihre Hütten verwendeten. Im Geiste sah er sich in einem solchen Boot auf der Strömung treiben, schneller und schneller... Die Höhle öffnet ihren Schlund, das Boot treibt in die Dunkelheit, dann kentert es, und er ringt im tosenden Wasser nach Luft. Nein, ein Boot würde ihn nicht schützen, doch wie wäre es, wenn er zwei Boote baute und sie wie die Hälften einer Nußschale aneinanderklebte?

Darin wäre er sicher! Der Gedanke trieb ihn hoch, und er ging in den Wald, um Blätter mit einer geeigneten Größe zu suchen. Er fand große Mengen davon und trug einen Armvoll ans Flußufer, aber als er sich hinhockte, sie hin und her wendete, ein Spantenwerk aus Ruten ersann, auf dem er sie strecken und festkleben könnte, da sah er sich wieder in der Strömung treiben, diesmal in seiner grünen Nußschale... Das Boot schlägt gegen einen Felsen, es platzt auf, Wasser strömt hinein, und der Mensch darin kämpft verzweifelt und ertrinkt.

Er warf die Blätter zur Seite, verärgert über sich und die Götter, denn ihm schien, daß die Antwort ganz nahe war. Tief in Gedanken versunken wanderte er flußaufwärts und stellte plötzlich fest, daß er auf dem alten Spielplatz angelangt war. Er hielt an, sah den Hang hinauf und zuckte zusammen. Er lief hinauf zum Waldrand und stellte sich vor eine Schotenranke. Wie ein grüner Gedanke hingen hier genau die Dinge, die er sich vorgestellt hatte. Sie waren die ganze Zeit dagewesen, doch jetzt sah er sie zum erstenmal. Die Ranke war noch gesund und frisch; eine Schote hing schwer über dem Boden, die anderen standen einladend offen.

Er probierte eine leere Schote aus, indem er mehrmals nach ihr schlug, erst mit einem Knüppel, dann mit einem schweren Stein. Sie hielt allen Schlägen stand, die Außenhaut war dick und elastisch. Er schlitzte sie mit dem Schwert auf, doch die kräftigen Fasern unter der Haut hielten sie zusammen.

Er stellte sich vor, wie er eine Schote abschnitt und sie zu einer Stelle am Fluß schleppte, wo eine schnelle Strömung herrschte, er legte sich hinein... Aber würde sie sich überhaupt noch schließen, wenn man sie von der Ranke abschnitt? Und wie sollte er die Schote in den Fluß bekommen?

Ein neuer, ebenso bestürzender Gedanke kam ihm: Vielleicht würde das Wasser die Schote öffnen? Das konnte er immerhin durch einen Versuch herausbekommen. Er ging zu der Ranke zurück, packte sie über der geschlossenen Schote und schlug mit dem Schwert danach. Beim ersten Schlag prallte die Klinge ab, dann schnitt sie ein; ein milchiger Saft quoll aus der Wunde. Thorinn schlug noch einmal zu und trennte die Ranke durch.

Die Schote blieb geschlossen. Thorinn schleifte sie über die Uferböschung zum Wasser, wo er sie ins seichte Wasser stieß. Er setzte sich auf ein Grasbüschel und beobachtete sie. Lange Zeit geschah nichts. Gelangweilt und hungrig stand er auf und streifte umher, wobei er häufig zurückkam, um einen Blick auf die schwimmende Schote zu werfen. In einem Schilfbüschel fand er schließlich ein Nest mit vier grünlich gesprenkelten Eiern.

Eines stieß er auf und roch daran. Es hatte einen strengen Geruch, war aber frisch. Als er gerade den Kopf in den Nacken legte, um das Ei auszusaugen, hörte er ein fernes Platschen.
Er sah sich um, es war nichts zu sehen, doch aus der Richtung der Schote waren glucksende Geräusche zu hören, dann ein erstickter Schrei. Thorinn ließ das Ei fallen und lief los. Noch ehe er die Stelle erreicht hatte, sah er eine menschliche Gestalt aufrecht durch das Schilf davonhasten.
Es war der Junge. Er sah Thorinn gehetzt an und wollte seine Flucht fortsetzen, doch er fiel ins seichte Wasser. Sofort war er wieder auf den Beinen und arbeitete sich zum Ufer vor. Thorinn beobachtete, wie er den Hang hinaufstolperte. Am Waldrand wandte er ihm noch einmal sein bleiches Gesicht zu.
Die Schote trieb zwischen den Schilfstengeln. Sie war offen und voll Wasser gelaufen, das weiche, rosige Innere war angeschwollen und fühlte sich klebrig an.

Thorinn wußte nun, daß die Schote lang genug geschlossen bleiben würde, um ihn den Fluß hinabzutragen, bevor sie ihn wieder freigab, aber das Problem, wie er in die Schote steigen und danach die Schote ins Wasser bringen sollte, war noch immer ungelöst.
Bis auf diesen Punkt stand sein Plan fest. Den geeigneten Ort hatte er bereits gefunden: eine steile, grasbewachsene Uferstelle, auf der anderen Seite des Flusses, wo das Wasser tief und schnell vorbeifloß. Im Wald in der Nähe wuchs eine kräftige, gesunde Schotenrankenpflanze. Wenn er soweit war, dann brauchte er nur eine Schote abzuschlagen, sie zum Ufer tragen... und dann? Er sah sich selbst, wie er in die Schote stieg. Die Schote rutschte abwärts, während sie sich langsam um ihn schloß. Dann klatschte sie ins Wasser, noch nicht völlig geschlossen. Wasser dringt ein, dann schließt sie sich. Was ist mit dem Menschen im Innern dieser Schote, die mit der Strömung dahinschießt? Ist er ertrunken, eingeschlafen, hilflos?
Was wäre mit einem weniger steilen Hang? Die Schote rutscht langsam, schließt sich, bevor sie das Wasser erreicht hat, doch dann verfängt sie sich und bleibt hängen. Wenn sie nicht in den Fluß gelangt, wird sie sich dann je wieder öffnen?
Ein weiterer Tag verging, währenddem er das Problem hin und her wälzte. Der faulende Wald nahm eine schwarze Farbe an und stank eine halbe Wegstunde weit um den Spielplatz herum. Die Wasserhühner hatten diesen Teil des Flusses verlassen.
Als er an die Stelle zurückkehrte, die er ausgewählt hatte, stellte er fest,

daß auch hier die Krankheit eingesetzt hatte. Das Gras war gelb geworden und zeigte braune Spitzen. Sein Zögern hatte ein Ende. Er ging zu der Ranke im Wald und bemerkte, daß sie noch immer gesund war. Er schnitt eine Schote ab und ließ ein langes Stück der Ranke daran. Ohne zu wissen, was er weiter tun sollte, zog er die Schote zum Flußufer und legte sie oberhalb der Böschung ab. Unten rauschte das Wasser vorbei. Er warf einen Zweig hinein und beobachtete, wie er außer Sicht verschwand.
Er hatte so lange nichts gegessen, daß ihm schwindlig war. Er dachte, wenn das Wasser hier oben vorbeikäme, dann würde es die Schote hinab in den Fluß spülen, doch Wasser floß auf ganz eigentümliche Art. Unter ihm zog kalt und schnell der Fluß vorbei.
Wie wäre es mit Feuer? Er konnte die Ranke an einem Baum befestigen, vielleicht mit einer dünneren Ranke, dann konnte er ein Feuer unter der Ranke entzünden, das die Ranke durchbrannte... Aber was war, wenn das Feuer erlosch? Oder wenn es sich im trockenen Gras ausbreitete und die Schote erreichte, bevor die Ranke durchgebrannt war?
Dann leuchtete die einfache Antwort vor seinem inneren Auge auf. Er ging wieder in den Wald und schnitt eine lange, dünne Bodenranke ab, diese beschnitt er so, daß ein einziger Strang von zwölf Ellen übrigblieb. Die Ranke war zäh, er konnte sie mit den Händen nicht zerreißen.
Einige trockene, gelbe Kürbisse fielen ihm ins Auge, einer von ihnen war fast vier Ellen lang. Er schnitt ihn von der Ranke, stellte fest, daß er leicht und hohl war. Samenkörner klapperten darin. Er stellte sich vor, daß er den Kürbis an das eine Ende der dünnen Ranke knotete und die Schote an das andere. Die Ranke, die die beiden verband, würde um einen Stock oder Schößling laufen. Die Schote mit ihm darin würde schwerer sein, sie würde den Kürbis um den Stock ziehen, und beide würden ins Wasser fallen. Wenn der Kürbis jedoch mit Wasser gefüllt war...
Er kniete sich ans Ufer und schnitt nahe beim Stiel ein großes Loch in den Kürbis, dann drückte er ihn so lange unter Wasser, bis alle Luft herausgeblubbert war. Er hatte Schwierigkeiten, das schlüpfrige Ding anzuheben, es war genauso schwer wie er selbst.
Er legte den Kürbis ab, wobei er darauf achtete, daß kein Wasser herauslief, dann legte er mit den Augen den Weg fest, den die Ranke beschreiben sollte, vom Kürbis bis zu einem im Boden steckenden Stab und dann zur Schote. Er sah sich selbst, wie er den Kürbis durchbohrt, Wasser sprudelt heraus. Thorinn legt sich in die Schote, die sich über ihm schließt. Endlich wird der Kürbis leichter, er rutscht die Böschung herauf, die Schote bewegt sich abwärts und hält so die Ranke straff gespannt; der Kürbis erreicht den Stab...

Der Stab sollte nicht dasein. Das gebogene Ende des Kürbisses könnte daran hängenbleiben, oder die Ranke, oder die wellige Schale des Kürbisses selbst. Aber der Stab mußte nun einmal dasein, um die Schote zu halten.

Unbefriedigt dachte er über einen hölzernen Zapfen nach, einen beweglichen Haken. Er suchte zwischen den abgestorbenen Zweigen im Wald und fand schließlich eine Astgabel. Am unteren Ende hatte sie einen weiteren Zweigstumpf, der glatt und nicht länger als sein Daumen war. Er drehte das Aststück hin und her. Wenn man es nach oben kippte, würde der Stumpf eine Seilschlinge halten, wenn man es nach unten kippte, würde das Seil abrutschen. Aber wie konnte man es zum Kippen bringen? Plötzlich kamen sie alle, Kürbis, Astgabel, Ranke und Schote in seinem Geist zusammen, und er wußte es.

Er ließ die Astgabel neben dem Kürbis ins Gras fallen und lief in den Wald zurück. Halb im Unterholz verborgen lag ein Stück von einem Baumstamm, sechs Ellen lang und so dick wie sein Schenkel. Unter großen Mühen zerrte er ihn heraus und legte ihn quer auf die Böschung, verkeilte ihn hinter einem Busch und einem Stein. Die Astgabel stellte er mit dem Fuß gegen den Stamm, so daß das gegabelte Ende nach oben gegen die Böschung zeigte und der kleine Sporn senkrecht stand. Dann trug er den schweren Kürbis hinter den Stamm und legte ihn sorgsam so ab, daß er in die Astgabel hineinragte. Mit einem Stück Ranke band er die Astgabel am Kürbis fest. Dann nahm er den Rest der Ranke, verknotete sie an einer Seite zu einer Schlaufe, warf die Schlaufe über den Zapfen und zog mit seinem ganzen Gewicht daran. Der Kürbis bewegte sich nicht.

Dann band er die Ranke an die Schote und legte die Schote direkt unterhalb des Baumstammes ab, etwa zwei Ellen über der Böschung. Er überprüfte seine Arbeit noch einmal und fand, daß sie gut war. Das Wasser würde aus dem durchbohrten Kürbis fließen, er würde leichter werden. Schließlich würde er so leicht sein, daß er den Zapfen nicht mehr senkrecht hielt, die Astgabel würde umkippen, und die Schlaufe würde vom Zapfen rutschen.

Jetzt mußte er es nur noch ausführen. Thorinn legte langsam seine Ausrüstung an und vergewisserte sich, ob all seine Habe im Ranzen war. Dann legte er den Schwertgürtel um. Die rosigen, weichen Schotenschalen standen offen. Von unten kam das endlose Rauschen des Flusses.

Noch einmal untersuchte er alle Teile seiner Maschine. Er kniete sich hinter den Baumstamm und setzte die Schwertspitze auf der Unterseite des dickbauchigen Kürbisses auf, dann zögerte er. Plötzlich begann er über andere Möglichkeiten nachzudenken. Vielleicht konnte man den Wasserfall auf der anderen Seite des Tales erklimmmen, vielleicht fand er die Himmelstüre wieder...

Hinab mit dir, sagte die Stimme, und er trieb das Schwert hinein. Wasser spritzte, und als er die Klinge herauszog, sprudelte im Bogen ein kleiner Strahl hervor, der im Gras versickerte.

Thorinn erhob sich und ging zur wartenden Schote auf der Böschung. Die rosigen Hälften gähnten einladend. Fast krank vor Abscheu stieg Thorinn hinein und fand sie widerlich weich unter seinen Füßen. Seine Muskeln verkrampften sich unter dem Wunsch, herauszusteigen, aber er zwang sich, sich hinzusetzen und sich schließlich in die weiche Umarmung der Schote zu legen. Er sah einen Streifen Himmel, der immer schmaler wurde, dann legte sich das Fleisch der Schote langsam, erstickend auf sein Gesicht. Das Wasserrauschen verstummte. Er arbeitete mit aller Kraft, um wieder herauszukommen, und stellte fest, daß es gar nicht schwer war. Die Schote löste sich in Nebel auf, und er war frei. Unter einem seltsam zwielichtigen Himmel wanderte er furchtlos durch ein Land, in dem interessante Dinge geschahen. Freundliche Leute, deren Gesichter er nicht genau erkennen konnte, sprachen zu ihm in einer Sprache, deren Worte er fast verstand. Er bemerkte, daß er sein Schwert verloren hatte, das erschreckte ihn ein wenig, doch als er wieder hinsah, hing es hell und glänzend an seinem Gürtel. Dann war es wieder verschwunden, aber das war nicht sonderlich wichtig. Die Dinge, die geschahen, und die Worte, die zu ihm gesagt wurden, waren so interessant und angenehm, daß auf diese Weise Jahre verstrichen, und er wurde nicht müde. In jedem Fall konnte er sich dazu gratulieren, diese Lebensform erreicht zu haben, die um so vieles besser war als die alte. Ihm taten jene leid, die sich noch immer mit einem Leben, wie er es früher geführt hatte, abmühten. Dies sagte er auch zu einem oder zweien seiner Gefährten, und sie stimmten ihm völlig zu. Das konnte er aus ihren Stimmen herauslesen, denn ihre Worte wurden ihm nie ganz klar. Doch nach einer langen Zeit begann irgendein unangenehmes Geschehnis. Es kam aus einer Richtung, in die er sich nicht verteidigen konnte, und auch die anderen konnten ihm nicht helfen. Es hatte kein Gesicht und keine Bedeutung, doch er konnte es nicht übergehen. Es zog sich zurück, doch dann war es wieder da, brutaler und fordernder als zuvor. Er erkannte, daß man etwas dagegen unternehmen konnte, doch das bedeutete, daß er bis zum Ende seiner Tage auf all diese Behaglichkeit und das Glück verzichten mußte. Während er noch zögerte, kam es wieder, und diesmal hatte es einen bestimmten Klang: das Rauschen von Wasser.

5 Wie Thorinn eine Schatzhöhle entdeckte und einen Zauberkasten fand, der sprechen konnte, wenn auch nur närrisches Zeug.

A.D. 2957:
In dieso Jahr es geschah, dasz vielkluge Mannen vorwußten, dasz unser Sonn verbrennen wollt. Eh noch fuffzig Jahr vorueber sein, wollt sie uns rösten wie Bouletten in der Pann! Alle sollten wir dran globen.
Doch da waren manche, die sachten: »Mak wej'n Boot von dieso, unser Erd, dann wej fliechen weg von unser Sonn sin Feuerbrand und suchen uns'n annern Himmelsstar.«
Un wieder annere, die sachten: »Doch unser Luft, die soll wohl frosten, wenn wej keen Dache konstrukten, das über die janz Erd passen tut. Und welchen Stoff sollen wej dieso Dach von bauen, dasz es nicht zusammenbrecht von sejn eigen Gewicht?«
Doch ejn erhebte sich un sachte: »Lasz uns machen eine Blas, mit Luft gefüllt, so haelt das Dach die Luft und wohl die Luft das Dache.«
So legten sie denn los un hatten gut 20 Jahr daran zu schaffen.

Wasser brannte in seinen Augen und seiner Nase. Tosende Finsternis umbrauste ihn. Er kämpfte dagegen an, doch sein Körper war wie ein Stein. Das Wasser spülte wieder über sein Gesicht. Halb erstickt griff er in die Luft und hielt die weichen Ränder der Schote in seinen Händen. Seine Augen waren offen, doch er sah nichts. Die Schote kippte und erzitterte. Das Wasserrauschen war jetzt unter ihm. Er strampelte und versuchte sich umzudrehen. Die Schote kippte wieder, und das Wasser riß an seinen Beinen. Mit aller Kraft versuchte er sich auf die Schote hinaufzuziehen. Sie war gekentert und ragte halb aus dem Wasser. Der Fluß schoß schwarz darunter hindurch und versuchte ihn mitzureißen.
Er streckte die Beine aus und fand mit dem Fuß einen schlüpfrigen Stein, doch dann verlor er ihn wieder. Es schien ihm, daß die Schote in einer Spalte, durch die das Wasser hindurchschoß, eingeklemmt war. Er versuchte es erneut und ertastete mit dem Fuß neuen Halt, doch die Schote schwang herum, und er hing wieder wassertretend im Fluß.
Er stemmte sich gegen den Sog und arbeitete sich weiter auf die Schale der Schote hinauf. Er zitterte vor Kälte. Hier war die Schote schmaler, er konnte mit einem Arm um sie herumgreifen und sich an der anderen Seite festhalten. Er lag jetzt quer auf der Schote, seine Füße berührten den Grund. Die Schote drehte sich wieder, Thorinn ließ sie los und versuchte

zu springen, aber das Wasser riß ihm die Beine weg. Er stürzte. Seine Hände umklammerten die glitschigen Steine auf dem Grund. Immer wieder fiel er und richtete sich mühsam wieder auf. Etwas schlug hart gegen seine Wange, daß sein Kopf dröhnte. Er packte zu, jetzt hing er an einem Felsbrocken, der halb aus dem Fluß ragte. Er zog sich hinauf und klammerte sich fest. Endlich fand er Zeit, das Wasser aus der Kehle zu husten. Die Finsternis war samtig und undurchdringlich. Das rauschende Tosen des Wassers hörte niemals auf. Langsam erinnerte er sich an alles, was geschehen war. Die Schote hatte ihn durch das Loch in der Felswand getragen. Im Augenblick war er in Sicherheit und vor dem Ertrinken bewahrt, das war alles, worauf es ankam.

Nach einiger Zeit erhob er sich weit genug, um sich vergewissern zu können, daß Schwert und Ranzen noch an ihm waren. Er fand das Lichtkästchen im Ranzen und nahm die Kappe ab. Ein bleicher Schein leuchtete auf.

In diesem Licht sah er das silbrig kalte Wasser, das ihn umgab. Nur vier Ellen entfernt drehte sich die Schote gemächlich in einem Wirbel. All seine Mühen hatten ihn nur diese kleine Strecke weit fortgeführt. Die rauhe Decke war dicht über seinem Kopf, unten war überall Wasser. Er konnte kein Ende sehen. Verschieden große Steinblöcke erhoben sich hier und da aus den Fluten, andere sah er dicht unter der Oberfläche schimmern. Es sah so aus, als ob sie aus der rissigen Decke gestürzt wären.

Er sprang von einem Felsblock zum nächsten; mit einer Hand stützte er sich ab, und in der anderen hielt er das Lichtkästchen. So ließ er den Wirbel hinter sich. Ein Stück voraus sah er einen weiteren und wich ihm aus, dann stellte er fest, daß das Wasser flacher wurde. Das Flußbett unter seinen Füßen wies viele Einbuchtungen auf. Es stieg weiter an, bis das Wasser, durch das er watete, ihm nur noch bis zu den Knöcheln reichte.

Weiter vorn sah er eine helle Linie, wo das Wasser über den Rand eines Loches schoß. Als er näher herangekommen war, fühlte er einen kühlen Luftzug von unten aus dem Loch heraufsteigen. Voraus im Flußbett waren weitere Löcher, in die sich das Wasser ergoß.

Er schaute hinab in das Loch: Unten sah er geborstene Steine, von denen Wassertropfen wie Brillanten abprallten.

Er legte sich mit dem Körper ins Wasser und steckte den Kopf und einen Arm durch das Loch. In der Hand hielt er das Lichtkästchen, dessen Schein er durch die Dunkelheit huschen ließ. Überall sah er Wasservorhänge und dahinter nichts als Finsternis. Wo das herabstürzende Wasser abfloß, konnte er nicht sehen. Die Felsen auf dem Höhlenboden waren fast trocken.

Er erhob sich, zögerte einen Augenblick, sprang dann ab. Das Lichtkästchen richtete er bei seinem Fall nach unten. Er landete auf einer geneigten Felsplatte, verlor den Halt und schlug hart mit der Sitzfläche auf, doch er verletzte sich nicht.

Auf allen Seiten war er von den stürzenden Wasservorhängen umgeben. Gespenstisch silbrig waren sie, und die Luft war von fallenden Wasserperlen erfüllt. Tröpfchen trafen wie kühle, feuchte Küsse auf seine Haut. Ein herausragender Stein über ihm teilte einen breiten Wasservorhang direkt vor ihm in zwei Streifen. Thorinn steckte den Kopf durch die Lücke, doch er sah nur weitere Felsschollen, hinter denen andere Wasservorhänge niedergingen.

Er folgte dem kühlen Luftstrom und suchte sich einen Weg durch die silbergrauen Vorhänge, die überall herabstürzten. Zwischen den Felsschollen, auf denen er ging, strömten kleine Bäche, und er konnte an ihnen sehen, daß der Boden leicht anstieg. Endlich wurden die Silbervorhänge weniger zahlreich und der tosende Lärm des Wassers schwächer. Vor ihm zerteilte sich die Höhlenwand in eine verwirrende Vielfalt von Formen, und schließlich fand er einen engen Gang, der nach oben führte. Er hielt an, um das Wasser aus seinem Ranzen zu gießen, dann trocknete er sich, so gut es eben ging, das Haar mit den Händen und betrat den Gang. Dieser schlängelte sich unablässig aufwärts. Er hatte einen unregelmäßigen, runden Querschnitt, und Thorinn sah im Schein des Lichtkästchens, daß er leer und trocken war.

Nach einiger Zeit weitete sich der Gang. Thorinn ging vorsichtig weiter und stellte fest, daß er sich in einer engen Höhle befand, die fast verschüttet unter einem Haufen herabgefallener Steine lag. In der gegenüberliegenden Wand, hinter dem Steinhaufen, sah er eine gezackte Öffnung. Er kletterte über das Geröll und spähte hinein. Sein Licht wurde von Gegenständen reflektiert, deren Form er nicht erkennen konnte. Aus dem Loch wehte ihm ein Luftzug entgegen, doch die Luft roch abgestanden. Er zögerte noch einen Augenblick, dann hüpfte er durch die Lücke auf den ebenen Fußboden.

Schweigen lastete auf seinen Ohren, ein Schweigen, das noch drückender war als im Gang. An allen Seiten waren mächtige Gegenstände aufeinandergetürmt, zwischen ihnen sah er schlanke Ruten. Der Boden war völlig eben und so glatt wie Eis. Er war nicht aus Stein, sondern aus einem grauen, rutschigen Stoff, der sich beinahe warm anfühlte. Die Luft war mild und trocken. Die riesigen Türme aus Gegenständen standen in Reihen, ihre Spitzen verschwanden in der Dunkelheit.

Thorinn streifte durch die Reihen und berührte sie neugierig im Vorübergehen. Die Ruten aus kaltem Metall stützten Querleisten, auf denen Bündel und Ballen aufgestapelt waren. Aber es gab auch andere Dinge, die Thorinn nicht benennen konnte. Alle waren sie mit einem kühlen, wasserglatten Stoff bedeckt. Allmählich wurde ihm klar, daß er in den Vorratsraum eines Trolls eingedrungen sein mußte. Er blieb stehen und lauschte, doch das Schweigen hielt an.

Neugierig fuhr er mit den Händen über ein Bündel. Es war glatt und schwer und wollte sich nicht richtig greifen lassen, aber schließlich gelang es ihm doch. Er zog es heraus und legte es auf den Boden. Es war so breit, daß er es mit den Armen gerade noch umfassen konnte, und war von länglicher Form mit abgerundeten Ecken. Fast ähnelte es einem riesigen, grauen Käse. Vergeblich suchte er nach einer Nahtstelle oder Öffnung; die glatte Oberfläche war überall gleich.

Dann wollte er es mit seinem Schwert aufschneiden. Bei der ersten Berührung öffnete sich die Hülle wie ein Maul. Thorinn schob die Finger unter die Schnittkanten und staunte über die Dünne und Durchsichtigkeit des Materials, es war viel feiner als die Haut einer Zwiebel. Er zog an dem Stoff, der Riß vergrößerte sich. Die Hülle ließ sich mühelos zerreißen und abschälen. Er zerteilte sie in große, raschelnde Fetzen. Darunter war eine weiche, graue Substanz, die ihn an Brotteig erinnerte. Er konnte mit dem Finger hineindrücken, doch die Delle schloß sich sofort wieder. Mit den Fingern konnte er dem Material nicht beikommen.

Wieder gebrauchte er das Schwert. Der graue Stoff ließ sich leicht zerschneiden, aber er konnte ihn nicht so gut zerreißen. Als er an den Schnittkanten zog, hielten die klebrig scheinenden Fasern im Innern eisern zusammen. Er schnitt tiefer hinein, und endlich spaltete sich das Zeug, genauso wie vorher die äußere Hülle. In dem Schlitz sah er etwas anderes, das darunter lag. Es glänzte rötlich-golden.

Der graue Stoff flog in Fetzen auf den Boden. Im Licht des Kästchens erschien ein Stoffballen, bei dessen Anblick Thorinn den Atem anhielt. Er war unglaublich weich und prächtig, karmin, zinnoberrot und golden in schimmernden Mustern, die nicht auf das Gewebe gemalt, sondern direkt hineingewebt waren. Er wickelte den Ballen ab und breitete ihn auf dem Fußboden aus. Bald bedeckte er die ganze Breite des Ganges und war noch immer nicht ganz abgerollt. Thorinn ließ ihn fallen und starrte ihn ungläubig an. Für diesen Stoffballen gab es keinen Preis, dafür konnte er fordern, was er wollte. Dieser eine Ballen hatte ihn zu einem reichen Mann gemacht. Und hier waren noch viel mehr!

Er schnitt das nächste Bündel auf. Es enthielt einen ähnlichen Stoff wie das erste, doch dies Tuch war purpurrot, königsblau und smaragdgrün gefärbt. Voller Erregung rannte Thorinn zum nächsten Gang und fand ein Gestell mit kleineren Bündeln. Einige davon, nicht größer als sein Kopf, waren auf den Boden gefallen. Er wählte eines aus, schnitt es auf. Im Innern war ein glitzerndes Gerät aus Messing und Elfenbein, fraglos ein Zauberinstrument. Er wußte, daß solche Dinge einen Menschen, der nicht mit ihnen umzugehen verstand, verletzen konnten, deshalb legte er es behutsam zur Seite.

Das nächste Ding war ein hübscher kleiner Krug mit einem Henkel und einer Tülle, aus der man gießen konnte. Er stellte ihn auf den Kopf, um zu sehen, warum er so schwer war, doch es kam nur ein Tropfen Feuchtigkeit heraus.

Dann fand er ein schwarz und rot gemustertes Kästchen, das mit purpurrotem Samt ausgeschlagen war. Dutzende kleiner bunter Figürchen von Männern und Frauen lagen darin.

Außer sich vor Freude lief Thorinn zum nächsten Gang, wo er weitere Zaubermaschinen fand. Danach: Messer aus Yen-Metall, die kleiner als seine Finger waren, mit winzigen Klingen, so scharf wie sein Schwert, Hämmer und Meißel, nicht größer als die Messer, und weitere winzige Werkzeuge, deren Sinn er sich nicht vorstellen konnte.

Das Fieber, mehr und mehr Bündel zu öffnen, ließ ihn Erschöpfung, Kälte, Durst und Hunger vergessen. Er fand Kleider, weite Gewänder aus schwerem Brokat, Umhänge und Hosen aus glänzendem Stoff, Schuhe, die herrlich weich und schmal waren. Er fand Ringe und Armbänder, Juwelenketten, die sich in einer Flut über den Boden ergossen. Schätze türmten sich rings um ihn auf, bevor er noch richtig begonnen hatte.

Einmal machte er eine Pause und trug all seine Fundstücke an einem Platz zusammen. Er wollte sie durchsehen und entscheiden, was er mitnehmen wollte, doch die glatten, grauen Flächen der ungeöffneten Packen trieben ihn wieder in einen Rausch, und gegen jede Vernunft fiel er über Packen her, die größer waren als er selbst. Es waren längliche Kästen, und er fetzte von ihnen nur die Hüllen ab, ohne sie aus den Gestellen zu ziehen. Er wollte nur sehen, was sich darunter verbarg. (Schränke aus poliertem Holz mit Einlegearbeiten aus Perlmutt. Riesige Maschinen aus Metall und Glas. Sessel mit schlangengleich geschwungenen Lehnen. Weitere Stoffballen, zehnmal so groß wie die ersten.)

Völlig erschöpft brach er schließlich zusammen und stützte den Kopf in die schweren Hände. Hunger und Durst kehrten zurück. Er kippte seinen Ranzen um und trank das darin befindliche Wasser, doch es war nicht genug. Er dachte über einen Behälter nach, mit dem er Wasser aus der Höhle am Ende des Ganges holen konnte. Mit dem Ranzen würde es gehen, aber er konnte ihn nicht naß machen, weil er darin seine Schätze transportieren wollte. Die kleineren Sachen konnte er hineintun, die Juwelen vielleicht. Dann konnte er den Ranzen an den Gürtel binden und aus den anderen Sachen einen Packen zusammenschnüren, den er auf dem Rücken trug.

Der Krug fiel ihm wieder ein, also sah er sich nach ihm um. Da stand er, am Rand des großen Haufens, den er zusammengetragen hatte. Als er ihn anhob, erschien er ihm schwerer als zuvor. Er schüttelte ihn, und es gluckste darin. Ohne zu überlegen kippte er ihn. Wasser schwappte auf seine Füße.

Thorinn richtete den Krug wieder auf und starrte ihn an. Er schüttelte ihn, es gluckste. Vorsichtig hob er die Tülle an die Lippen, kippte den Krug, schmeckte. Es war Wasser, so kalt und klar wie das Wasser im Frühling in Hovenskar. Er legte den Kopf in den Nacken und trank in tiefen Zügen, bis der Krug leer war.

Um sich zu vergewissern, stellte er den Krug auf den Kopf. Ein einzelner Tropfen fiel heraus, noch einer, dann keiner mehr. Er stellte den Krug aufrecht hin und beobachtete ihn eine Weile; nichts geschah. Er hob ihn an und neigte ihn, Wasser floß heraus, ein dünner Strahl, der sofort wieder versiegte. Aber wo mochte es hergekommen sein, wo der Krug doch vor ein paar Augenblicken noch völlig leer gewesen war?

Entschlossen, diesmal länger zu warten, drehte er dem Krug den Rücken zu und öffnete einen weiteren Packen. Dieser enthielt einen schwarzen Kasten mit abgerundeten Kanten. Eine Kante war breiter als die anderen. Er hatte keinen Deckel und war offen, aber nicht leer. Im Kasten steckte ein leicht gewölbtes Glas oder ein Kristall, in dem sich Thorinn dunkel spiegelte. Wenn es ein Spiegel war, dann war er recht armselig. In einem anderen Gang fand er viele kleine Bündel. Eines nahm er heraus und schlitzte es auf. In der grauen Teigschale steckte eine Vielzahl von kleinen Schachteln. Sie trugen Aufkleber in vielen Farben, grün, violett, gelb, rot. Er bekam bald heraus, wie man die Kästchen öffnen konnte: Man mußte nur den Daumennagel unter den Rand des Deckels schieben, und der Kasten zersprang. Darin war ein längliches Stück aus einer käseartigen Masse. Thorinn roch daran, dann riß er ein winziges Stück ab und schob es ungläubig in den Mund. Es war tatsächlich Käse, zwar fade und mit einem fremdartigen Geschmack, aber auf jeden Fall Käse. Er verschlang das Stück mit zwei Bissen, dann öffnete er noch eine Schachtel und noch eine, bis er zum Bersten voll war. Seine Erschöpfung war vergessen, und er trug die anderen Schachteln zu seinem Schatzhaufen.

Dann nahm er den Krug auf, es gluckste. Er konnte nicht gut hineinsehen, doch es schien, daß er mindestens halbvoll war. Er trank wieder, mehr aus Neugierde als aus Durst, setzte sich hin und lehnte den Rücken gegen einen Stoffballen. Der schwarze Kasten lag in der Nähe auf dem Boden. Thorinn streckte träge ein Bein aus und zog ihn mit dem Fuß näher heran. Er rutschte über den Boden, blieb irgendwo hängen, kippte um und blieb so liegen, daß der breite Rand unten auf dem Boden lag. Das Kristall im Innern schien einen Augenblick farbig zu flackern.

»Na, das ist seltsam«, sagte Thorinn und richtete sich auf.

Der Kasten flackerte wieder, eine Stimme sprach.

Ohne zu überlegen sprang Thorinn auf. Das Schwert flog in seine Faust. Er wirbelte herum, spähte in alle Richtungen und umkreiste langsam den Schatzhaufen, sah hinter den Regalen und in den Gängen nach. Er lauschte. Nichts war zu hören.

Er ging zu dem Kasten zurück und starrte ihn mißtrauisch an. »Warst du das?« fragte er.

Die Stimme sprach wieder, unverständlich. Es war eine leise Stimme, ruhig und beherrscht.

»Bist du da drin?« fragte Thorinn. Er beugte sich hinab, um in den Kasten zu sehen. Die Stimme antwortete. Der dunkle Kristall leuchtete auf. Thorinn sah ein wirres Muster aus Licht und Schatten. Ein Teil davon bewegte sich, und er sah eine winzige, hockende Gestalt, die in fleckiges Leder gekleidet war und ein Schwert in der Hand hielt.

»Bin *ich* das?« rief er.

Die Stimme sagte: »Ich das?«

Voll tiefstem Mißtrauen starrte Thorinn den Kasten an. Er zog sich ein wenig zurück und setzte sich ihm gegenüber auf den Boden. Der Kristall war dunkel geworden, jetzt flackerte er wieder auf. Thorinn sah wie durch einen Tunnel die gleiche winzige Gestalt und hinter ihr einen hohen Turm aus grauen Bündeln. Es war so, als ob er sich in einem Eisspiegel betrachtete. Doch wenn er mit der rechten Hand das Schwert hob, hob die Gestalt ebenfalls die rechte Hand, und nicht die linke, wie in einem ordentlichen Spiegel.

»Du«, sagte die Stimme.

»Ja, das bin ich«, erwiderte Thorinn. »Wie machst du das?«

Der Kristall verlosch. »Wie mache ich das?« sagte die Stimme.

»Ja, wie?« fragte Thorinn ungeduldig. »Was ist los? Warum redest du so seltsam?«

»Warum rede ich so seltsam?«

Thorinn fühlte sich genarrt. »Ja, warum sprichst du so seltsam?«

Der Kristall flackerte wieder. »Du sprichst.«

»Ich weiß, daß ich spreche. Ich spreche viel besser als du!«
Im Kristall schien die kleine Gestalt nach vorn zu stürmen, ohne sich zu bewegen, schließlich füllte ihr Gesicht den ganzen Kristall aus. Thorinn schwieg, doch er sah, wie sich im Kasten seine Lippen bewegten. »Du sprichst?« fragte die Stimme. Das Gesicht kam noch einmal näher, und jetzt sah Thorinn nur seinen Mund und sein Kinn. »Du sprichst?«
Inzwischen war er felsenfest davon überzeugt, daß er es mit einem harmlosen und dazu recht einfältigen Dämon zu tun hatte, daher antwortete Thorinn: »Ja, ich spreche«, dabei zeigte er auf seinen offenen Mund und sprach übertrieben sorgfältig, bei jedem Wort riß er die Lippen weit auseinander.
»Sprechen«, sagte die Stimme, »ich verstehe.« Der Kristall wurde dunkel und wieder hell, Thorinn sah seine Hand. Es war seine Hand, doch wenn er seine eigene Hand bewegte, bewegte sich die Hand im Kasten nicht.
»Das ist meine Hand«, sagte er.
»Das ist meine Hand.«
»Nein, nicht deine, das ist meine Hand.«
»Das ist deine Hand.«
»Das habe ich ja gleich gesagt.«
»Das hast du gesagt. Sprechen.« Jetzt sah er seinen Daumen, und er sagte der Stimme, wie er ihn nannte, dann seinen Arm, sein Bein, seinen Fuß, seine Zehen, seinen Kopf, seine Ohren, seine Augen, und so ging es weiter, bis er die Geduld verlor und aufstand. »Du fragst zuviel«, sagte er.
»Du fragst.«
»Schön, wer bist du? Wie bist du in den Kasten geraten?«
»Kasten?«
Thorinn bückte sich und berührte den Kasten. »Dies Ding, dieser Kasten. Wieso steckst du da drin?«
Der Kristall flackerte, jetzt zeigte er den Kasten. Ein Kasten im Kasten. Der Kasten im Innern war nicht erleuchtet, er stand auf einer gelben Fläche. »Dieser Kasten«, sagte die Stimme.
»Ja, dieser Kasten. Wie bist du hineingekommen?«
»Ich bin der Kasten. Sprechen.« Der Kristall leuchtete auf, und Thorinn sah einen Mann in einem steifen, roten Gewand, hinter dem es grün und golden leuchtete. »Das ist ein Mann. Er muß sehr reich sein.«
Der Mann verschwand, dann sah er eine Frau mit schönem Haar, die ähnlich gekleidet war. »Das ist eine Frau. Ist es seine Frau?«
So ging es weiter. Thorinn sagte dem Kasten, wie man einen Jungen nannte, ein Mädchen, einen Baum, ein Blatt, einen Zweig. Doch gelegentlich zeigte der Kasten ihm Maschinen und andere Dinge, die er noch

nie gesehen hatte, und dann sagte Thorinn: »Was ist das?« oder »Ich weiß nicht, was das ist.« Endlich sank ihm der Kopf auf die Brust, und die Bilder im Kasten wurden so verschwommen, daß er sie überhaupt nicht mehr erkennen konnte. »Sprechen«, sagte der Kasten. Sein Kopf fuhr mit einem schmerzhaften Ruck hoch, er war eingenickt.
»Kein Sprechen mehr«, sagte er schwerfällig. »Gute Nacht.«
Der Kasten sagte nichts. Thorinn rollte sich auf einem weichen Stoffballen zusammen, zog eine Ecke des Tuches über sich und war sofort tief eingeschlafen.

Als er erwachte, hatte er alles vergessen, was geschehen war, und wußte zunächst gar nicht, wo er sich befand. Dann, als er seine Schätze sah, erfüllte ihn Freude. Eine Weile wühlte er in ihnen herum und untersuchte das eine oder andere Stück. Wenn er das alles zur Mittwelt hinaufschaffen könnte, oder doch wenigstens den tausendsten Teil davon. In tiefes Nachdenken versunken kroch er durch die Öffnung in der Wand und verschaffte sich draußen Erleichterung, dann kam er zurück und öffnete zum Frühstück eine der Käseschachteln.
Der Kasten war schweigsam und dunkel. Seit Thorinn aufgewacht war, hatte er noch nichts gesagt, das war seltsam, denn er war doch vordem so geschwätzig gewesen.
»Kasten, bist du da?«
Der Kristall flackerte. »Ich bin hier.«
»Sag mir, Kasten, was ist über dieser Höhle?«
»Was ist diese Höhle?«
»Diese Höhle«, sagte Thorinn, er fuhr mit den Händen durch die Luft. »Dieser Platz hier, wo wir jetzt sind. Was ist darüber?« Während er das sagte, zeigte er nach oben.
Im Kristall erschien eine hellerleuchtete kleine, hohle Form. Sie sah aus wie ein langer leerer Kasten mit gläsernen Wänden. An einem Ende war ein hohler Wurm: Das mußte der Tunnel sein, durch den Thorinn hereingekommen war. Dicht beim anderen Ende war der Kasten durch einen dünnen Faden mit einem größeren Tunnel verbunden, der darüber hinweglief.
»Zeig mir, wohin er geht«, sagte Thorinn auf den Tunnel zeigend.
Im Kristall schrumpfte die Kastenform und wich zurück, während ein größerer Teil des Tunnels erschien. Dann kreuzte der Tunnel einen Schacht, der genauso dick wie der Tunnel selbst war.
»Und dieser, wohin geht er?«
Das Bild schrumpfte wieder. Nun sah Thorinn, daß der Schacht auf einen

weiteren Tunnel traf, ein Stück darüber endete der schwarze Hintergrund.

»Ist das die Mittwelt?«

»Was ist die Mittwelt?«

»Die Oberseite der Welt, wo es keine Höhlen mehr gibt.«

»Das ist die Mittwelt.«

Thorinn zeigte wieder hinauf. »Wie weit ist es von hier bis oben?«

»Was ist wie weit?«

»Wie *weit,*«, sagte Thorinn und griff zur Verdeutlichung in die Luft. »Wie viele Ellen?«

»Was sind Ellen?«

Thorinn setzte sich auf den Boden und starrte den Kasten verzweifelt an. »Ellen sind... nun, äh, jedermann weiß doch, was eine Elle ist. Die Ellen sagen einem, wie lang etwas ist.« Er hielt die Hände ein Stück auseinander. »Das ist eine Elle.«

Der Kasten fragte: »Wie lang bist du?«

»Du meinst, wie groß. Ich bin vier Ellen groß.«

Im Kristall erschienen zwei gelbe Punkte. »Wie viele?«

»Zwei.«

Ein Punkt erlosch. »Wie viele?«

»Eins.«

Zwei weitere erschienen. »Wie viele?«

»Drei.«

Noch ein Punkt. »Wie viele?«

»Vier.«

Thorinn stellte fest, daß der Kasten noch nicht einmal zählen konnte. So ging es weiter, bis sie bei einundzwanzig angelangt waren, dann sagte der Kasten: »Zwei Zehner sind zwanzig?«

»Ja, das stimmt, und drei Zehner sind dreißig.«

»Und vier Zehner?«

»Vier Zehner sind vierzig. Fünf Zehner sind fünfzig, sechs Zehner sind sechzig.«

Bei einhundertzehn unterbrach ihn der Kasten erneut. »Zwanzig Zehner sind zweihundert?«

»Ja.«

»Von hier bis oben sind es sechshundertvierunddreißig Ellen.«

Thorinn saß eine Weile schweigend da, das Kinn auf die Faust gestützt. Der Bannfluch hatte ihn noch nie daran gehindert, nach oben zu gehen, wenn es keinen anderen Weg für ihn gab, also konnte er mit Sicherheit in den Tunnel hinaufsteigen. Und von dort konnte er vielleicht die Mittwelt

erreichen, er mußte sich nur vor Löchern und Abgründen hüten, denn kein Zauber vermochte es, einen Menschen durch massive Erde zu schikken. Aber er konnte niemals gegen den Bannfluch den Schacht hinaufsteigen, und nur der ihn ausgesprochen hatte, konnte den Bannfluch von ihm nehmen, oder ein anderer, größerer Zauberer.
Ein plötzlicher Gedanke kam ihm, er sagte: »Kasten, verstehst du dich auf Zauberei?«
»Was ist Zauberei?«
»Zauberei ist... nun, zum Beispiel, wenn etwas durch einen Zauberspruch geschieht.«
»Was ist ein Zauberspruch?«
»Nun, stell dir einmal vor, du willst etwas finden.« Thorinn nahm zwei Juwelen vom Haufen, ein rotes und ein grünes. Er warf das rote über die Schulter und hörte, wie es hinter ihm klickernd den Gang hinunterrollte. Dann hielt er das grüne hoch und rief dreimal: »Bruder, suche deinen Bruder!« Er warf das grüne Juwel und merkte sich die Stelle, wo es liegenblieb. Als er es fand, lag es neben dem roten.
»Siehst du, das war ein Zauberspruch. Ich habe das rote gefunden, weil ich das grüne an dieselbe Stelle gezaubert habe.«
»Kein Zauber, du hast das rote einfach gefunden.«
Fassungslos versuchte Thorinn die Sache noch einmal zu erklären, aber der Kasten beharrte darauf, daß er nichts von Zaubersprüchen wüßte, da gab Thorinn auf. Vielleicht hatte der Zauberer, der den Kasten gemacht hatte, darauf geachtet, ihm keine Zauberei beizubringen, aus Furcht, der Kasten könne mächtiger werden als er selbst.
Wieso sollte Thorinn es nicht selbst mit ein wenig Zauberei versuchen? Er hatte Goryat schon oft beim Benutzen von Zaubersprüchen beobachtet. So hatte er es geschafft, daß sich die Wölfe fernhielten, die Stuten im Frühjahr fruchtbar wurden und die Fohlen lebend zur Welt kamen. Wenn sein eigener Zauberspruch auch nur kümmerlich ausfiel oder nur für eine kurze Zeit anhielt, so konnte es für seine Zwecke doch genügen. Eine Weile dachte er darüber nach, dann legte er einige Dinge aus dem Haufen zur Seite: ein winziges Figürchen von einem bärtigen alten Mann, das ihn irgendwie an Goryat erinnerte, ein paar dünne, rot bemalte Holzstäbchen und eine Schachtel mit einem feinen, grauen Puder. Er wickelte alles sorgfältig ein und verstaute es in seinem Ranzen. Danach sann er darüber nach, was er sonst noch mitnehmen konnte und was er zurücklassen mußte.
Der Zauberkrug war ein Problem. Er dachte daran, ihn an den Gürtel zu hängen, aber das würde sehr lästig sein. Wenn er nicht irgendeinen Dek-

kel für das Gefäß finden konnte, dann würde sich dauernd Wasser aus dem Krug auf seine Beine ergießen. Wenn er ihn in den Ranzen steckte, würde er zuviel Platz wegnehmen. Er könnte ihn mit Juwelen füllen, aber würde dann nicht das Wasser überlaufen?

Ihm fiel wieder ein, wie er den Krug gefunden hatte. Es war kein Wasser darin gewesen, höchstens ein Tropfen. Er war eingewickelt gewesen, hatte es daran gelegen? Er schnitt ein Stück aus dem durchsichtigen Material zurecht und wickelte es um den Krug, nachdem er das Wasser ausgegossen hatte. Dann band er die Hülle mit zwei Streifen aus dem gleichen Stoff fest. Später, als er von einem Streifzug zur Nahrungssuche zurückkehrte, wickelte er den Krug wieder aus, und er war trocken. Er füllte ihn bis zum Rand mit Juwelen, wickelte ihn wieder ein und verstaute ihn in seinem Ranzen.

Als nächstes mußte er den Ausgang aus dieser Höhle suchen.

»Kasten, zeige mir die Höhle noch einmal.«

Der Kristall leuchtete auf, dieselbe helle, erleuchtete hohle Form erschien.

»Wie weit ist es von hier bis zu dem Loch im Dach?«

Eine kurze, gelbe Linie erschien, sie erstreckte sich durch die Breite der Höhle. »Das sind fünfhundertzweiundachtzig Ellen...« Eine lange Linie folgte der Längsrichtung der Höhle, fast bis zum Ende. »Das sind sechzehnhundertsechsundsiebzig Ellen...«

»Sechzehnhundert Ellen! Wie groß ist diese Höhle?«

»Sie ist siebzehnhundert Ellen lang, dreißig Ellen hoch und sechshundertachtunddreißig Ellen...«

»Sechshundertachtunddreißig Ellen breit?«

»Ja, sechshundertachtunddreißig Ellen breit.«

Thorinn schwieg fasziniert. »Ist sie überall so? Voller Sachen?«

»Sie ist voller Sachen.«

Thorinn versuchte sich das vorzustellen, aber es überstieg sein Begriffsvermögen. »Kasten, wer hat diese Höhle gemacht?«

»Was heißt gemacht?«

Thorinn versuchte es zu erklären, seine Wangen glühten vor Aufregung. »Sieh mal«, sagte er schließlich, »ich habe dieses Kästchen gemacht.« Er hielt das Lichtkästchen hoch. »Ich habe diese Holzstücke zurechtgesägt und sie miteinander verleimt, und ich habe diese Glimmerscheibe hier am Ende eingepaßt... Die andere fehlt jetzt, ich habe sie im Fluß verloren... Dann habe ich den Deckel gemacht und das Kästchen oben verschlossen, und es war fertig, verstehst du? Ich habe es gemacht.«

Im Kristall erschien ein Bild von Thorinn, der kleine Holzstücke zusammenfügte. Nach einem kurzen Augenblick war es vorbei, und die kleine Gestalt hielt ein Holzkästchen in der Hand.

»Du hast das Kästchen gemacht?«

»So ist es. Also, wer hat dies alles hier gemacht? Wer hat dich gemacht?«

»Ein Kasten hat mich gemacht.«

»Du meinst, du hast dich selbst gemacht?«

»Ich meine, ich habe mich selbst gemacht?«

»Nun, hast du?«

»Ein Kasten hat diesen Kasten gemacht.« Im Kristall erschien eine riesige, schwarze Maschine, aus deren einem Ende kleine schwarze Kästen einer nach dem anderen herausfielen. In jedem blinkte ein Kristall auf. Sie schwebten vorbei und verschwanden aus dem Blickfeld. Vom Zusehen wurde Thorinn schwindelig.

»Du meinst eine Maschine. Eine Maschine hat dich und all die anderen Sachen gemacht?«

»Maschinen haben mich und all die anderen Sachen gemacht.«

»Nun gut, aber wer hat die Maschinen gemacht?«

»Maschinen haben die Maschinen gemacht.«

Thorinn gab auf. Er ließ sich von dem Kasten noch einmal die Höhle zeigen und danach ihre Umgebung. Auf dem neuen Bild war die Höhle ein kleiner, heller Umriß am oberen Rand, der auf allen Seiten von zahllosen durchsichtigen Tunneln umgeben war. Manche waren gebogen, andere gerade, alle führten zu weiteren Höhlen. Eigentlich wollte Thorinn sich nur vergewissern, ob es keinen besseren Weg hinauf zur Mittwelt gab als den, den der Kasten ihm gezeigt hatte, doch nachdem er dem Kasten gesagt hatte, daß er ihm mehr und mehr zeigen sollte, schlug ihn der Irrgarten aus Tunneln, Höhlen und Schächten, die aufeinandertrafen, in seinen Bann. Es schien kein Ende zu nehmen. Immer neue Linien schwebten ins Bild, während die älteren kleiner wurden und dichter zusammenrückten.

»Wie ist sie so geworden«, fragte er, »die ganze Unterwelt?«

Im Kristall verschwand das Netz der Linien, und das gebräunte, lächelnde Gesicht eines Mannes erschien. Zumindest nahm Thorinn an, daß es sich um einen Mann handelte, denn er trug keinen Bart. Sein schwarzes Haar war kurz geschnitten und nach hinten gekämmt, so daß seine Ohren und die Stirn zu sehen waren. Seine Lippen bewegten sich. Nach einem Augenblick sagte der Kasten: »Das ist die Welt.« Hinter dem braunhäutigen Mann schwebte eine große, blaugrün gesprenkelte Kugel vor einem schwarzen Hintergrund. Die Lippen des Mannes bewegten sich noch immer, doch kein Ton war zu hören. Die Kugel glitt zurück und wurde sehr klein.

»Was sagt er?« fragte Thorinn. »Laß mich hören, was er sagt!«
Jetzt begann der Mann zu sprechen, aber es war sinnloses Geplapper. Thorinn verstand kein Wort. Die Kugel war jetzt winzig klein, und auf einer Seite tauchte über dem Kopf des Mannes ein winziger gelber Lichtpunkt auf. Dieser wuchs allmählich, plötzlich war er sehr groß und hell, und Thorinn sah Flammen, die auf seiner Oberfläche tanzten.
Dann verschwand das alles, und nun erblickte Thorinn eine grüne Landschaft, die von Männern und Frauen übersät war. Sie alle starrten hinauf zu einer gewaltigen, glatten, silberschimmernden Fläche, die sich langsam über ihnen hob. Es sah so aus, als ob sie den Himmel herabgelassen hätten und nun dabei waren, ihn wieder hinaufzuschaffen. Die Stimme des Mannes sprach noch immer, doch er war nicht mehr zu sehen. Jetzt war der Himmel hoch droben, wo er hingehörte, kleine, dunkle Maschinen bewegten sich über ihn hinweg.
Dann waren alle unter der Erde und sahen einer riesigen Maschine zu, die sich durch massives Felsgestein fraß. Hinter ihr blieb ein glänzender, runder Tunnel zurück. Dann erschienen Szenen, in denen Höhlen voller Maschinen und Menschen zu sehen waren. Eiförmige Gebilde schwebten durch die Höhlen und schossen die Tunnel entlang und die Schächte hinauf und hinab; alles war strahlend hell erleuchtet... Dann tauchte der braune Mann wieder auf und hinter ihm ein Bild der Unterwelt, so wie es der Kasten bereits gezeigt hatte, doch diesmal war es rund und bestand aus vielen Ringen, die aufeinander folgten. Vom kleinsten Kreis in der Mitte gingen vier gerade, strahlenförmige Linien aus, die die Kreise schnitten. Danach verwandelten sich die Kreise wieder in eine Kugel, die diesmal weiß war. Beim Betrachten all dieser Bilder erfaßte Thorinn ein unangenehmes Gefühl, das er nicht einordnen konnte. Es glich der Furcht, doch da es nichts gab, vor dem er sich fürchten mußte, ärgerte sich Thorinn.
Der braune Mann sprach noch immer. Der gelbe Lichtpunkt war wieder erschienen, und die silbrig-weiße Kugel kroch, zu einem Punkt geschrumpft, auf eine Wolke anderer, heller Punkte zu. Die anderen Punkte schwangen herum und kamen näher, sie schossen wie Reifflocken im Sturm heran, bis einer in der Mitte des Kristalls stehenblieb und größer und heller wurde.
»Das ist genug«, sagte Thorinn. Der Kristall erlosch. Er hatte so lange zugesehen, daß er wieder Durst bekommen hatte. Er mußte den Krug auswickeln, warten, bis er sich gefüllt hatte, trinken und ihn wieder einwikkeln.
Selbst das kleinste Tuchbündel, das er gefunden hatte, war zu unförmig, um es zu tragen, doch er schnitt einen Streifen ab, vier Ellen lang und zwei

Ellen breit. Diesen breitete er auf dem Boden aus und rollte die Käseschachteln und andere Sachen darin ein: Kleidung, Schuhe, die kleinen Figürchen, Werkzeuge und Messer, den sprechenden Kasten und einige übriggebliebene Juwelen. Beim Rollen schlug er die Räder nach innen. Er mußte zweimal neu beginnen, bis ihm die Rolle endlich gefiel. Die schwereren Sachen waren in der Mitte und das Essen weiter außen, wo er leichter herankam. Er band das Ganze mit Tuchstreifen zusammen und schnitt sich zwei weitere, breite Streifen ab, die ihm als Schulterriemen dienen sollten.

Er wechselte die Masse in seinem Lichtkästchen aus, schulterte seine Last und ging in Richtung auf das Ende der Gänge, wobei er seine Schritte zählte. Die hohen Reihen zogen an ihm vorbei, oben versanken sie in Finsternis. Hier und da waren kleinere Packen auf den Boden gefallen, und Thorinn überlegte sich, ob das durch den Erdstoß geschehen war, als Snorri zu grollen begann. Wahrscheinlich war da auch die Lücke in der Wand entstanden, durch die er hereingekommen war. Davor mußte die Höhle versiegelt gewesen sein... für wie lange?

Als er fünfhundertachtzig Ellen gegangen war, bog er in den nächsten Gang ein und zählte wiederum seine Schritte. Die endlosen Türme aus Packen zogen im Licht des Kästchens vorbei. Wenn er anhielt, um zu lauschen, hörte er keinen Laut. Als er sechzehnhundertachtzig Ellen weit gegangen war, schimmerte eine graue Wand vor ihm aus der Dunkelheit, er hatte das Ende der Höhle erreicht. Er schwang sich auf das nächste Regal und begann zu klettern.

Die untersten Querleisten waren schnell verschwunden. Er kletterte im schwachen Licht des Kästchens, Halbdunkel umgab ihn. Schweigend schien das Gestell mit den grauen Packen an seinem Körper vorüberzugleiten, so als ob er gar nicht kletterte, sondern in der Luft hing und eine endlose Metallschlange zu sich herunterzog. Nach kurzer Zeit sah er über sich einen schwachen, grauen Widerschein. Es war die Decke. Wenn er auf die obersten Packen kletterte und sich aufrichtete, konnte er sie mit den Händen erreichen. Links und rechts sah er andere Gestelle, die sich wie graue Klippen aus der Finsternis erhoben, doch in der Decke war kein Anzeichen einer Öffnung zu finden.

Er wandte der Höhlenwand den Rücken zu und sprang auf das nächste Gestell, dann noch eines weiter. Von dort aus untersuchte er die Decke. Nachdem er so zehn Regale überquert hatte, ging er oben auf den Packen entlang. Er hatte vor, auf diesen zehn Regalen immer engere Kreise zu ziehen, wie ein Mann, der einen Faden auf einen Stock wickelt, so lange, bis er die Öffnung gefunden hatte, doch er hatte gerade erst zu seinem zweiten Rundgang angesetzt, als er sie entdeckte: ein rundes, schwarzes Loch, etwas links von ihm.

Der Schacht war rund und hatte einen Durchmesser von drei Ellen, genau wie das Loch, durch das er in die Höhle gelangt war, die er irrtümlich für die Mittwelt gehalten hatte. Als er unter der Öffnung stand und das Lichtkästchen hineinhielt, glaubte er sogar etwas Bräunliches sehen zu können, das den Schacht oben verschloß.

Auf Zehenspitzen stehend konnte er gerade mit den Händen die glatten Schachtwände erreichen, doch das war nicht schlimm. Er trat direkt unter die Öffnung, beugte die Knie und sprang. Als er in die Öffnung hineinschoß, streckte er Arme und Knie aus und... klemmte fest. Er wand sich ein wenig und kämpfte sich noch zwei Ellen höher hinauf, jetzt konnte er sich mit den Händen und einem Fuß gegen eine Seite stützen und mit dem Rücken gegen die andere. Zwar behinderte ihn das Bündel auf dem Rükken, doch er kam noch immer gut voran. Nach einer kurzen Weile stieß er mit dem Kopf gegen die braune Scheibe, die den Schacht oben abschloß. Er berührte sie, und sie schwang zur Seite. Ein schwarzer Spalt erweiterte sich zu einem Kreis. Er kroch hindurch und stand in tiefer Dunkelheit, die jedoch plötzlich von gleißend hellem Licht erfüllt war.

Als die riesigen Bögen lautlos über ihm explodierten, warf sich Thorinn flach auf den Boden. Der kalte Schild lag unter seiner Hand, er klopfte darauf, fühlte, wie er sich drehte. Ein kühler Luftzug wehte herauf, und im nächsten Augenblick versengten die Schachtwände seine Hände und Knie, als er seinen Sturz bremste. Der Schild schloß sich über seinem Kopf, das Licht war verschwunden.

Mit klopfendem Herzen hing Thorinn im Schacht und starrte nach oben. Es war nichts zu hören. Er versuchte sich daran zu erinnern, was er gesehen hatte. Riesige Lichtbögen, die plötzlich aus der Finsternis aufflammten... Was konnte es gewesen sein? Er war darauf vorbereitet, sich sofort fallen zu lassen, wenn der Schild sich bewegen sollte, doch nichts geschah. Schließlich kletterte er den Schacht wieder hinauf.

Er legte die Hand auf den Schild und drehte ihn vorsichtig. Eine dunkle Linsenform erschien. Nichts war zu hören, es roch nicht nach Gefahr. Thorinn erweiterte die Öffnung, bis über ihm ein rundes, schwarzes Loch erschien. Mit äußerster Vorsicht schob er den Kopf hindurch. Dann stemmte er sich gegen den Schild, um ihn offenzuhalten, und hob die Hand mit dem Lichtkästchen. Dunkelheit. Er kletterte ein wenig höher, schob die Schultern über den Rand. Fast direkt neben seinem Kinn flammte es auf, sprang in einem Kreisbogen durch den Tunnel, wo weitere Bögen erstrahlten...

Wenn er den Kopf einzog, erlosch das Licht, und die Dunkelheit kehrte wieder. Er schob sich erneut hoch, das Licht flammte auf. Viele Bögen flackerten, dann brannten sie gleichmäßig. Thorinn zog sich ein wenig weiter hinauf, vorsichtig stieg er noch ein Stück höher, dann verließ er den Schacht.

Er stand auf dem Boden eines gewaltigen Tunnels, dessen Wände in die Decke übergingen und mit ihr einen riesigen Halbkreis bildeten. Die Lichtstreifen folgten diesem Kreisbogen. Ein Streifen war nur zwei Ellen von Thorinn entfernt, ein breites Band, das immer höher hinaufstieg, bis es schließlich oben zu einem dünnen Faden wurde. Neben dem Band waren weitere Ringe, etwa im Abstand von sechs Ellen. In einer Richtung waren sie blendend hell, in der anderen Richtung gedämpft und verschwommen. Auf jeder Seite zählte er zwanzig. Bald hatte Thorinn den Grund für die unterschiedliche Helligkeit gefunden: Er sah, daß die Ringe nur nach einer Richtung strahlten, so daß er auf der einen Seite nicht das Licht selbst, sondern nur den Widerschein auf der Tunnelwand sah. Er schaute den Tunnel entlang und stellte fest, daß die Ringe in der Ferne einen vollkommenen, aufrecht stehenden Kreis beschrieben, nur die Lichtbänder in der Nähe waren unten breiter als oben.

Er erbebte vor Staunen. Warum hatte der Kasten ihm nicht klargemacht, wie gewaltig diese Tunnel waren? Er fühlte sich nackt und winzig; die fernen Ringe starrten ihn an wie die Augen eines Riesen. Er schaute noch einmal auf den geschlossenen Schild am Boden, dann bückte er sich, um den nächsten Ring genauer zu untersuchen. Der Boden bestand aus einem glatten, harten Stoff, der Ring war darin eingelassen und ragte etwa zwei Spannen weit heraus. Auf der hellen Seite war er nach innen gewölbt, auf der dunklen war er flach. Er berührte vorsichtig die dunkle Seite, danach die helle. Eine war so kühl wie die andere.

Er sprang über den Ring und machte einen Schritt auf den nächsten zu. In der schwarzen Ferne des Tunnels flammte ein neuer Ring auf. Thorinn starrte ihn an. Etwas stimmte hier nicht. Er drehte sich um und zählte die brennenden Ringe. Es waren noch immer zwanzig.

Mit weiten Sätzen sprang er den Tunnel entlang. Jedesmal, wenn er durch einen Ring sprang, leuchtete vor ihm ein neuer auf. Das schwarze Auge am Tunnelende blieb sich immer gleich. Er dachte an die Bilder im Kasten und an die eiförmigen Dinge, die durch die Tunnel jagten und durch die Schächte stiegen und fielen. Folgten die Lichter ihnen vielleicht überallhin, so daß es dort hell war, wo sie sich gerade befanden, und der Tunnel wieder dunkel wurde, sobald sie vorüber waren?

Er hüpfte schneller, weil er die hellen Ringe vor sich herlaufen sehen wollte. Heiterkeit ergriff ihn. Er rannte schneller und schneller, als ob er die flüchtenden Ringe einholen wollte. In tödlichem Schweigen zog der Tunnel an ihm vorüber, und bald hatte Thorinn wieder das Gefühl, daß er sich gar nicht bewegte, sondern reglos in der Luft hing und der Tunnel an ihm vorüberfloß, von einem Nichts in ein anderes.

Ohne Vorwarnung flammte das schwarze Auge am Ende des Tunnels hell auf. Thorinn kam stolpernd zum Stehen. Was bisher eine schwarze Scheibe gewesen war, war jetzt eine leuchtende Kugel. Sie trug schwarze Streifen, als ob sie sich wie ein Kreisel drehte. Einen Augenblick lang war diese Illusion zu stark, er dachte an Flucht. Er war sich sicher, daß die gewaltige Kugel, die den ganzen Tunnel ausfüllte, auf ihn zugerast kam. Doch dann sah er, daß sie nicht nach außen, sondern nach innen gewölbt war. Er sah durch das Ende des Tunnels in einen weiten, erleuchteten Raum dahinter.

Er trat durch den riesigen letzten Bogen des Tunnels und stellte fest, daß er auf einen enormen Schacht gestoßen war. Dieser war mit waagerechten Lichtbögen versehen. Hier mußte sich der Bannfluch gewiß wieder bemerkbar machen. Er legte sein Bündel ab, öffnete seinen Ranzen und zog das eingewickelte Bündel mit dem Figürchen, den Stäbchen und dem grauen Pulver hervor. Nahe beim Ring stellte er das Figürchen aufrecht auf den Boden, darum legte er einen Kreis aus gekreuzten Stäbchen aus, und in den Kreis streute er das graue Pulver.

Er nahm etwas Zunder aus seinem Ranzen und legte ihn auf die Stäbchen. Darauf zog er seinen Feuerstab hervor, lud ihn mit weiterem Zunder und stieß den Stößel hinein. Erregung hatte ihn erfaßt. Er ließ den brennenden Zunder auf das Pulver fallen, blies in die Flammen und rief: »Stirb, Goryat! Stirb, Goryat, stirb!«

Die Hölzchen entzündeten sich, die Flamme lief um den Kreis, das graue Pulver verzischte in einer Stichflamme. Einen Moment lang war das Figürchen nicht mehr zu sehen. Nachdem sich der Rauch verzogen hatte, war sein Gesicht geschwärzt.

Die Erregung war verflogen, Leere war an ihre Stelle getreten. Thorinn hüpfte weiter nach vorn. Wo der Tunnel auf den Schacht traf, weitete er sich oben und unten, so daß ein täuschend sanfter Übergang vom Boden zur Schachtwand entstand. Die letzten Lichtringe im Tunnel waren Ovale an Stelle von Kreisen. Der letzte senkrechte Ring berührte fast einen der waagerechten Ringe auf der Schachtwand. Thorinn brauchte nur bis zum letzten Ring im Tunnelmund hinabzusteigen und von dort auf den waagerechten Ring zu klettern, dann konnte er in den Schacht hinaufsteigen.

Thorinn schulterte sein Bündel und stieg über den geneigten Tunnelboden zum ersten waagerechten Ring hinab. Die dunkle Oberseite des Ringes war flach und eben, etwa zwei Spannen breit. Er konnte leicht hinaufspringen, schließlich wußte er, daß er sich, sollte er abgleiten, immer noch an der beleuchteten Oberseite festhalten konnte. Er war sich des Abgrundes bewußt, der sich neben ihm auftat, aber er dachte nicht darüber nach. Über ihm war der Schacht etwa einhundertzwanzig Ellen hoch erleuchtet, dann verschwand er in der Dunkelheit.

Er begann seinen Aufstieg: Eine Hand auf der Unterseite des Ringes über ihm, ein Sprung, die andere Hand auf die Oberseite des Ringes, dann beide Hände auf die Oberseite. Er zog sich hinauf, schob ein Knie über den Vorsprung, drehte sich um und saß auf dem Ring. Auf die Füße, eine Hand auf den Ring darüber, ein Sprung, hinaufziehen und weiter und weiter. Während er kletterte, dachte er an Goryat. Hatte er den alten Mann wirklich getötet? Er glaubte nicht daran. Aber gewiß hatte er ihm einen gewaltigen Schrecken eingejagt.

Er machte eine Pause, um sich zu erholen. Als er in den Abgrund hinabsah, glaubte er eine Bewegung zu sehen, Flügelschlag. Jetzt war er sicher. Die dunkle Kreatur kam näher und wuchs, während sie herankam. Er konnte bereits den grausamen, aufwärts gerichteten Kopf sehen, gelbe Augen starrten ihn an. Es war ein großer, grauer Vogel, mit Klauen aus poliertem Metall. Der Schnabel öffnete sich, die großen Flügel peitschten durch die Luft. Thorinn drehte sich um und zog sein Schwert, doch seine Bewegungen waren schwerfällig und benommen. Der Vogel war über ihm, er verdunkelte das Licht, die Flügel schlugen ihm ins Gesicht. Der Lichtring glitt unter seinen Beinen weg, war verschwunden. Thorinn zappelte in der Luft.

Hinab mit dir, sagte die Stimme triumphierend.

6 Wie Thorinn in einem Tag und einer Nacht fünfhundert Wegstunden tief fiel.

A.D. 3215
...aus diesen und anderen gewichtigen Gründen, so, um der Materie im Herzen unseres Globus eine gleichmäßige und berechenbare Ausdehnung zu ermöglichen – selbige Materie, die bekanntlich unter Druck steht, würde sonst durch Vulkane und Erdbeben hervorbrechen, wenn die gewöhnliche Belastung von ihr genommen wird –, um aus obengenanntem Druck Nutzen für uns zu ziehen und Hitze für den Betrieb unserer Maschinen zu gewinnen, und um darüber hinaus die Ausdehnung unseres Landes an der Oberfläche um das Vierfache zu erhöhen, indem wir die Ozeane in unterirdische Kammern umleiten, ist es unser Wille, drei Schächte zur Mitte der Erde zu bohren. Allein aus diesen Schächten werden wir Materie für die Umwandlung gewinnen, so lange, bis sie vollendet sind und die zentrale Kammer ausgehöhlt ist. Nach all unseren Berechnungen wird die so gewonnene Energie unseren Bedarf während der nächsten zwanzig Jahrhunderte decken...

Thorinn fiel. So schnell wie Lidschläge huschten die Leuchtringe vorbei, flick, flick, flick, eine Elle von ihm entfernt. Der Wind seiner Fahrt war so stark geworden, daß er seine Augen nur einen Herzschlag lang öffnen konnte, bevor sie sich mit Tränen füllten. Er drehte sich langsam, und der Wind traf seinen Rücken, seine Beine, seinen Bauch und wieder sein Gesicht. Das Brausen erfüllte seinen Schädel, wie ein Sturm, der über die Schüssel von Hovenskar fegte. Der Wind war nun nicht mehr gleichmäßig, er zerrte ihn herum. Mal fiel Thorinn mit dem Kopf nach unten, mal hing er wie ein fallendes Blatt flach in der Luft. Die Lichtringe des großen Schachtes zogen unablässig vorüber.
Die Windböen ließen nach, und einen Augenblick später spürte er einen leichten Stoß, so als ob er durch eine unsichtbare Barriere gefallen wäre. Danach setzten die Böen wieder ein. Kurz darauf geschah es noch einmal, und nach dem gleichen Zeitraum wieder. Sein Verstand erfaßte den Rhythmus. Bald wußte er auf den Augenblick genau, wann der nächste Stoß kommen würde. Nach jedem Stoß fühlte er einen dumpfen Schmerz in den Ohren. Sein Magen verkrampfte sich, er würgte und spie. Nachdem sein Magen schon lange leer war, quälten ihn immer noch schwache Würgekrämpfe.

Die Zeit verging. Der Wind versengte sein Gesicht und peitschte ihm die Kleider gegen den Leib, bis er am ganzen Körper wund war. Erschöpfung übermannte ihn. Seit Stunden fiel er nun, aber ein Ende war nicht abzusehen. Aus seinen Augen strömten Tränen, und seine Lider waren so geschwollen, daß er sie kaum öffnen konnte. Er versuchte die Augen mit einem Arm zu schützen, doch das half nicht. Da griff er unter die Schulterriemen seines Bündels. Es gelang ihm, einen Arm freizubekommen, dann den anderen. Der Wind wollte ihm das Bündel entreißen, doch er zog es vor seine Brust. Mit tauben Fingern zerrte er daran. Als er den letzten Knoten gelöst hatte, entrollte der Wind das Tuch mit einem Knall, sein Inhalt wirbelte durch die Luft, und der Stoff verwandelte sich in einen rasend flatternden Fetzen. Thorinn klemmte den Stoff mit Knien und Ellbogen ein, bis es ihm schließlich gelang, sich das Tuch von den Lenden bis über den Kopf um den Leib zu legen und die Enden zu verknoten. Der Stoff schützte sein Gesicht ein wenig vor dem Wind. Hin und wieder schaute er zur Seite und sah die vorbeirasende Wand des Schachtes. Ganz in seiner Nähe fielen andere Dinge. Er erkannte den sprechenden Kasten und einen zweiten Kasten, dessen Deckel aufgesprungen war. Ein Schwarm Figürchen umgab ihn. Sie tanzten wie Mücken, doch allmählich blieben sie zurück, der Kasten aber flog weiter neben ihm her.

Unter den ständigen Stößen des Windes wurde Thorinn allmählich benommen und taub. Seine Augen schlossen sich immer häufiger. Einmal fuhr er zusammen und stellte erschreckt fest, daß er eingeschlafen war. Nichts hatte sich geändert. Er schloß die Augen wieder und träumte, daß er einen langen Hang in Hovenskar hinunterfiel. Unter dem halb hellen und halb dunklen Himmel standen die Pferde und starrten ihn erstaunt an, wie er über die Grashalme auf eine kleine Hütte zuflog, die ihm immer gleich fern blieb, ganz egal, wie lange er fiel. Dann verwirrten sich seine Träume, und er dachte, daß er unter der Erde umherstreifte, durch einen Tunnel, der unter dem trockenen Brunnen in Hovenskar begonnen hatte. Er entdeckte eine Schatzkammer und fand Juwelen, phantastische Maschinen und einen Zauberkasten, der mit menschlicher Stimme sprechen konnte, doch der Kasten redete nur Unsinn. Dann fiel er wieder in den Brunnen, aber der Brunnen hatte keinen Boden, sondern erstreckte sich endlos nach unten bis zum Zentrum der Erde.

Er erwachte durch die Windstöße. Sein Kopf schmerzte, seine Augen waren verklebt, sein Mund trocken. Das Tuch, das er um sich gewickelt hatte, schlug unaufhörlich gegen seinen Körper. Zwischen den flatternden Enden sah er die Schachtwand vorbeirasen. Er wußte, daß er lange Zeit geschlafen hatte, trotzdem fiel er noch immer. Nichts hatte sich ge-

ändert. Sein Traum fiel ihm wieder ein, und er stellte sich vor, was sei, wenn es wirklich keinen Boden gäbe?
Er reckte sich und stöhnte, fühlte sich völlig zerschlagen. Hunger und Durst quälten ihn, und er mußte seine Blase entleeren. Im Ranzen fand er den Wasserkrug und wickelte ihn vorsichtig aus. Während er darauf wartete, daß der Krug sich füllte, knabberte er an einem Stück Käse, das er ebenfalls im Ranzen gefunden hatte. Dann setzte er vorsichtig die Tülle des Kruges an die Lippen und versuchte zu trinken. Wasser platschte ihm über Mund und Nase, gemeinsam mit den Juwelen, die ihm ins Gesicht prasselten. Hastig bedeckte Thorinn den Krug mit seiner Hand. Er ließ nur die Tülle frei und versuchte es noch einmal. Diesmal hatte er mehr Erfolg. Ein dünner Wasserstrahl ergoß sich in seinen Mund, riß ab und floß weiter, wenn er den Krug stärker neigte. Sein Durst war noch nicht gestillt, doch er wickelte den Krug wieder ein und verstaute ihn im Ranzen.
Er nickte wieder ein und erwachte mit qualvollen Kopfschmerzen. Der Druck in seiner Blase wurde unerträglich. Letztendlich zog er die Hosen herunter und lenkte den Strahl durch ein Loch in der Decke. Der Wind zerstäubte die Flüssigkeit sofort zu feinem Nebel. Er wickelte sich wieder ein und versank erneut in einen unruhigen Schlaf.
Voller Schrecken erwachte er. Etwas hatte sich geändert. Der Wind glich einer riesigen Hand, die ihm gegen Rücken und Brust drückte, während er durch die Luft trudelte. Die Schachtwände zogen langsamer vorüber, flick, flick... flick... flick... flick... Das Tempo verlangsamte sich zu einem Kriechen, der Wind schlug auf ihn ein. Am flatternden Rand des Tuches vorbei sah er ein dunkles Band zwischen den Schachtringen. Es kam näher, und er erkannte gerade noch, daß er darauf zufiel. Plötzlich setzte der Wind aus. Er lag ausgestreckt, benommen und zu sehr gelähmt, um erschreckt aufzuschreien, auf einem glatten Untergrund, der sich unter ihm neigte.
Er tastete nach einem Halt. Das Schweigen dröhnte wie ein Schrei in seinen Ohren, und jetzt, wo der Wind fehlte, prickelte seine Haut. Die Fläche unter ihm neigte sich noch stärker, er rutschte, fiel erneut. Diesmal schrie er und versuchte sich aufzurichten. Das weite Raumgefühl war verschwunden, die Luft war bleischwer. Er fiel auf etwas Hartes und lag in der lastenden Finsternis. Etwas klickerte unter ihm, dann war alles still.
Nach mehreren Versuchen gelang es ihm, sich in eine sitzende Position aufzurichten. Um ihn herrschte völlige Dunkelheit. Die Fläche unter ihm schien aus Metallstangen zu bestehen, die einander überkreuzten und quadratische Löcher mit einer Seitenlänge von etwa einer Spanne entste-

hen ließen. Er steckte die Hand durch ein solches Loch und griff ins Leere. Die Stäbe waren hart, aber man konnte gut auf ihnen sitzen. Das war seltsam, für seine Finger fühlten sie sich härter an als für sein Gesäß.
Er lauschte angestrengt, hörte aber nichts. Vorsichtig zog er das Lichtkästchen aus dem Ranzen. Die Masse auf der Leuchtseite schimmerte schwach. Behutsam tauschte er etwas Stoff aus beiden Fächern miteinander aus. Das Leuchtfach wurde dunkel, die andere Seite leuchtete auf. Er richtete das Kästchen nach oben und sah ein glänzendes Metallgitter über seinem Kopf. Das Gitter ähnelte dem, auf dem er saß, allerdings waren die Stäbe oben weiter voneinander entfernt, so daß vier Ellen große Vierecke entstanden. Offensichtlich war er durch eine dieser Öffnungen gefallen.
Er richtete das Kästchen leicht nach unten, dabei mußte er sehr vorsichtig sein, denn auf der leuchtenden Seite fehlte ja die Glimmerscheibe. Tief unten glaubte er einen dunklen Boden zu erkennen, doch er wagte es nicht, das Kästchen noch weiter zu kippen.
Ein paar Ellen von ihm entfernt lag das Schwert direkt neben einem viereckigen Gegenstand, den er als seinen sprechenden Kasten erkannte. Der ganze Rest seiner erbeuteten Schätze war verschwunden. Außer dem Tuch, dem Kasten und dem Schwert war alles zu klein gewesen, um von den Gittern aufgehalten zu werden. Er ließ den Strahl des Lichtkästchens über seine Umgebung streifen, doch er fand nichts.
Er öffnete seinen Ranzen, zog den Zauberkrug hervor, wickelte ihn aus und stellte ihn ab. Die meisten Juwelen befanden sich noch darin. Während er darauf wartete, daß der Krug sich füllte, betastete er die anderen Gegenstände in seinem Ranzen: den Feuerstab, einige Kiesel aus Hovenskar, einen Streifen Pferdefleisch und eine halbvolle Käseschachtel. Er aß ein wenig Käse, doch sein Hals war so trocken, daß er kaum etwas hinunterbrachte. Er hob den Krug an die Lippen, trank einen winzigen Schluck und stellte den Krug wieder ab.
Trotz seiner Benommenheit gelang es ihm, ein paar Schritte zur Seite zu kriechen, seine Hosen herunterzulassen und sich durch ein Loch im Gitter zu erleichtern.
Er kroch zurück zum sprechenden Kasten. Dieser lag mit dem Kristall nach oben, und Thorinn sah ein farbiges Flackern. »Kasten«, sagte er.
»Hier bin ich.«
»Kasten, sag mir, was ist dies für ein Ort?«
»Dies ist der Platz, an den die Dinge fallen.«
»Warum?« fragte Thorinn.
»Warum die Dinge fallen?«
»Ja.«

»Alle Dinge fallen zu anderen Dingen.« Der Kristall leuchtete auf, und Thorinn sah eine komplizierte Form, die sich darüber hinwegbewegte. »Das meine ich nicht«, sagte er ungeduldig. »Ich meine, warum hierher? Wozu ist dieser Platz gedacht?«
Der Kristall erlosch. »Dieser Platz soll die Dinge fangen, die herabfallen. Ohne diesen Platz fallen die Dinge nach unten, den Leuten auf den Kopf.«
Thorinn dachte über das Gehörte nach. »Sind denn Menschen da unten?«
»Ja.«
»Wie weit ist es bis unten?«
»Es ist zweihundert Hunderte von Hunderten und sechzighundert Hunderte von Ellen.«
Thorinn runzelte die Stirn. »Meinst du vielleicht Tausende?« schlug er vor.
»Was ist Tausend?«
»Tausend sind zehn Hunderte.«
»Es sind zweitausend Tausender und sechshunderttausend Ellen.«
Thorinn versuchte sich diese Zahl vorzustellen, doch er gab auf. »Nun gut, wie weit ist es bis oben?«
»Das sind viertausend Tausender und vierhunderttausend Ellen.«
Thorinn stützte den Kopf in die Hände. Er erinnerte sich an seinen Sturz, an den Wind, der an ihm zerrte. Einen solchen Wind hatte er noch nie gespürt, nicht einmal, wenn er auf Steinbrecher durch einen Sturm in Hovenskar ritt. Er mußte mindestens zehnmal so schnell gefallen sein, wie ein Pferd galoppieren kann ... mindestens. Und es hatte stundenlang gedauert. Er erinnerte sich an die Ringe, die in endloser Folge an ihm vorbeigerast waren. Er stellte sich vor, wie es auch in seinem Schlaf stundenlang so weitergegangen war.
»Kasten, gibt es Menschen, die hier in der Nähe leben?«
»Ja.«
»Wie kann man am besten zu ihnen gelangen?«
»Es werden Maschinen kommen, die die Dinge von diesem Platz wegschaffen. Die Maschinen werden dich zu den Menschen bringen.«
Thorinn gefiel diese Vorstellung nicht. »Zeig mir diese Maschinen«, sagte er.
Farben erschienen im Kristall. »Warte einen Augenblick«, sagte Thorinn, rutschte über das Gitter zum Kasten und stellte ihn aufrecht hin. Der Kristall war erloschen. Thorinn zog sich ein wenig zurück, um besser sehen zu können. »Also bitte.«

Im Kristall erschienen zwei spinnenartige Wesen aus Metall. Sie hatten metallene Augen und schwenkten metallene Arme mit Klauen an den Enden. Ihr Anblick ließ in Thorinn Übelkeit hochsteigen.

»Das reicht«, sagte er hastig. »Kasten, ich will nicht auf die Maschinen warten. Wie kann ich aus eigener Kraft hier herauskommen?«

»Auf der Rückseite dieser Kammer sind...« Der Kristall leuchtete auf. Er zeigte eine Metallwand, in der sich drei Klappen öffneten und schlossen.

»Türen?«

»Ja, Türen.«

»Na, schön.« Thorinn beugte sich so weit vor, daß er das Tuchstück ergreifen konnte, zog es zu sich heran und wickelte den Kasten hinein. Die Streifen, mit denen er es zuvor verschnürt hatte, waren verschwunden, daher schnitt er sich vom Rand des Stoffes neue Streifen, machte Schulterriemen daraus und schwang sich das Bündel auf den Rücken. Irgend etwas stimmte mit seinen Bewegungen nicht und verwirrte ihn. Seine Arme waren unnatürlich leicht, und wenn er sie bewegte, reichte der Schwung weiter, als er beabsichtigt hatte. Es war beinahe so wie damals, als Snorris Pfeife zu dröhnen begonnen hatte, auch da hatten alle Dinge etwas von ihrem Gewicht verloren, doch diesmal war es viel schlimmer. Er beugte sich vor, stützte eine Hand gegen das Gitter und richtete sich vorsichtig auf. Das Gitter über ihm war nur etwa zwei Ellen entfernt. Wenn er mit dem Kästchen durch die Stäbe hinaufleuchtete, dann sah er oben eine Decke schimmern und einen schrägen Schacht, der in einer Seitenwand endete. Dies schien eine Senkgrube zu sein, in die alle Dinge hineinfielen und sich nach ihrer Größe sortierten.

Der erste Schritt hob ihn hoch in die Luft. Er packte nach einem Stab über ihm, pendelte, ließ los und fiel hilflos auf den Rücken. Erstaunt blieb er sitzen, dann stand er auf und versuchte es noch einmal. Diesmal ging er vorsichtig auf den Zehen, und es gelang ihm, das Gleichgewicht zu halten, obwohl er wieder hoch hinaufgetrieben wurde. Beim nächsten Versuch kam er noch etwas besser zurecht. Er drehte sich um und folgte dem tanzenden Lichtkegel des Kästchens. Nach ein oder zwei Schritten stellte er fest, daß sich der Gitterboden sanft gegen die Rückseite der Kammer neigte, wahrscheinlich war ein Teil seiner Schwierigkeiten beim Stehen und Gehen darauf zurückzuführen.

Vor ihm schimmerte etwas aus der Dunkelheit. Es war eine Gitterfläche wie der Boden, auf dem er ging. Dahinter setzte sich der Boden fort, doch dort bestand er aus glattem Metall.

Aus der Nähe erkannte er, daß die Gitterwand aus einzelnen Abschnitten zusammengesetzt war. Die einzelnen Stücke, jedes etwa vier Ellen breit, standen dicht beieinander. Eine Tür konnte er nicht entdecken, obwohl er bis zu einer Seitenwand an der Barriere entlangging und wieder zurück bis zur anderen Wand.

Als er wieder zur Mitte zurückkehrte, funkelte es rötlich unter ihm, etwas weiter glitzerte es grünlich. Er beleuchtete die Stelle durch das Bodengitter so gut es ging und sagte sich, daß dies seine Juwelen sein mußten, doch er war sich nicht sicher und wußte auch nicht, wie er an sie herankommen sollte.

Er wandte sich wieder der Barriere zu und untersuchte das Gitter direkt vor ihm. Es wurde nur von drei Metallklammern gehalten, die die unterste Querstange festklemmten und auf der anderen Seite auf dem Boden befestigt waren. Er steckte die Hand durch das Gitter und hantierte an einer Klammer. Er fand einen kleinen Griff, den er herunterdrückte, worauf die Klammer zurücksprang und den Stab freigab. Genauso verfuhr er mit den beiden anderen Klammern. Jetzt war das Gitter nur noch oben befestigt und pendelte frei über dem Boden. Er drückte dagegen, es ließ sich leicht zurückschwenken.

Er kauerte sich in die Öffnung, hielt das Gitter hoch und beleuchtete mit dem Lichtkästchen den Boden. Der Metallboden endete nur wenige Ellen vor ihm. Der Luftzug auf seinem Gesicht und der Hall der wenigen Geräusche, die er verursachte, ließen auf einen riesigen, leeren Raum schließen.

Er ließ die Gitterklappe vorsichtig herab und untersuchte den Boden genauer. Es war eine Art Plattform, und darüber war eine zweite, aus dem gleichen mattbraunen Metall, die etwas weiter hinauszuragen schien. Eine Staubschicht bedeckte den Boden, und darunter konnte Thorinn Schleifspuren sehen, so, als ob etwas zum Rand der Plattform gezogen worden wäre. Er dachte an die spinnenartigen Maschinen, die ihm der Kasten gezeigt hatte. Am Boden konnte er sehen, daß die Maschinen lange nicht mehr hier gewesen waren, aber vielleicht kamen sie nur, wenn etwas in die Kammer gefallen war.

Er hielt den Atem an und lauschte, starrte hinauf in die Finsternis, die an die beiden Plattformen anschloß. Er wußte nicht, ob er sich auf sein Licht verlassen konnte, und verschloß das Kästchen, doch so war es noch schlimmer; äußerste Finsternis umgab ihn.

Als er das Kästchen wieder geöffnet hatte, schirmte er das Licht mit der Hand ab und folgte der Gittersperre, bis sie auf die Seitenwand stieß. Die Wand war aus massivem, bräunlichem Metall und kein Gitternetz wie die anderen. In ihr war eine Tür. Sie sah nicht so aus wie die Türen, die ihm der Kasten gezeigt hatte. Er hantierte an einem Griff herum, bis er her-

ausbekommen hatte, wie er funktionierte, dann stieß er die Tür auf. Dahinter war wiederum Dunkelheit, aus der sein Lichtstrahl einige fremdartige Umrisse, eine Decke und Wände herauslöste.
Er schloß die Tür hinter sich. Nun war er in einem Raum, der etwa die gleiche Größe wie die Plattform draußen hatte. Die Decke war eingefallen, Staub und Schutt bedeckten den Boden. Er untersuchte einige Metallgeräte, die im Raum standen, doch ihr Verwendungszweck blieb ihm verborgen. Da waren zwei Dinge, die wie geschmolzene Stühle aussahen. Es war sicher unmöglich, in ihnen zu sitzen, doch einen anderen Zweck konnte er sich nicht vorstellen.
Auf der anderen Seite des Raumes waren die Beschädigungen am schwersten. Hier waren die Wände geschwärzt, und in der Decke klaffte ein gewaltiges Loch, von dem rostiges, ausgezacktes Metall herabhing. Darunter türmten sich Steintrümmer zu einer mächtigen Halde. Ein schwacher Luftzug kam aus dem Loch. Thorinn kletterte auf den Schutthaufen und sah im Schein des Lichtkästchens hinauf. Die Öffnung war von abgestürzten Felsbrocken fast bedeckt, dahinter schien der Weg frei zu sein. Vorsichtig wand sich Thorinn an den Schollen vorbei.
Der Gang erweiterte sich deutlich, bald konnte er auf allen vieren kriechen. In vielerlei Windungen ging es aufwärts. Nach etwa zweihundert Ellen machte der Gang einen scharfen Knick nach rechts und verzweigte sich in zwei ansteigende Felstunnel. Von rechts wehte ein etwas stärkerer Luftzug als von der anderen Seite, daher entschied sich Thorinn für den rechten Weg. Eine Zeitlang war der Gang so hoch, daß er halb aufgerichtet gehen konnte, doch dann machte er einen Bogen und wurde niedriger. Bald steckte Thorinn in Schwierigkeiten. Der Gang hatte sich so sehr verengt, daß er mit dem Bündel auf den Schultern nicht weiterkam. Er zog sich so weit zurück, daß er den Packen herunterziehen konnte. Danach schob er ihn vor sich her und kam noch einmal zwanzig Ellen weit voran. Der Gang verengte sich noch immer. Plötzlich machte er einen steilen Knick nach unten. Thorinn stieß das Bündel hinab und schlängelte sich hinterher. Der Packen blieb hängen, verklemmte sich. Thorinn riß mit der Hand daran und zog ihn etwa einen Fingerbreit zurück, dann steckte er wieder fest. Vermutlich hatte sich ein Schulterriemen irgendwo verhakt.
Thorinn tastete mit den Händen über das Bündel. An einer Stelle zog kühle Luft vorbei. Thorinn schob sich näher heran und steckte eine Hand zwischen den Packen und das Felsgestein. Sie stieß auf die Wölbung des sprechenden Kastens unter dem Stoff. Thorinns Hand fand einen unsicheren Halt, er zog mit aller Kraft. Schweiß rann ihm in die Augen. Er zog

mit einer Hand und schob mit der anderen. Das Bündel drehte sich ein wenig. Er stemmte sich gegen die Wand und stieß hart zu. Der Packen rutschte nach vorn, klemmte fest, bewegte sich wieder und fiel plötzlich außer Reichweite. Eine kühle, frische Brise wehte Thorinn ins Gesicht. Das Lichtkästchen rutschte dem Packen hinterher, fiel hinab und verschwand. Er hörte es aufschlagen und sah seinen Schein, der von unten, gar nicht fern, heraufleuchtete.

Er wand sich, stieß sich ab, rutschte und fiel. Er drehte sich langsam in der Luft und landete ohne einen Laut.

Zerschrammt und atemlos richtete er sich auf. Er befand sich in einem ebenen Gang, der auf einer Seite von Steinschlag verschüttet war, zur anderen Seite verschwand er geradeaus in der Dunkelheit. Thorinn war gerade ein paar hundert Ellen gegangen, als er die runde Öffnung eines Schachtes in der Decke sah. Er ging leicht in die Knie, sprang in den Schacht hinauf und stemmte sich mit Fuß und Ellenbogen gegen die Wand.

Wie er es erwartet hatte, war der Schacht oben mit einem Schild aus braunem Metall verschlossen. Doch diesmal fand er keine Öffnung, und der Schild ließ sich auch nicht drehen. Er drückte dagegen und hatte das Gefühl, daß er ein wenig nachgegeben hatte. Er stemmte sich fester gegen die Wand und drückte noch einmal. Der Schild gab tatsächlich nach, so als ob er auf einer Seite in einer Angel hing. Dämmerlicht erhellte den Schacht, Thorinn roch frische Luft. Er kletterte hinauf, stieg durch die Öffnung und warf sich in ein Gestrüpp aus steifem, braunem Rohr. Der Schild schlug hinter ihm zu. Blätterschatten zitterten auf seinem Gesicht, und er sog den Geruch von grünen Bäumen ein.

7 Wie Thorinn bei Dämonen zu Gast war, und wie er ihnen ihre Gastfreundschaft heimzahlte.

Im Jahr des gebrochenen Zweiges stieß ein unerprobter Krieger aus dem Stamm der Blauen Schlange seine Schwester in einen Dornenbusch und verletzte sie ernstlich. Darauf verfluchte sie ihn und rief: »Die Himmelsdämonen sollen dich holen!« Der junge Krieger gab folgende unglückliche Antwort: »Dir und deinen Himmelsdämonen ist recht geschehen!« Ein Jahr und einen Tag danach betraten zwei Himmelsdämonen das Reich der Blauen Schlange, sie hatten sich als nackthäutiger Mensch und als sprechender Kürbis verkleidet. Die Krieger der Blauen Schlange banden und folterten sie, doch sie entkamen durch Zauberei und erschlugen viele Krieger, bevor sie in den Himmel zurückkehrten. Durch diese Verluste wurde die Blaue Schlange so geschwächt, daß sie eine leichte Beute der Schädelbrecher wurde. Diese nahmen die Frauen gefangen und erschlugen und fraßen die Krieger, nachdem sie sie fünf Tage und Nächte lang gefoltert hatten. So geschah es, daß das Gebiet der Blauen Schlange verödete, denn da es ein unseliger Platz war, ließ sich bis auf Motten und Totenkäfer dort niemand mehr nieder.

Er lag in einem Rohrgestrüpp, dessen dichter Blätterwuchs ihm den Blick auf den Himmel verwehrte. Ganz in der Nähe sang ein Vogel. Thorinn lauschte ihm mit solchem Vergnügen, daß er alles um sich her vergaß.
Als er sich schließlich umdrehte und zum Schild zurückblickte, lag ein grauer, runder Felsbrocken an seiner Stelle, halb in der Erde versunken. Thorinn kniete sich hin, um ihn zu untersuchen, und drückte dagegen, doch der Fels rührte sich nicht. Ihm wurde schwindelig, und er hätte sich gern zum Schlafen niedergelegt, doch zwischen dem Rohr und dem Fels fand er nicht genug Platz.
Er erhob sich und begann zu klettern. Es ging so leicht, daß er mühelos bis zur äußersten Spitze des Rohrstengels hinaufklettern konnte. Er schob den Kopf durch das Blätterdach und schaute auf ein endloses Gewirr von gewundenen, milchweißen Stengeln, so, als ob er in die Wurzel des Rohrgestrüpps geklettert wäre und nicht zu seiner Spitze. Diese Illusion war so stark, daß ihm wieder schwindelig wurde und er für einen Augenblick die Augen schließen mußte. Als er sie wieder öffnete, ging es ihm nicht besser. Er sah an dem Rohr hinab, auf das er gestiegen war. Das half ein wenig. Überall um ihn herum waren die flachen Kronen der anderen Rohr-

gewächse, und wenn er sie im Blick behielt, dann überzeugte ihn das davon, daß die Erde immer noch richtig herum stand. Jetzt wurde ihm klar, daß die Rohrstengel, so hoch sie ihm auch vorher erschienen waren, doch nichts weiter sein mochten als Gras, das am Fuß jener gewaltigen, verfilzten Gewächse sproß, deren Formen er mit den Blicken nicht folgen konnte. Der Himmel war nicht zu sehen, er mußte irgendwo hoch droben sein. Einmal glaubte er eine Bewegung am Fuß der Rohrstengel zu sehen, doch sie wiederholte sich nicht. Die Luft war unbewegt und kühl.

Während er dort hing, huschte schweigendes Dämmerlicht über die Landschaft. Gerade war die Welt noch voller Farben gewesen, jetzt senkte sich Finsternis über alles. Thorinn konnte in der Dunkelheit keine Richtung bestimmen, er wußte nicht einmal mehr genau, wo oben und unten war. Nach kurzer Zeit hatten sich seine Augen jedoch an die Dunkelheit gewöhnt, und er konnte das geheimnisvolle Pflanzengewirr über ihm wieder sehen, doch im schwachen Himmelslicht, das durch die Blätter grün gefiltert wurde, hatte sich alles verwandelt. Eine kühle Brise kam auf. Irgendwo in der Ferne begannen Insekten zu zirpen, dann waren auch andere Geräusche zu hören.

Einige der Stämme und Zweige, die im Gestrüpp um ihn schwankten, hatten die Farbe von Käse, andere waren schwarz wie Käfer, die Zwischenräume waren purpurrot, blau wie Krähenflügel oder leuchtend grün. Thorinn hörte ein gleitendes Geräusch in nächster Nähe, dann rauschten Flügel an seinem Kopf vorbei, und er duckte sich. Er versuchte, am Stengel hinunterzurutschen, aber das ging zunächst so langsam, daß er das Gefühl hatte, sich in die entgegengesetzte Richtung zu bewegen, in den Himmel hinauf. Er löste den Klammergriff seiner Füße und kam doch nicht schneller voran. Schließlich mußte er sich Hand unter Hand abwärts schieben.

Als er unter dem Schutz des Blätterdaches war, hielt er an. Jetzt, da er still verharrte, konnte er von unten geheimnisvolle Geräusche hören. Es knisterte und raschelte. Er fühlte sich unbehaglich und wünschte sich, bei seinem Abstieg keinen solchen Lärm gemacht zu haben. Er glitt herab, seine Hände rutschten fast lautlos über den Stengel. Jetzt war er so tief, daß er den nächsten Rohrstengel erreichen konnte. Er beugte sich hinüber, packte das Rohr und zog daran. Das Rohr schwang mit ihm zurück und stieß gegen einen anderen Stengel, Thorinn klammerte sich an diesen fest und mußte den Stengel, den er soeben verlassen hatte, mit den Füßen zur Seite treten, damit er ihn nicht beim Zurückschwingen von seinem neuen Halt abstreifte. Er hielt inne und lauschte: Die Laute unter ihm waren näher gekommen, Knistern, Rascheln, Schaben...

Der Stengel, an dem er hing, begann zu zittern. Thorinn starrte in die Schatten. Ein Ding kroch das Rohr herauf. Er sah die grünen Punkte seiner Augen. Der Stengel erbebte wieder, das Wesen kam mit überraschender Geschwindigkeit näher. Jetzt konnte Thorinn erkennen, daß es einen dicken, harten Leib hatte mit einem Wirrwarr von Beinen. Thorinn drehte sich in der Luft, er wollte sich aufrecht an den Stengel klammern und ihn schütteln, bis das Wesen abfiel, doch er hatte vergessen, wie langsam seine Bewegungen waren, und während seine Füße noch träge auf den Stengel zuschwebten, war das Insektenwesen schon vor seiner Nase. Es hatte scharfe Mundwerkzeuge, die glänzten, als es den Rachen weit aufriß. Er spannte seine Muskeln, trat nach der Kreatur und hing plötzlich in der Luft. Der Stengel pendelte über ihm. Das Wesen sprang ab und schlug wie ein Mehlsack auf Thorinns Beinen auf. Ein stechender Schmerz durchfuhr ihn, als die Kreatur ihre Zähne durch das Leder senkte. Thorinn hatte das Schwert in der Faust und schlug zu, erneuter Schmerz, als ihm die Klinge ins Bein fuhr. Das Insektenwesen trieb in zwei Stücken davon. Der Stengel kam wieder näher, er schwankte noch immer, senkte sich, berührte ihn. Thorinn versuchte sich in der Luft zu drehen und zuzupacken, aber das Rohr schlug wieder zurück, schmetterte gegen seine Arme. Die drehende Welt ordnete sich wieder, sie kam ihm von unten entgegen. Immer näher kam der dunkle Boden, und Thorinn zog die Knie an. Er stolperte, doch nur vor Überraschung, der Aufprall war nicht heftiger, als wenn er von einem hüfthohen Stein gesprungen wäre.

Sein gesundes Bein schmerzte. Er tastete es ab und fand einen Schlitz im Leder und ein wenig Blut. Er richtete sich auf, seine Hand fuhr wieder zum Schwert. In der Nähe bewegte sich etwas. Er hörte ganz in der Nähe einen Aufprall im Gras, dann wieder einen, noch näher. Thorinn überlegte nicht lange, er sprang.

Als er hinaufstieg, huschte etwas Kleines, Schnelles unter ihm durch. Im nächsten Augenblick spürte er einen kräftigen Schlag gegen seinen gesunden Fuß, Klauen kratzten über das Leder. Was immer es war, das Ding rutschte ab, und er sah es ins dunkle Gras hinabfallen. Ein Baum drehte sich majestätisch über ihm. Thorinn warf sich herum und ruderte mit den Armen, er versuchte sich aufzurichten, und es gelang ihm beinahe. Neben seinem Ohr summte etwas, er spürte einen Stich im Nacken. Er schlug danach und trudelte wiederum hilflos durch die Luft. Eine verkrümmte Ranke zog vorbei. Thorinn packte sie, pendelte aus und kletterte an der Ranke in den Baum hinauf.

Atemlos stand er auf einem Baumast oder einer alten, dicken Ranke und

sah hinab ins Gras, das in unglaublicher Tiefe unter ihm lag. Vierzig Ellen waren es mindestens, vielleicht mehr, in dem grünen Dämmerlicht war das schwer zu sagen. Thorinn war begeistert. Wenn er so hoch springen konnte, dann spielte es keine Rolle, wer hinter ihm her war...
Unten im dunklen Gras bewegte sich etwas. Es war rund und grau, jetzt hing es in der Luft. Nein, es kam auf ihn zu, stieg immer höher, ein Gewirr knorriger Gliedmaßen war zu sehen. Mit einem Schreckensschrei sprang Thorinn zurück und aufwärts. Etwas schlug ihm schmerzhaft gegen den Rücken, Blätter peitschten in sein Gesicht. Noch ein Schlag, er packte einen Ast und setzte sich darauf. In den Blättern unter ihm hörte es nicht auf zu rascheln. Ein schmetterndes Krachen war zu hören, danach ein gleichmäßiges Knistern und Mahlen, als ob etwas Sprödes, Hartes gefressen würde.
Thorinn ging den Ast ein Stück weiter hinauf. Eine Liane, an der er sich festhielt, wand sich in seiner Hand, reckte sich ihm entgegen, wurde zu einer langen, beinlosen Kreatur mit zischelnder Zunge. Thorinn schleuderte sie fort und stieg mit äußerster Vorsicht weiter. Sooft es ging, hielt er sich an offenen Stellen auf. Er begann zu schwitzen. In der Nähe hing etwas von einem dicken Ast herab. Es sah aus wie eine zottige Frucht, doch es war so groß, daß fünf Männer darin Platz gehabt hätten. Thorinn wich ihr aus und kletterte weiter. Ein Stück weiter oben wuchsen zwei Äste waagerecht nebeneinander. Sie waren durch weitere Äste miteinander verbunden, so daß eine Fläche von etwa zwanzig Ellen Länge entstanden war, auf der hier und da andere, kleinere Bäume wuchsen. Am Ende dieser Plattform stand etwas, das deutlich einer Hütte ähnelte.
Thorinn näherte sich der Plattform und stellte fest, daß sie einen Boden hatte, der aus Ruten bestand, die mit den Zweigen verflochten waren. Der Ort war still und verlassen. Die Hütte am anderen Ende besaß ein spitzes Dach und einen offenen Eingang. Die Wände waren nur halbhoch, zwischen ihnen und dem Dach blieb ein dunkler Streifen frei.
Die Erschöpfung machte Thorinn zu schaffen. Er ging leise zum Eingang und spähte in die Hütte. Bis auf ein paar Matten in einer Ecke war sie leer. Nachdem er sich noch einmal vergewissert hatte, blieb Thorinn stehen und lauschte. Der Baum war von leisen Geräuschen erfüllt, aber keines klang nahe oder bedrohlich. Er setzte sich auf die Matten, nahm sein Bündel ab und lehnte sich mit dem Schwert in der Faust gegen die Wand. Nach einiger Zeit stellte er erschreckt fest, daß er offenbar eingenickt war. Die Nacht war ruhig. Er schloß die Augen, nur damit sie sich ein wenig erholen konnten.
Er erwachte mit klopfendem Herzen, wußte, daß er sich nicht bewegen

durfte. Draußen im Grünlicht huschte etwas Graues, Unförmiges vorbei und verschwand hinter der halbhohen Hüttenwand. Thorinn spürte den schwachen Stoß, als es landete. Es glich einem Menschen, doch etwas stimmte mit ihm nicht. Er sah ein zweites Wesen herabfallen und hörte tiefe, grunzende Stimmen. Thorinn griff nach seinem Bündel und schob die Arme durch die Schulterriemen. Er wollte kein Geräusch machen, doch eine Ecke des Packens schabte verhängnisvoll laut über den Boden. Augenblicklich erschien eine graue Gestalt in der Tür, die andere spähte über die Seitenwand. Thorinn warf sich herum und sprang über die Rückwand in die Dunkelheit. Er blieb mit dem Bein irgendwo hängen und schlug hart auf die Plattform auf. Sein Kopf dröhnte. Als er aufzustehen versuchte, hing sein Bein noch immer fest. Überall auf der Plattform bebte und raschelte es. Thorinn sah ein graues Wesen und roch seine widerwärtige Ausdünstung, dann traf ihn ein harter Schlag an der Schläfe, und alles versank in Finsternis.

Als er zu sich kam, konnte er sich zunächst nicht daran erinnern, was geschehen war. Er hing in der Luft, und eine rissige, graue Wand zog ruckweise an seinem Gesicht vorbei. Er fühlte sich sehr unbehaglich und wollte seine Glieder strecken, doch das konnte er nicht. Sein Gesicht schmerzte, ein Auge ließ sich nicht öffnen. Ruck, es ging weiter hinauf. Seine Arme waren auf den Rücken über einen Stock gebogen, der unter seinen Achselhöhlen herausschaute, die Handgelenke waren an die Fußknöchel gefesselt. Irgendwo über ihm murmelten Stimmen. Ruck, ein dunkler Zweig kam vorbei, und aus der grauen Wand wurde ein Baumstamm, knotig, rissig, zerfurcht und gewaltig. Thorinn legte den Kopf in den Nacken. Er sah jetzt, daß ein Seil – es war irgendwo hinten an ihm befestigt – oben über der gewaltigen Rundung eines mächtigen Astes verschwand. Ein graues Gesicht mit grün schillernden Augen spähte einen Moment lang zu ihm herunter, dann war es verschwunden. Pendelnd ruckte er weiter nach oben. Der Stock, der unter seinen Achselhöhlen hervorragte, schlug gegen den Baumstamm und verhakte sich. Thorinn drehte sich in der Luft, bis sein Körper waagerecht vom Baum abstand. Erneutes Stimmengewirr. Er stieg noch eine Spanne hinauf und blieb wieder hängen. Jetzt klemmte der Stock auch unter einem Zweig. Einen Augenblick später sprang etwas Graues, Bewegliches von dem Riesenast und fiel auf ihn zu. Thorinn hatte kaum Zeit zusammenzuzucken, da saß das Wesen auch schon auf seinem Rücken. Seine Beine griffen um Thorinns Hüften, über seinen Schultern tauchten die grauen Arme auf und stießen ihn vom Baum weg. Die Hände sahen aus wie Menschenhände, doch die Arme waren grau behaart. Thorinn versank in stiller Verzweiflung, denn jetzt wußte er, daß er Dämonen in die Hände gefallen war. Als der Dämon ein Ende des Stockes gelöst hatte, drehte sich Thorinn langsam. Das andere Ende hing noch fest, deshalb schwebte er darum herum, doch der Dämon löste auch die andere Seite. Thorinn trudelte auf den Stamm zu und prallte mit dem Kopf gegen den Ast. Da sprang der Dämon von seinem Rücken, im gleichen Augenblick stieg Thorinn auf und schabte mit Gesicht und Brust über die rissige Rinde. Zwei Wesen standen weiter oben im Baum und zogen an dem Seil, andere zeigten sich in Öffnungen des Dickichts auf allen Seiten. Sie waren kleiner als Menschen, mit grotesk langen Armen und kurzen Beinen. Als die beiden Dämonen ihn erreichen konnten, zogen sie ihn zu sich auf den Ast. Das Seil verschwand über ihnen in einem dunklen Loch, und in dies Loch stießen sie Thorinn mit dem Kopf voran. Das Seil straffte sich, er wurde weiter hochgezogen, ein dunkler Gang verschluckte ihn. Bei seinem Aufstieg pendelte er hin und her. Wenn er mit dem Kopf oder mit den Füßen gegen die Wände des Ganges stieß, erschienen sie ihm trocken und elastisch. Nach einiger Zeit zeigte sich ein schwacher Lichtschein. Er war nicht so hell wie das Nachtlicht draußen, aber Thorinn konnte zwei Dämonen ausmachen, die ihn aus dem Gang zogen. Hinter ihnen befand sich eine dunkle Kammer.

Die Dämonen hoben ihn hoch und stießen ihn achtlos gegen eine Wand. Er berührte die Wand mit Kopf und Füßen, doch seine Knie schwebten über dem Boden. Man hatte einen zweiten Stock kreuzweise an dem in seinen Achselhöhlen befestigt. Zum erstenmal fiel ihm auf, daß sein Bündel und der Kasten fehlten. Ob sein Ranzen oder sein Schwert noch vorhanden waren, wußte er nicht.

Das wenige Licht im Raum kam von schillernden Flecken an Wänden und Boden; vielleicht hatte man Himmelsstoff auf diese Stellen gerieben. In diesem Dämmerschein kamen und gingen die Dämonen. Die Kammer war ungeheuer hoch, obwohl sein offenes Auge nach oben gerichtet war, konnte Thorinn die Decke nicht sehen. Die Dämonen huschten mit großer Schnelligkeit hinauf und hinab, wobei sie Stricke benutzten, die vom oberen Teil der Kammer herabhingen, und Stecken, die quer durch die Kammer verliefen. Wenn sie hinaufstiegen, sprangen sie manchmal von einer solchen Stange zur nächsten, doch häufiger benutzten sie die Seile, die sie beim Klettern kaum zu berühren schienen. Wenn sie herabkamen, sprangen sie mit dem Kopf nach unten von einer Stange zur nächsten. An der untersten Stange fingen sie sich, schwangen herum und landeten auf den Füßen. Kein Dämon näherte sich Thorinn.

Ohne Erfolg versuchte er die Stricke um seine Hände zu zerreißen oder zu lockern. Dann kam ihm ein Gedanke. Falls er sich an dem senkrechten Stab emporschieben konnte, würde er den waagerechten Stab über den senkrechten heben können und so etwas Freiheit für seine Arme gewinnen. Doch er konnte zwar den Stock zwischen seinen Schenkeln einklemmen, aber er konnte die Beine nicht genügend bewegen, um etwas zu erreichen.

Nach einiger Zeit rührte sich über ihm etwas, und ein Schwarm Dämonen sprang auf den Boden. Drei von ihnen waren weiblich. Sie waren so groß wie Thorinn und mindestens einen Kopf größer als die anderen Dämonen. Er sagte sich, daß die kleinen vielleicht ihre Jungen wären. Die Weibchen drängten sich dicht an ihn heran, murmelten, grunzten und befingerten abwechselnd seine Kleidung, zogen an seinem Gürtel und stießen ihn mit den Fingern. Ihre Augen waren groß und grün. Zwei oder drei kleine Dämonen sprangen durch ein Loch im Boden, einen Augenblick später folgten ihnen die anderen. Zwei der großen Weibchen hüpften nach oben und verschwanden außer Sicht, das dritte ging quer durch die Kammer, ließ sich an einer Hand von einem Vorsprung hängen, zog etwas aus einem Sack und begann es zu verzehren.

Thorinns Schultern und Hüften schmerzten. Er versuchte, seine Stellung zu verändern, aber er war so fest verschnürt, daß er sich kaum bewegen konnte. Die Dämonin hatte ihre Nahrung verzehrt und zog ein neues Stück hervor. Thorinn stellte fest, daß er sich mit den Füßen von der Wand abstoßen konnte. Zwar wurden seine Arme dabei noch fest gegen den Stab gepreßt, aber alles war besser, als bewegungslos zu hängen. Und so tat er es wieder und wieder, bis er das Gleichgewicht verlor und auf das Gesicht fiel. Jetzt war er völlig hilflos und konnte nur noch leicht hin und her schaukeln. Die Muskeln in Beinen und Gesäß begannen sich zu verkrampfen.

Nach einer geraumen Weile kam die Dämonin, hob ihn am Stock hoch und stellte ihn wieder gegen die Wand. Sie hielt etwas Rundes in der Hand, biß hinein, und Saft tropfte an ihrem Kinn herab. Sie hielt ihm die Frucht entgegen. Der durchdringende Geruch ließ Thorinn schlucken. Er öffnete seinen trockenen Mund. Da schleuderte sie ihm mit der anderen Hand schnell einen Klumpen Unrat hinein. Thorinn spie aus. Es waren nur trockene Blätter und Schmutz, aber er spuckte immer wieder. Auf der anderen Seite des Raumes grunzte die Kreatur einen behaglichen Rhythmus, es dauerte einige Zeit, bis Thorinn begriff, daß sie lachte.

Weitere Zeit verstrich. Die Dämonin hatte ihr Mahl beendet, hob eine halbfertige Matte vom Boden auf und begann daran zu arbeiten. Sie klemmte sie mit den Füßen ein und verflocht die dünnen Ruten miteinander. Thorinn dachte an das Rauschen eines Flusses, der unablässig über Steine sprudelt und sich in Sturzbächen über einen Felshang ergießt. Kühl und klar, klar und kühl. Die Dämonin legte ihre Arbeit zur Seite und stand auf. Dann erzitterte die Wand, und kleine Dämonen strömten in den Raum. Dutzende von ihnen kamen herein, und einen Augenblick später folgten ihnen größere. Sie waren sogar noch größer als die Weibchen. Der Raum war von Dämonen erfüllt. Sie hingen von den Wänden und den Kletterstangen. Sie zogen Thorinn von der Wand ab, stellten ihn auf seinen Stock, drängten sich noch dichter heran, drehten ihn hin und her und raunten und grunzten untereinander. Sie waren einen Kopf größer als Thorinn und breiter, aber dünner als die Weibchen. Die Kraft ihrer spindeldürren Arme durfte jedoch nicht unterschätzt werden.

Einer von ihnen riß ungeduldig an Thorinns Gürtel, dann hantierte er an der Schnalle, öffnete sie schließlich und zog den Gürtel weg, der ihm jedoch sofort von einem anderen Dämonen aus der Hand gerissen wurde. Ein dritter zog Thorinns Hosen herunter, ein vierter bog ihm den Kopf in den Nacken, riß die Kiefer auseinander und starrte ihm in den Mund. Der allgemeine Aufruhr war ungeheuer; alle Männchen grunzten gleichzeitig, über ihnen sprangen die Weibchen und die Jungen durch die Luft, und Thorinn wurde hin und her gestoßen, bis es sich in seinem Kopf drehte. Etwas riß heftig an seinen Handgelenken, dann waren seine Beine frei. Einen Augenblick später zog ihm ein Dämon die Hosen aus und hielt sie in die Luft, damit sie die anderen sehen konnten.

Wie leblose Gegenstände schleiften Thorinns Füße über den Boden. Nur der Stock und die Hände der Dämonen hielten ihn noch aufrecht. Dann zog jemand den Stock weg. Thorinn stürzte, doch die Dämonen zogen ihn wieder hoch, und jemand streifte ihm das Hemd über den Kopf. Sie hielten ihn an den Haaren hoch und untersuchten ihn gründlich, befühlten seine Haut, drückten gegen seine Muskeln, stachen ihm mit den Fingern zwischen die Rippen. Thorinn konnte nichts dagegen tun. Er konnte die Arme ein wenig bewegen, nicht aber die Beine, und seine Hände fühlten sich wie zwei Fleischklumpen an. Irgendwann zogen sie ihm auch die Schuhe aus und reichten sie herum. Thorinn sah ein riesiges Männchen, das seinen Gürtel emporhielt und darauf zeigte. Sein Mund öffnete und schloß sich. Im allgemeinen Getöse konnte Thorinn nichts hören, doch die Dämonen schienen zu verstehen. Sie scharten sich um das Männchen mit dem Gürtel, dann zerstreuten sie sich wieder. Erregung breitete sich aus. An der Wand bildete sich eine Traube kämpfender Gestalten, löste sich auf, fiel zu Boden. Immer noch strömten weitere Dämonen herein. Sie scharten sich in einem engen Ring um Thorinn. Die streitenden Dämonen durchbrachen den Kreis, sie hielten zwei quiekende Dämonenkinder an den Haaren gepackt. Einer der alten Dämonen schnauzte sie an, dabei zeigte er auf Thorinn und den Gürtel, den er ihnen vor das Gesicht hielt. Er zeigte immer wieder auf zwei besondere Stellen am Gürtel, und Thorinn sagte sich, daß es vermutlich die abgewetzten Stellen waren, wo Ranzen und Schwert gehangen hatten. Die Kinder verschwanden in der Menge, einige Erwachsene folgten ihnen.

Tausend Nadeln stachen Thorinn in Arme und Beine. Ohne auf den Schmerz zu achten, versuchte er seine Hände zu öffnen und zu schließen. Die Menge war etwas kleiner geworden; von der anderen Seite des Zimmers waren schmatzende Laute zu hören. Thorinn sah einige Dämonenkinder, die mit Fleischstücken in der Hand die Wände hinaufturnten. Einige Erwachsene folgten ihnen und hockten sich kauend auf die Stäbe. Jetzt konnte Thorinn erkennen, daß die Weibchen den Leib eines großen Tieres zerschnitten. Es mußte soeben erst getötet worden sein, denn das Fleisch dampfte noch.

Der Dämon, der Thorinn hielt, drehte ihn plötzlich herum und bog ihm die Arme auf den Rücken. Thorinn versuchte sich zu wehren, aber er war noch zu schwach. Der Dämon band ihm die Handgelenke mit einem Strick zusammen. Dann klemmte er Thorinn mit einem Arm ein und machte eine Schlinge in das Ende eines steifen, dicken Seiles. Die Schlinge warf er Thorinn über den Kopf, zog sie ein wenig an und warf das andere Seilende einem Dämonen zu, der oben auf einer Stange hockte. Thorinn spürte, wie sich das Seil spannte, dann zog es ihn empor. Er stoppte, hing pendelnd da und versuchte vergeblich mit seinem gesunden Fuß den Boden zu berühren. Die Schlinge war so steif, daß sie sich durch sein Körpergewicht allein nicht zusammenzog, doch bei der kleinsten Bewegung kroch sie über die Unterseite seines Kinns dichter auf seinen Hals zu. Um nicht erwürgt zu werden, preßte Thorinn den Kopf an die Brust und bewegte sich nicht.

Ein Dämon wischte auf seinem Weg zu dem Tierleib achtlos seine Hand an Thorinn ab. Der Stoß ließ ihn pendeln, der Raum drehte sich um ihn. Ein Dämonenkind warf mit einem klebrigen Klumpen nach ihm, etwas klatschte auf seine Rippen. Im nächsten Augenblick traf ihn ein weiteres Geschoß am Ohr, dann wurde er von allen Seiten unter Beschuß genommen. Jeder Treffer warf seinen Leib in eine neue Richtung, und die Pendelbewegungen wurden äußerst unregelmäßig. Aus dem Schatten trat ein Dämon mit einem langen Stock. Er stieß ihn Thorinn in die Seite, dieser krümmte sich ungewollt, und die Schlinge zog sich weiter zu. Ein anderer Dämon stellte sich mit einem Stock dem ersten gegenüber. Teilnahmslos stachen sie mit ihren Stöcken auf Thorinn ein. Die Stecken bohrten sich in seine Brust, die Seite, das Gesäß und wieder in die Brust. Nach einiger Zeit hörten die Stöße auf. Thorinn öffnete sein heiles Auge und stellte fest, daß es eine Unterbrechung gab. Um zwei Dämonen, die in der Nähe an der Wand saßen, hatte sich eine Meute geschart. Er sah, wie zwei Kinder wegsprangen, dann das Glänzen von Metall. Es war sein Schwert; die Dämonen reichten es von Hand zu Hand weiter. Sie hatten auch seinen Ranzen. Thorinn entdeckte eine viereckige Form, das konnte nur sein sprechender Kasten sein.

Thorinn war sich nicht sicher, ob er sprechen konnte. Er stieß ein Krächzen aus, dann versuchte er es noch einmal: »Kasten.«

»Hier bin ich.«

Die Erleichterung übermannte ihn fast. Er sagte: »Kasten, befiehl ihnen, daß sie meine Hände losbinden sollen.« Die Dämonen beugten sich, offensichtlich überrascht, dichter über den Kasten. Der Kristall flackerte farbig, und die Dämonen sprangen durch den Raum, fielen von oben herab. Die beiden Dämonen mit den Stöcken hatten sich den anderen angeschlossen. Im allgemeinen Tumult rief Thorinn dem Kasten wieder etwas zu, aber er wußte nicht, ob dieser ihn verstanden hatte.

Nach langer Zeit verstreute sich die Menge wieder. Ein alter Dämon hielt den Kasten fest, während zwei andere alte neben ihm saßen. Das Stimmengewirr hatte sich etwas gelegt, und Thorinn rief: »Kasten, hast du es ihnen gesagt?«

»Ich habe es ihnen gesagt.«

Die Dämonen mit den Stöcken waren wieder da, und jetzt kam einer der alten mit seinem Schwert in der Hand auf ihn zu. Er blieb stehen und führte die Schwertspitze mehrere Male gegen Thorinns Bauch, ohne ihn jedoch zu berühren. Während der ganzen Zeit unterhielt er sich grunzend mit den anderen Dämonen. »Kasten, was sagen sie?« fragte Thorinn.

»Ich weiß nicht, was sie sagen.«

»Wie sprichst du dann mit ihnen?«

»Ich spreche durch Bilder zu ihnen.«

Auf Thorinns Rücken bildete sich eine Gänsehaut. »Was hast du ihnen noch gesagt?«

»Sie wußten mit dem Schwert nichts anzufangen, da habe ich ihnen gezeigt, daß man damit besser schneiden kann als mit einem Stock.«

Der Alte mit dem Schwert trat einen Schritt zurück, die beiden mit den Stöcken stellten sich zu beiden Seiten von Thorinn auf, und ein vierter Dämon trat hinter ihn. Thorinn spürte seine Hände auf den Stricken um die Handgelenke, und sein Herz hüpfte vor Freude.

Die Stricke fielen herab. Thorinn griff nach der Schlinge, sofort beugte sich ein Dämon vor und durchbohrte seine Hand mit der Stockspitze. Der Schmerz war so groß, daß Thorinn die Beherrschung verlor und mit der anderen Hand hinauffaßte. Der Dämon auf der anderen Seite stach ihm in die Hand.

Die Dämonen hatten einen großen Kreis gebildet. Der Alte mit dem Schwert wechselte ein paar Grunzlaute mit den Stockträgern, danach kam er näher, setzte die Schwertspitze gegen Thorinns Bauch und schnitt abwärts. Blut rann Thorinns Beine herab. Gegen seinen Willen fuhr die Hand wieder zur Schlinge, und wieder stach ein Dämon zu.

»Kasten!« schrie er.

»Hier bin ich!«

Der alte Dämon trat heran und hob das Schwert. Verzweifelt krümmte sich Thorinns Körper zusammen. Die Schlinge schloß sich um seinen Hals, aber er erwischte den Alten am Handgelenk. Ein Schlag traf ihn in die Seite. Er hieb dem Alten die Faust ins Gesicht und hatte das Schwert in der Hand. Ein neuer Schlag warf Thorinn herum. Er hieb mit dem Schwert um sich, und die Dämonen sprangen zurück. Erstickend packte er das Seil über seinem Kopf. Thorinn riß an dem Tau und schwebte nach oben. Die Schlinge lockerte sich, rasselnd füllten sich seine Lungen mit Luft. Der Dämon auf der Querstange griff nach ihm, Thorinn hob das Schwert und schlug es durch das Bein des Dämonen, das verknotete Seil und den halben Balken. Thorinn stieß sich vom Querbalken ab und stieg noch höher hinauf, während der Dämon in einem Blutschwall abwärtstrudelte. Die Welt hatte sich in einen Tumult aus grunzenden Stimmen, aufgerissenen Mäulern, Reißzähnen und grünen Augen verwandelt. Thorinn erreichte die nächste Stange. Ein Dämon griff nach ihm, und er schlug ihm den Arm ab. Die Wand neben der Querstange fühlte sich fasrig und elastisch an. Thorinn schlug zu, die Wand klaffte auf, und durch den langen Schlitz strömte die Nachtluft herein. Er schlüpfte hindurch und war draußen, erwischte einen geschwungenen Ast und klammerte sich daran, sah zurück auf die Kammer, die als ein dunkler Sack erschien, der zwischen zwei Zweigen hing. In seinem Geist erschien ein Bild: Thorinn stürzt trudelnd durch das Geäst, die Dämonen folgen ihm, schwärmen aus, umzingeln ihn, bohren ihre Stöcke in seinen Körper, seine Glieder, sein Gesicht... Nein! Er sprang zurück zum Haus der Dämonen und klammerte sich an die fasrige Wand direkt über der Öffnung, die er geschlagen hatte. Zitternd vor Furcht und Haß wartete er dort.

Als der erste graue Kopf hervorkam, schlug er mit dem Schwertgriff zu. Der Kopf sackte ab, ein Körper folgte, und mit einem Fußtritt half Thorinn ihm hinunter. Mit dem zweiten verfuhr er genauso, dann suchte er nach einem besseren Halt und klemmte sich zwischen die Wand und einen Ast. Blätter rauschten unter ihm, als das nächste Dämonenpaar hervorschoß. Ohne zu zögern sprangen sie in die Tiefe und waren verschwunden. Drei weitere folgten, dann noch einmal zwei, dann viele. Die Wand erzitterte, als sie so hervorquollen. Alle sprangen sie in die Tiefe. Von unten schallten aus vielen Richtungen ihre Stimmen herauf.

Als es im Baum still geworden war, nur noch das gewöhnliche leise Rascheln und Knistern der kleinen Wesen im Geäst war zu hören, ließ sich Thorinn zur Öffnung herabfallen, schlüpfte hindurch und stand auf einer Querstange. Die Kammer war leer bis auf zwei Weibchen, die ihn anstarrten und dann unter Schreckenslauten an der gegenüberliegenden Wand emporkletterten. Seine Kleider und Besitztümer lagen über den Boden verstreut. Thorinn stieg hinab, nahm zuerst seinen Ranzen auf, steckte die Hand hinein und vergewisserte sich, daß Zauberkrug, Feuerstab und Lichtkästchen noch darin waren. Seine Schuhe und das Tuch, in das er den Zauberkasten gewickelt hatte, waren nirgendwo zu sehen. Er zog hastig Hemd und Hosen über, hängte den Ranzen über den Gürtel, schnallte ihn um und schob das Schwert durch den Gürtel. Die Scheide war verschwunden. Dann holte er das Lichtkästchen hervor und öffnete es. Auf der anderen Seite der Kammer waren Schreie und kratzende Geräusche zu hören. Er hielt das Licht in diese Richtung. Die Wände, aus der geheimnisvollen Dunkelheit gerissen, sahen auf einmal braun und gewöhnlich aus. Die beiden Weibchen klammerten sich auf einer hohen Stange aneinander. Thorinn senkte den Lichtkegel und ließ ihn über den Boden streichen. Sofort entdeckte er seine Schuhe und streifte sie über. Das Tuch und die Scheide konnte er nirgends entdecken, obwohl er in einigen geflochtenen Körben nachschaute und ein Dutzend Matten umdrehte, die auf dem Boden lagen. Der Leib des halb verzehrten Tieres lag noch auf der anderen Seite der Kammer. Das Tier war kleiner, als er gedacht hatte und besaß eine stumpfe Schnauze.

Von einem Zapfen in der Wand hingen ein paar Stricke herab, wie die, mit denen man ihn gefesselt hatte. Er nahm einen und hängte ihn über die Schulter. Weit oben zeigte ihm der Lichtkegel eine Plattform. Er sprang hinauf, doch bis auf einige Körbe und Matten war sie leer. Darüber war eine zweite Plattform, hier fand Thorinn eine Menge Dämonen vor, die sich an der Wand aneinanderdrängten. Es waren ausschließlich Weibchen. Manche hatten Junge, die sich an ihnen festklammerten. Ein Junges hielt etwas Längliches, Braunes in der Hand. Thorinn sah genauer hin und erkannte seine Scheide. Vorsichtig zog er sie aus den Fingern des

schlafenden Kindes. Als er sie schließlich in Händen hielt, seufzte das Kind und drehte sich um, doch es erwachte nicht.
Thorinn sprang weiter und erreichte endlich die Oberseite der Kammer, wo eine Reihe von umwickelten Bündeln von einer Querstange hingen. Er klammerte sich an den Bündeln fest und schnitt einen Schlitz in die braune Kuppel über seinem Kopf. Er verschloß das Lichtkästchen und steckte es weg, dann schob er sich hoch in die schweigende Nacht. Die höchsten Zweige in seiner Nähe strebten gegen den grünen Himmel, der zum Greifen nahe schien.
Thorinn sprang auf einen Ast und begann zu klettern. Während er höher stieg, stellte er fest, daß die obersten Zweige den Himmel tatsächlich berührten und zum Teil darin verschwanden. Jetzt war das reine Grün direkt über ihm. Er griff mit der Hand hinauf, das Moospolster war kühl und feucht, es war Himmelsstoff. Er riß ein paar Hände voll ab und stopfte sie in den Ranzen. In dem Loch, das er gerissen hatte, ertastete er eine fasrige, verfilzte Oberfläche wie dicht verwobenes Stroh. Er konnte die Finger hineinschieben, doch als er versuchte, ein Büschel herauszureißen, hielt es stand. Es war so dicht verfilzt wie Grashalme vom vergangenen Jahr.
Der Ast erbebte. Er schaute hinab und sah graue Gestalten, die auf ihn zusprangen. Auch aus der Kuppel kamen sie. Fast ohne zu überlegen stand er auf, griff mit der Hand in den Himmel und schwang sich hinauf. Mit der Hand grub er sich durch das Moos, fand neuen Halt, schwang sich ein Stück weiter. Ein Stock prallte neben ihm gegen den Himmel und trudelte in die Tiefe zurück. Thorinn schaute sich um. Die Dämonen drängten sich am Ende eines Astes zusammen, der sich unter ihrem Gewicht so weit nach unten bog, daß sie den Himmel nicht erreichen konnten. Neben ihm fuhr ein Stock in das Moos. Übermütig zog ihn Thorinn heraus und warf ihn zurück.
Aus einiger Entfernung sah er sich wieder um. Die Dämonen hingen noch immer am Ast. Thorinn hangelte sich weiter hinaus, er wollte sich unbedingt aus ihrer Reichweite entfernen. Doch würde er einen Sturz auf den Boden überleben? Während er noch zögerte und sich umschaute, sah er dicht vor sich eine dunkle Linie im Himmel. Als er näher heran war, verwandelte sich die Linie in ein enges Oval. Jetzt hatte er die Stelle fast erreicht und blickte sich wieder um. Zwei Dämonen hingen unter dem Himmel, und während er sie noch beobachtete, sprang ein dritter hinauf. Sie hangelten auf ihn zu, ihre Augen schillerten unter dem grünen Himmel.
Er versuchte schneller voranzukommen, aber seine Finger glitten ab, und

er wäre beinahe abgestürzt. Vor seinem inneren Auge flammte plötzlich der Himmel auf. Er hielt den Atem an, vor Aufregung schluckte er trokken. Da war die Öffnung, ein Loch im Himmel mit einem Durchmesser von drei Spannen. Daneben hing Thorinn und griff mit der freien Hand in den Ranzen. Er fand das Lichtkästchen und stieß mit dem Daumen den Deckel herunter. Er vergewisserte sich, daß es die Seite mit der zerbrochenen Scheibe war, die Lichtseite. Er zog es hervor und richtete den Lichtschein auf die Dämonen, sah, wie sie ihre Augen zukniffen und sich ihre Mägen verkrampften. Dann rammte er das Kästchen in den Himmel. Strahlende Helligkeit explodierte überall um ihn her. Geblendet blinzelte er hinab und sah die Baumwipfel grün im Tageslicht stehen. Schreie klangen von unten herauf. Die Dämonen hingen bewegungsunfähig am Himmel.

Thorinn drehte sich um. Der Schacht war neben ihm, oben von einer braunen Scheibe verschlossen. Er griff hinauf und spürte, wie sich der Schild unter seiner Hand drehte. Die Öffnung wurde sichtbar, ein dunkles Auge, das schließlich den ganzen Kreis ausfüllte. Thorinn sprang hinauf, das Blut klopfte in seinen Ohren. Er hatte gerade noch genügend Kraft, um sich hindurchzuziehen und auf die Seite zu rollen. Der Boden war so weich wie Gänsedaunen. Er schlief ein, erwachte, trank aus dem Zauberkrug und schlief weiter.

Er erwachte im Fieber und pflasterte Himmelsmoos über seine Wunden. Seine Hände konnten den Stoff kaum halten. Er hörte sich sprechen und erwachte, um einer Stimme zu lauschen, die soeben verstummt war. Er tastete im Ranzen nach dem Lichtkästchen. Seine Hände waren schwach und schmerzten, doch es gelang ihm, das Kästchen herauszuziehen und ein wenig Stoff von einem Fach ins andere zu füllen.

Er wachte wieder auf und wußte, daß er weiterleben würde und die Mannbarkeit erreicht hatte, da er in einer Schlacht Wunden ausgeteilt und empfangen hatte.

Auf seinem linken Handrücken waren zwei tiefe Wunden. Es waren Löcher zwischen den Sehnen, die sich auch auf der Handfläche zeigten. Sie hatten sich inzwischen geschlossen, doch ihre Ränder waren fingerbreit entzündet. Die Verletzung in seiner anderen Hand war nicht so tief, aber schmerzhafter, ein ausgefranster Riß im Fleisch seiner Handfläche. Außerdem hatte er Löcher in der Brust, den Seiten, im Rücken und den Gesäßbacken. Der Schnitt in der Bauchdecke hatte sich geschlossen, doch die Haut daneben war gerötet und heiß. Sein Auge war noch immer geschwollen, aber er konnte sehen. Bis auf den Schnitt im Bein, den er sich selbst zugefügt hatte, waren dies alle seine Wunden.

In späteren Tagen würde er einmal stolz auf die Narben sein, aber er würde nie vergessen, daß er krank vor Furcht gewesen war, als man ihm die Wunden schlug.
Er war schwach und sehr hungrig. Er aß etwas Käse aus seinem Ranzen und trank aus dem Zauberkrug, doch sofort würgte er alles wieder hervor und schlief ein. Als er wieder erwachte, diesmal noch geschwächter, aß er erneut. Wenigstens konnte er jetzt das Essen bei sich behalten.
Nachdem einige Zeit verstrichen war, ekelte er sich vor dem süßlichen Geruch seiner Krankheit. Er zog sich aus und wusch sich, so gut es ging, mit dem Wasser aus dem Krug, danach fühlte er sich etwas besser. Er stand auf und untersuchte den Gang auf vierzig Ellen in beide Richtungen. Dann kam er zurück, öffnete den Schild und erleichterte sich durch die Öffnung. *Hinab mit dir*, sagte die Stimme, aber er war zu schwach, um ihr zu gehorchen, und nachdem er den Schild wieder geschlossen hatte, schwieg die Stimme. Als er wieder erwachte, erforschte er den Gang ein Stück weiter und beim nächstenmal noch weiter, bis er auf eine Stelle stieß, wo sich der Gang in einen senkrecht ansteigenden Schacht verwandelte, aus dem Thorinn eine schwache Brise ins Gesicht wehte. Er ging zurück, aß etwas und versank wieder in Schlaf. Er erwachte mit steifen Gliedern und stieg den Schacht hinauf, bis dieser nach etwa sechzig Ellen in einen großen Tunnel einmündete. Lichter flammten in mächtigen Kreisbögen über seinem Kopf auf. Das stumme Schauspiel war so gigantisch, daß sich Thorinn beinahe wieder vor Schrecken fallen gelassen hätte, wie beim erstenmal.
Er ging zurück zum Schild, aß den letzten Rest von seinem Käse, schlief ein und erwachte erneut. Er war sehr hungrig. Er öffnete den Schild, unten herrschte Tageslicht. *Hinab mit dir.* Und das mußte er auch, um sich etwas zu Essen zu beschaffen. Er überlegte sich, daß er am Himmel ein Zeichen zurücklassen sollte, damit er die Öffnung wiederfände. Er griff nach dem Riemen, der gewöhnlich um seine Wade geschlungen war, doch er konnte ihn nicht finden. Da fiel ihm ein, daß sie beide im Haus der Dämonen zurückgeblieben waren. Statt dessen nahm er das Seil und machte einen dicken Knoten in ein Ende.
Er hielt das Seil, öffnete den Schild und schlüpfte hindurch. Der Schild drehte sich über ihm, und Thorinn hielt sich so lange mit den Fingerspitzen am Rand des Loches fest, bis sich der Schild fast geschlossen hatte. Dann zog er das Seil bis zum verknoteten Ende herunter. Der Schild klemmte den Knoten ein. Thorinn hängte sich an das Seil und suchte einen Halt am Himmel. Er schwang herum und hing einen Moment lang blinzelnd und atemlos in der Helligkeit. In der Ferne sah er den Baum mit

der riesigen Blätterkrone und die dunkle Kuppel des Dämonenhauses zwischen den Zweigen. Plötzlich war Thorinn sich sicher, daß er es nicht bis dorthin schaffen würde. Mit zitternder Hast hangelte er sich hinüber, bis er über dem Baum war, dann ließ er sich fallen.

Die Zweige kamen ihm wie ein Bett entgegen, und es genügte ihm, ausgestreckt auf ihnen liegenzubleiben, bis er wieder regelmäßig Atem holen konnte. Der Baum unter ihm und um ihn war ein Gewirr aus Zweigen und Ästen, Ranken und Schlingpflanzen und anderen Pflanzen, die auf den Ästen wuchsen. Thorinn ließ sich ein Stück tiefer fallen, wo auf einer Ranke ein paar rote Beeren wuchsen, aber sie waren so bitter, daß ihm ein Bissen genügte. Noch ein wenig tiefer hing eine zottige Frucht von der Art, wie er sie schon zuvor gesehen hatte. Diese war allerdings nicht halb so groß, sondern höchstens vier Ellen lang. Thorinn hockte sich auf einen Zweig und stach in die Frucht hinein. Unter der spröden, blättrigen Außenhaut war eine etwa zwei Finger dicke Schale, darunter lag das breiige, braungrüne Fruchtfleisch. Thorinn schnitt ein Stück aus dem Fleisch und probierte es. Es schmeckte süßherb, und Thorinn verspürte einen Heißhunger auf mehr. Seine Hände zitterten. Er schnitt eine weitere Scheibe heraus und verzehrte sie, und dann noch eine, bis sein Hunger gestillt war. Dann schnitt er sich noch ein großes Stück heraus, wickelte es sorgfältig in ein Blatt und verstaute es in seinem Ranzen. An dem, was noch von der Frucht übrig war, hätten noch einmal hundert Menschen ihren Hunger stillen können.

Er kletterte auf die Spitze des Zweiges und suchte sich mit den Augen einen Weg zur Baumkrone mit dem Dämonenhaus und von dort aus zum Seil im Himmel. Als er sich dem Haus näherte, fielen ihm die Bündel wieder ein, die unter dem Dach hingen. Es kam ihm in den Sinn, hineinzusteigen und einige mitzunehmen, denn sie konnten Nahrung enthalten, und schließlich besaß er außer dem Stück von der Frucht nichts mehr zu essen. Er sprang auf die braune Kuppel, aber als er nach dem Schlitz tastete, den er hineingeschnitten hatte, stellte er fest, daß man ihn von innen abgedichtet hatte. Da setzte er einen neuen Schnitt neben den alten, bog die Ränder auseinander, erspähte direkt darunter eine Querstange und sprang hinab.

Er landete auf der Stange, klammerte sich fest und lauschte, er vernahm jedoch nur seinen eigenen Herzschlag. Unter ihm rührte sich nichts. Er tastete nach den Stricken über der Stange und begann die Bündel eines nach dem anderen heraufzuziehen, ohne sich die Mühe zu machen, sie zu öffnen. Er schnitt einfach die Stricke durch und band sie paarweise aneinander, um sie danach wieder über die Stange zu hängen, bis er sie mitnehmen konnte. Als er so viele Bündel beisammen hatte, wie er leicht tragen konnte, sechs also, denn die kleinsten waren so groß wie sein Kopf und die größten viermal so groß, begann er über seine verlorenen Besitztümer nachzudenken, an seine Beinriemen und an das Tuch, denn das Stoffstück war – bis auf ein paar Juwelen und den Zauberkrug – alles, was ihm von seinem Schatz geblieben war. Den Kasten schloß er in diese Rechnung nicht mit ein, denn er hatte ihn einmal verraten, und das war genug. Er hockte auf dem Balken, spähte hinab und lauschte. Seine Augen hatten sich so weit an die Dunkelheit gewöhnt, daß er hier und dort einen schwachen Lichtschein erkennen konnte. Eine dunkle Fläche zu seiner Rechten mußte die oberste Plattform sein. Ihm fiel wieder ein, daß sie leer war, also sprang er auf sie hinab und hielt wieder inne, um zu lauschen. Kaum vernehmlich klang von unten ein schwaches, gleichmäßiges Atmen herauf. Mit dem Schwert in der Hand ließ er sich auf die nächste Plattform fallen, auf der viele Dämonen lagen. An ihrer Anzahl und Größe konnte er erkennen, daß es sich um die Männer handelte. Er sah auch ihre Spitzstöcke, die in Bündeln an den Wänden lehnten.

Auf der nächsten Plattform schliefen die Weibchen und die Jungen, darunter war die unterste Plattform, auf der nur leere Körbe und Matten lagen. Von dort sprang er auf eine Querstange und weiter auf den Boden. In einer Ecke lag ein altes Weibchen und rührte sich nicht, sonst war niemand am Grund der Kammer. Im Dämmerlicht hing etwas von der untersten Stange herab, das er zuerst nicht erkannte, dann sah er, daß es der sprechende Kasten war. Er befürchtete, der Kasten würde ihn anreden, aber das geschah nicht. Er suchte an der Wand der Kammer, kehrte Abfallhaufen um und fühlte in Körben und unter Matten.

Einen der Riemen fand er sofort, jemand hatte ihn achtlos auf den Boden geworfen. Von dem Tuch entdeckte er keine Spur, obwohl er alle Matten umdrehte, bis auf die, auf der die Alte schlief. Als er sich enttäuscht abwandte, blieb sein Auge an dem sprechenden Kasten hängen. Auf der schwach glänzenden Seitenwand sah er eine Reihe von tiefen Kratzern. Hatten die Dämonen den Kasten dort hingehängt, um ihn an seiner Stelle zu foltern? Das geschah ihm ganz recht... Andererseits, wenn er den Kasten mit sich nahm, dann würde er die Dämonen um ihr Vergnügen bringen. Er ging näher heran und ergriff den Riemen, an dem der Kasten hing. Erst da erkannte er, daß es sein zweiter Wadenriemen war.

Er kletterte zu der Querstange hinauf und löste den Knoten, dann machte er eine Tragschlaufe daraus und kletterte mit dem Kasten auf dem Rücken zum Dach der Kammer zurück. Die schlafenden Dämonen rührten sich nicht, wenn er an ihnen vorbeikam. Er hing an dem obersten Querbalken unter dem Dach und ärgerte sich darüber, daß sie so friedvoll schliefen. Sie haßten das helle Licht; wenn er doch das Dach von ihrem Haus herunterziehen könnte... Aber nein, durch den Lärm würden sie aufwachen. Er betastete die Wand mit der Hand. Einige der eingewebten Stränge waren frisch, aber die meisten anderen waren alt und so trocken wie Zunder. Thorinn sammelte nachdenklich seine Bündel ein und träumte von blendender Helligkeit. Er sprang zu dem Schlitz hinauf, den er geschnitten hatte, und zwängte sich hindurch. Auf der braunen Kuppel kniend holte er den Feuerstab aus seinem Ranzen und füllte ihn mit Faserstücken, die er aus der Kuppel riß. Ein Stoß versetzte sie in Glut, in die er vorsichtig hineinblies, bis eine kleine Flamme aufflackerte, dann kippte er sie auf einen trockenen Faserhaufen. Nach wenigen Augenblicken fing er Feuer, und die Flammen breiteten sich aus. Thorinn fütterte sie mit Stücken von braunen Blättern, die er mit den Händen zerfetzte, dann mit größeren und schließlich mit großen Fetzen, die er mit dem Schwert aus der Kuppel herausschnitt. Stinkende Luft stieg aus dem Dämonennest auf, sie ließ die Flammen nur noch heller flackern. Es knackte, Funken flogen. Stechender weißer Rauch stieg auf. Kleine brennende Pflanzenfetzen fielen durch das Loch hinab. Thorinn hörte von unten einen Schreckensschrei, dann erzitterte der Baum. Er schnitt einen letzten Streifen aus der Kuppel und hielt ihn in die Flammen, bis er Feuer gefangen hatte, dann ließ er ihn genüßlich in die Finsternis fallen. Er sprang zu den höchsten Zweigen hinauf und klammerte sich an den Himmel. Hinter ihm breitete sich grauweißer Rauch wie eine feiste Wolke aus, und dahinter leuchtete das Feuer rot wie ein Riesenauge. Thorinn erreichte den Strick ohne Schwierigkeiten, kletterte grinsend hinauf, öffnete den Schild und stieg hindurch.

8 Wie Thorinn von einer fliegenden Maschine gefangengenommen wurde, die ihn tiefer in die Unterwelt hineintrug.

Als er eins der Bündel öffnete, die er aus dem Dämonennest mitgenommen hatte, stellte er fest, daß es Trockenfleischstücke enthielt, kräftige, nahrhafte Kost. Er aß einen Teil und trank Wasser aus dem Krug, dann wickelte er das Fleisch wieder ein und legte es zur Seite. Als nächstes stellte er den Kasten aufrecht auf den Boden und starrte ihn eine Weile schweigend an.

»Kasten!« sagte er endlich.

»Hier bin ich.«

»Nun, was willst du zu deiner Verteidigung sagen?«

»Ich will nichts zu meiner Verteidigung sagen.«

»Warum hast du mich verraten?«

»Was heißt ›verraten‹?«

»Warum hast du ihnen geraten, das Schwert an mir auszuprobieren, anstatt...« Empörung erstickte seinen Redefluß.

»Ich habe ihnen nicht geraten, das Schwert an dir auszuprobieren.«

»Lüge nicht!«

»Was heißt ›lügen‹?«

»Nicht die Wahrheit zu sagen. Nicht zu sagen, was geschehen ist.«

»Ich sage immer die Wahrheit.«

»Welch abscheuliche Lüge! Hast du ihnen nicht gesagt, daß man mit dem Schwert besser schneidet als mit einem Stock?«

»Das habe ich ihnen gesagt.«

»Und hast du gewußt, daß sie es an mir ausprobieren würden?«

»Ja.«

»Nun, warum hast du es dann getan?«

»Weil sie mich gefragt haben.«

Thorinn hockte sich verwirrt und ärgerlich auf die Fersen.

»Wenn es noch einmal geschähe, würdest du wieder so handeln?«

»Ja.«

»Ja, begreifst du denn nicht, daß ich dich dann nicht mehr mitnehmen kann. Es wäre zu unsicher für mich.« Thorinn erhob sich.

»Es wäre sicher.«

»Wie meinst du das?«

»Wenn du mir sagst, ich soll ihnen nicht sagen, daß man mit einem Schwert besser schneidet als mit einem Stock.«

Thorinn hockte sich wieder hin und starrte den Kasten an. »Du meinst, wenn ich es dir verbiete, dann wirst du es nicht tun?«
»Ja, ich meine, ich würde es nicht tun.«
»Nun, angenommen, ich sage dir, daß du niemals etwas tun oder sagen sollst, das schlecht für mich wäre. Würde das bedeuten, du würdest so etwas niemals wieder tun?«
»Ich würde so etwas niemals wieder tun.«
»Also gut«, sagte Thorinn, »aber ich verstehe dich nicht, mir ist es gleich, ob du ein Dämon oder eine Maschine bist, aber warum muß ich dir das befehlen?«
»Eine Maschine kann nur das tun, was ihr befohlen wird«, sagte der Kasten.
»Dann befehle ich es dir also«, sagte Thorinn. Nach einer Weile sammelte er alle seine Bündel auf, warf sie sich zusammen mit dem Kasten über den Rücken und machte sich auf den Weg durch den Gang.

Das dunkle Auge am Ende des Tunnels wurde plötzlich hell, und Thorinn wußte, daß sie auf einen Schacht zugingen. Er hielt an, denn wenn der Schacht nach oben und unten führte, dann hatte er keine andere Wahl, als nach unten zu gehen.
»Kasten, geht der Schacht in beide Richtungen?«
»Ja.«
»Gibt es einen zweiten Schacht hier in der Nähe, der nur nach oben führt?«
»Was heißt in der Nähe?«
»Äh, im Umkreis von tausend Ellen.«
»Nein.«
Thorinn setzte sich hin, um über das Gehörte nachzudenken. Er öffnete ein Bündel und begann zu essen. Plötzlich sagte er: »Kasten.«
»Ja.«
»Du sagst, daß eine Maschine nur das tun kann, was ihr befohlen wird?«
»Ja.«
»Aber bedeutet das dann nicht, daß ich dir vielleicht eine Sache befehle, und später kommt dann jemand, der dir genau das Gegenteil befiehlt, und dann mußt du tun, was er dir befohlen hat?«
»Nicht, wenn du mir befiehlst, daß ich ihm nicht gehorchen soll.«
»Wenn dich also jemand fragen würde, wie er mich töten kann, dann würdest du es ihm nicht sagen?«
»Nein, denn du hast mir verboten, etwas zu tun, das dir schaden kann.«
»Tut es dir leid, wie du dich bei den Dämonen betragen hast?«

»Was heißt ›leid tun‹?«
Thorinn versuchte es zu erklären, aber er hatte nur geringen Erfolg, denn der Kasten kannte die Bedeutung von »wünschen« nicht, er mußte sie ihm erst erklären. Dann stießen sie auf das Wort »fühlen«, das der Kasten offenbar überhaupt nicht begreifen konnte. Schließlich sagte der Kasten: »Sagt man ›leid tun‹, wenn man wünscht, daß etwas anders wäre, obwohl es bereits geschehen ist?«
»Ja, so könnte man sagen. Also, tut es dir leid?«
»Nein, weil das sinnlos wäre.«
»Wieso sinnlos?«
»Ein Ding, das bereits geschehen ist, kann man nicht mehr verändern. Wenn man dennoch wünscht, daß es anders wäre, ist das sinnlos.«
Mit dieser Erklärung war Thorinn nicht zufrieden, und sie diskutierten den Punkt noch eine Zeitlang, ohne einander überzeugen zu können. Der Kasten wollte lediglich zugestehen, daß Menschen auf eine sinnlose Art denken konnten, wenn es ihnen gefiel, Kästen das aber nicht könnten.
»Wenn ich dir befehlen würde, auf eine Art zu denken, die du sinnlos nennst, könntest du es dann?«
»Ja, aber dann wäre mein Denken nicht gut, und das wäre schlecht für dich.«
»Wie steht es mit meinem Denken? Glaubst du, du kannst besser denken als ich?«
»Ja.«
Thorinn nahm diese Mitteilung schweigend hin. »Kasten«, sagte er schließlich, »du hast mir gesagt, auf dem Grund der Unterwelt lebten Menschen. Meintest du Menschen wie mich oder Götter und Dämonen?«
»Was sind Götter und Dämonen?«
»Götter sind... sie sind wie Menschen, doch manchmal können sie andere Gestalt annehmen, und dann kann man sie nicht töten. Dämonen sind so ähnlich, aber nicht so mächtig.«
»Auf dem Grund der Unterwelt sind Menschen wie du und einige Götter und Dämonen.«
»Angenommen, ich ginge dorthin. Könnte ich etwas von ihrem Zauber stehlen?«
»Was heißt ›stehlen‹?«
»Wenn man etwas nimmt, das einem anderen gehört.«
»Du könntest einige Sachen stehlen, sie würden dir aber auch einige Sachen geben.«
Thorinn schwieg für eine Weile. »Die Maschinen, von denen du mir er-

zählt hast, würden sie mich dorthin bringen, ohne mich zu verletzen?«
»Ja, Thorinn.«
»Könnte eine von ihnen hierherkommen?«
»Ja, wenn du sie rufst.« Der Kristall leuchtete auf, und Thorinn sah ein winziges Abbild von sich selbst. Er beugte sich über einen der Ringe im Tunnel und drückte ihn nieder. Der Ring versank im Boden. Der Kristall wurde dunkel.
»Wenn ich das tue, wird die Maschine kommen?«
»Ja.«
»Aber warum hst du das nicht schon früher gesagt?«
»Du hast nicht danach gefragt.«
Thorinn öffnete den Mund und schloß ihn wieder. Nach einem Augenblick sagte er sehr langsam und deutlich: »Wenn du mir schon früher von den Maschinen erzählt hättest, hätte mir das geholfen, also hast du mir geschadet, als du mir nicht von den Maschinen erzähltest. Siehst du das ein?«
»Ja, Thorinn.«
»Nun gut, von jetzt an darfst du mir auf diese Art nicht mehr schaden, verstehst du?«
»Ja, Thorinn.«
Er wollte sich gerade umdrehen, als der Kristall aufleuchtete. Er zeigte einen Wassertropfen, der von einem Rohr herabhing. Der Tropfen fiel ab und blieb doch in der Mitte des Kristalls. Dann wurde er größer, schien näherzukommen. »In einem Tropfen sind viele unsichtbare Dinge«, sagte der Kasten. Der Tropfen war inzwischen über den Rand des Kristalls hinausgewachsen, und Thorinn sah winzige schwimmende Wesen im Wasser. Manche hatten viele Beine, andere hatten gar keine und waren so durchsichtig wie Eis. »Diese Wesen sind so klein, daß man sie mit dem Auge nicht sehen kann, und doch sind in ihnen noch kleinere Dinge.« Im Kristall war eins der schwimmenden Wesen riesenhaft gewachsen, und Thorinn konnte in seinem Inneren einen pulsierenden Schwarm von anderen Kreaturen sehen. Es interessierte ihn, doch nach einiger Zeit wurde er ungeduldig. Der Kasten fuhr fort, ihm kleinere und kleinere Dinge zu zeigen, bis er bei einer Traube aus Lichtern angelangt war, die sich langsam vor einem dunklen Hintergrund drehte.
»Kasten, warum zeigst du mir dies alles?«
»Weil es dir schaden kann, wenn du nichts davon weißt.« Im Kristall war eins der Lichter weiter gewachsen. Jetzt teilte es sich in eine Schale und einen leuchtenden Kern. »Alle Dinge bestehen aus diesen kleinen Teilen«, sagte der Kasten.

»Das mag schon stimmen«, erwiderte Thorinn, »aber mir ist nicht klar, was das alles mit dem Herbeirufen der Maschinen zu tun hat.«

»Es hat nichts damit zu tun, außer daß die Maschine auch aus solchen kleinen Teilen besteht.«

»Also gut, dann erzähl mir später mehr davon.« Thorinn ging zum nächten Lichtring zurück. »Wenn ich den hier niederdrücke, wird dann die Maschine kommen?«

»Ja.«

»Und sie wird mich nicht verletzen?«

»Nein.«

Thorinn atmete tief ein. Etwas an dieser Sache gefiel ihm ganz und gar nicht. Dennoch beugte er sich nieder, legte die Hand auf die flache Seite des Ringes und drückte ihn probeweise nach unten. Nichts geschah. Er drückte fester, aber das hatte nur den Erfolg, daß sich sein Oberkörper anhob. Schließlich stützte er sich mit beiden Händen auf den Ring und setzte sein ganzes Körpergewicht ein; das Metall gab nach. Der gesamte Ring, oder doch zumindest der Teil, den Thorinn sehen konnte, versank im Tunnelboden, dann hob er sich wieder. Thorinns Gewicht reichte nicht aus, um ihn unten zu halten.

»Thorinn, ich muß dir eine Frage stellen.«

»Ja, bitte?«

»Was ist gut für einen Menschen?«

»Wie... Ich weiß nicht... Wenn er nicht verletzt oder getötet wird, nehme ich an, wenn er nicht krank wird und genug zu essen hat. Wenn er ein langes Leben hat, viele Abenteuer erlebt und reich wird.«

»Was sind Abenteuer?«

»Wenn man sich in Gefahren begibt und sie überwindet.«

»Aber wenn man sich in Gefahren begibt, kann es doch sein, daß man verletzt, getötet und krank wird oder nicht genug zu essen hat. Und wenn ein Mensch in seiner Jugend getötet wird, dann wird er kein langes Leben haben und keine Reichtümer sammeln können.«

»Das ist wahr, aber ein Mann muß doch leben wie ein Mann, oder etwa nicht?«

»Ich weiß es nicht, Thorinn.«

Sie warteten, bis Thorinns Muskeln schmerzten. Schon wieder meldeten sich Hunger und Durst bei ihm, deshalb wickelte er sein Bündel aus und aß etwas. Nachdem er satt war und getrunken hatte, stand er auf und spähte den Tunnel entlang. »Die Maschine kommt nicht«, sagte er.

»Soll ich dir noch mehr von den kleinen Dingen erzählen, aus denen alles besteht?« fragte der Kasten.

»Nein, mit der Maschine hast du dich auch geirrt«, sagte Thorinn mit einer gewissen Befriedigung. Dann nahm er den Kasten hoch und hängte ihn über die Schulter. Er mußte sich jetzt entscheiden, in welche Richtung er gehen wollte. Je länger er darüber nachdachte, desto weniger gefiel ihm die Vorstellung, sich auf den Grund der Unterwelt hinab zu begeben. Es würde so schon lange genug dauern, wieder zur Mittwelt hinaufzusteigen, wenn er es überhaupt schaffte, gegen den Bannfluch anzukommen. Ganz offensichtlich war es für ihn das beste, wenn er einen Gang fand, der abwechselnd nach oben und unten führte, aber auf lange Sicht doch anstieg. Der Bannfluch hatte ihn noch nicht daran gehindert, einen solchen Gang zu benutzen.

Also kehrte er dem Schacht den Rücken zu und hüpfte den Tunnel entlang. Irgendwo im Umkreis von zehntausend Ellen mußte es doch einen Schacht geben, der nur nach oben und nicht nach unten führte, diesen Schacht würde er schon finden.

Plötzlich meinte er im Herzen des schwarzen Auges am Ende des Tunnels etwas aufblitzen zu sehen. Um genauer beobachten zu können, blieb er stehen, einen Augenblick später hatte er Gewißheit: Der schimmernde Punkt wurde deutlich heller und größer. Der Kasten sagte unvermittelt: »Die Maschine kommt.«

»Das sehe ich«, antwortete Thorinn und stellte seine Lasten ab. Der Punkt war zu einem winzigen Kreis angewachsen, zum Umriß eines Gegenstandes, dessen Form Thorinn noch nicht erkennen konnte. Auf jeden Fall war es nicht eines dieser glatten Eier, die ihm der Kasten gezeigt hatte. Es war kantig und stachelig. An der Tunnelwand in der Ferne flackerten die Lichtringe auf, sie folgten der Fahrt der Maschine.

»Es ist nicht die richtige Maschine«, sagte der Kasten plötzlich. »Es könnte schlecht für dich sein, Thorinn.«

Thorinn blickte sich verzweifelt um. Der Schacht war zu weit entfernt; wohin sollte er sich wenden. Er riß seine Bündel hoch und stürmte die gewölbte Tunnelwand hinauf, sprang und klammerte sich an einen Lichtring. Seine Packen und der Kasten behinderten ihn, und er wollte sie gerade zur Seite schieben, als das Ding schon in einer gewaltigen Staubwolke herangerast kam. Es war an vielen Stellen mit kleinen Lämpchen besetzt, hatte große, leere Augen und eingeklappte Greifer mit Zangen an den Enden. Thorinn preßte sich hinter dem Ring an die Wand. Das Ding schoß an ihm vorbei, Staub hing in der Luft. Nach ein paar hundert Ellen kam es zum Stehen und sank auf den Boden. Es schien nur vorne Augen zu haben. Thorinn wechselte vorsichtig auf die andere Seite des Ringes, zog seine Bündel nach und preßte sich wieder eng an die Wand.

Schwache Laute drangen durch den Tunnel. Luft zischte, es klickte, dann war ein mahlendes Geräusch zu hören. Thorinn sagte sich, daß das Ding bestimmt nach demjenigen Ausschau hielt, der den Ring niedergedrückt hatte.

Schweigen. Thorinn hielt den Atem an und lauschte. Etwas Graues ragte plötzlich über die Kante des Ringes, ein Licht folgte und noch eine graue Form. Erschreckt fuhr Thorinn zusammen. Er zog das gesunde Bein an, und als eine Zange, größer als er selbst, nach ihm griff, trat er zu. Das Ding schwenkte herum und wandte ihm die Vorderseite zu. Sein Oberteil bestand aus hohlen, vorne offenen Röhren. Unter diesem Aufbau war vorn eine Art Schild, an dem die Greifarme, Zangen, Lichter und Augen befestigt waren. Geräuschlos kamen die Zangen Thorinn entgegen.

Er erwachte mit schmerzendem Kopf auf einer Lagerstatt, die sich bewegte. Er fühlte sich erschöpft und verwirrt. Es war erträglicher, einfach auf dem schmalen Bett liegenzubleiben als aufzustehen und sich Gedanken über die Lage zu machen. Hinter einem großen, rechteckigen Fenster zog die Tunnelwand glatt und schnell vorüber. Das Bett schwankte leicht. Thorinn schloß die Augen.

Nach einer Weile ging es ihm besser. Er richtete sich auf, doch dann wurde ihm schwindelig, und er setzte sich mit gekreuzten Beinen auf das Bett, den Kopf in die Hände gestützt. Sein Lager bestand aus einer schmalen Matratze, die auf dem Boden lag. Die gleichmäßige, schnelle Fahrt des Raumes hörte nicht auf.

Thorinn hob den Kopf und schaute sich um. An der Rückseite der Kammer war ein dunkelgrünes Becken, in das Wasser rann. Sein Lager war an einer Längswand, darüber war ein weiteres Fenster, das Thorinn erst jetzt bemerkte. Auf dem grauen Boden lagen seine Bündel, der sprechende Kasten und das Schwert. Die Kammer wurde von einem leuchtenden Kristallwürfel an der Decke erhellt. In die Vorderwand waren zwei runde Kristalle eingesetzt, doch diese waren dunkel.

Thorinn kroch zum Becken und trank so viel Wasser, wie sein Magen fassen konnte, dann benetzte er sich das Gesicht. Neben dem Becken war ein rundes Loch im Boden. Die Kammer war von einem seltsamen Geruch erfüllt: Es roch scharf nach wilden Tieren. Noch immer benommen setzte er sich aufs Bett.

»Kasten«, fragte er, »was ist geschehen?«

»Die Maschine hat dich eingeschläfert und mitgenommen.«

»›Mitgenommen?‹, was soll das heißen? Meinst du vielleicht gefangengenommen?«

»Ja, sie hat dich gefangengenommen. Danach hat sie dich zu einem Ort

gebracht, wo sie diese Maschine traf, und dich, während du noch immer schliefst, hineingelegt.«
Mit wirrem Kopf dachte Thorinn über diese Neuigkeiten nach. Eigentlich hätte er Angst haben müssen, doch er verspürte keine, sondern nur große Neugier. »Wohin werde ich gebracht?« fragte er.
»Ich weiß es nicht.«
Thorinn schloß die Augen und überlegte. Er erinnerte sich daran, wie die geöffneten Zangen der Maschine auf ihn zukamen, die Augen und Lichter hatten geflackert... Dann nichts mehr. Sosehr er sich auch anstrengte, er konnte sich an nichts mehr erinnern. »Wie hat sie mich eingeschläfert?«
»Sie erzeugte eine besondere Luft, die Menschen in den Schlaf schickt, wenn sie sie einatmen.« Der Kasten zeigte ihm ein Bild der Maschine und dann kleinere und kleinste Teile von ihr, doch Thorinn sagte: »Später!«
Mit einiger Mühe gelang es ihm, das Schwert in der Scheide zu sich heranzuziehen. Er wollte es durch den Gürtel schieben, doch das war zu anstrengend, deshalb legte er die Waffe neben sich auf das Bett. Hinter dem Fenster huschten die Lichtringe des Tunnels vorüber. Wenn er einen von ihnen mit den Augen verfolgte, dann konnte er ihn vorbeistreichen sehen, doch sonst verschwammen die Ringe zu flackernder Helligkeit. Trotzdem war von einem Wind nichts zu spüren. Mühselig richtete sich Thorinn auf und griff mit der Hand nach dem Fenster über seinem Bett. Die Öffnung war mit einer Kristallfläche ausgefüllt, die so klar war, daß man sie nicht sehen konnte.
»Kasten«, sagte er, »du hast mir den Tod gebracht.«
Der Kasten schwieg.
»Warum hast du mir erzählt, die Maschine würde mich sicher zum Grund der Unterwelt bringen?«
»Als ich hergestellt wurde, war es so, das ist die Wahrheit.«
Thorinn sann über diese Worte nach, doch sie ergaben keinen rechten Sinn. »Und warum ist es heute nicht mehr so?«
»Ich weiß es nicht.«
»Was kannst du mir dann überhaupt noch nützen?«
»Ich kann eine Sprache in eine andere Sprache verwandeln. Ich kann Fragen über Dinge beantworten, die sich seit meiner Herstellung nicht geändert haben. Ich kann Bilder zeigen, ich kann...«
»Genug«, sagte Thorinn, »laß mich in Ruhe, ja!«
»Ja, Thorinn.« Der Kasten verstummte.
Thorinn stand auf und verrichtete seine Notdurft über dem runden Loch im Boden. Dann trank er etwas Wasser und legte sich wieder hin. Er

schlief ein. Als er erwachte, war er sehr hungrig; in seinen Wunden klopfte es heftig.
Er aß etwas Fleisch aus seinen Bündeln und trank Wasser aus dem Bekken. Er probierte auch die Frucht, die er mitgebracht hatte, doch sie war angefault, deshalb warf er sie in das Loch. Er fühlte sich unruhig und angespannt; was ihn auch betäubt haben mochte, inzwischen hatte es seine Wirkung verloren. Thorinn bemerkte eine dünne Ritze in der Wand neben dem Fenster. Sie umzeichnete eine rechteckige Fläche, vermutlich eine Tür. Darüber befanden sich – halb in der Wand versenkt – merkwürdige metallene Gebilde. Thorinn starrte sie eine Weile mit wachsendem Unbehagen an. Sie erinnerten ihn stark an die Zangen und Greifarme der Maschine, die ihn gefangengenommen hatte. Etwas später entdeckte er auf der anderen Seite der Kammer ein weiteres Paar dieser Geräte. Wenn sie auf die ganze Länge ausgefahren waren, konnten die beiden Metallarmpaare jeden Teil der Kammer erreichen. Es gab nichts, hinter dem man sich verstecken konnte, abgesehen von den Bündeln und der dünnen Matratze, die zu weich war, um als Schutz zu dienen. Thorinn durchquerte die Kammer und versuchte, die Schwertspitze in die Türritze zu schieben, danach hieb er auf die Metallarme ein, doch er konnte nichts ausrichten. Er warf sich auf das Bett.
»Kasten, wie lange sind wir schon unterwegs?«
»Wir sind seit einem Tag und dem sechsten Teil von einem Tag unterwegs.«
Thorinn versuchte diese Angabe umzurechnen, doch er gab es auf. »Wie weit sind wir gefahren?«
»Wir sind zweitausendmal tausend Ellen und achthundertmal tausend Ellen weit gefahren.«
Thorinn pfiff. »Und wie weit fahren wir noch?«
»Ich weiß es nicht.«
»Was weißt du eigentlich?«
»Ich kenne dieses Tier, und dieses und diese Pflanze...«
Während der Kasten plapperte, erschienen Bilder auf dem Kristall. »... und dies und das und diese Maschine...« Ein Bündel von Metallstäben. »... und diese Pflanze und...«
»Gib Frieden!« sagte Thorinn erschöpft. »Wenn ich dir noch einmal eine solche Frage stelle, dann antworte mir nicht.«
Der Kasten schwieg. Thorinn spürte, wie ihn etwas nach vorne schob, die Lichtringe zogen viel langsamer am Fenster vorbei. Sie waren jetzt breiter und weiter vom Fenster entfernt, und Thorinn erkannte, daß sie an eine Stelle gekommen waren, wo der Tunnel auf einen Schacht stieß. Es gab

einen leichten Ruck, die Ringe kippten und zogen jetzt von oben nach unten am Fenster vorbei. Thorinn fühlte sich benommen und schwerer als je, seit er die Mittwelt verlassen hatte. Dann wurde er noch schwerer. Als er den Kopf wieder heben konnte, huschten die Ringe abwärts am Fenster vorbei. Nach etwa einer Minute spürte er, wie das auf ihm lastende Gewicht nachließ. Er wurde so leicht wie zuvor und noch leichter. Plötzlich schwebte er vom Bett hoch und griff in die Luft, um sich irgendwo festzuhalten. Der Kasten und seine anderen Habseligkeiten schwebten ebenfalls durch die Kammer, so als ob sie gemeinsam stürzten, doch seine Augen zeigten ihm, daß es aufwärts ging.

»Kasten«, schrie er, »was ist los?«

»Wir sind etwas langsamer geworden. Die Maschine und alle Dinge, die in ihr sind, fallen jetzt mit der gleichen Geschwindigkeit, darum gibt es nichts mehr, was die Dinge an ihrem Platz hält.«

Der Raum drehte sich langsam im Kreis, während der Kasten und die Bündel in verschiedenen Richtungen auseinanderstrebten. Thorinn griff nach einem vorbeischwebenden Bündel und erwischte es am Strick, doch er erreichte nur, daß das Bündel auf ihn zutrieb, gegen seine Brust prallte und dann wieder träge davonschwebte, während der Raum sich in eine andere Richtung drehte.

»Kasten, ich verstehe das nicht«, sagte Thorinn, »wie können wir nach oben fallen?«

»Wir fallen nicht nach oben, wir fallen nach unten.«

Mit einer Erwiderung auf den Lippen schaute Thorinn durch das Fenster und erkannte, daß der Kasten die Wahrheit gesprochen hatte: Die Lichtringe auf der Schachtwand huschten tatsächlich nach oben, denn die Kammer stürzte *auf dem Kopf stehend* mit ihrem gesamten Inhalt tiefer in die Unterwelt hinab. Thorinn griff blindlings nach einem Bündel, das ihm gegen die Stirn gestoßen war. Als er wieder zum Fenster schaute, hatte sich die Schachtwand geräuschlos umgekehrt, die Ringe stiegen aufwärts. In hilfloser Verzweiflung schloß er die Augen. Als er sie wieder öffnete, schwebte der Kasten ein wenig näher, und die Bündel waren weiter entfernt, sonst hatte sich nichts geändert.

»Kasten«, sagte er.

»Ja, Thorinn.«

»Was wird geschehen, wenn wir auf dem Boden aufschlagen?«

»Wir werden nicht auf dem Boden aufschlagen.«

»Warum nicht?«

»Die Maschine wird langsam bremsen und in irgendeinen Tunnel einbiegen.«

Und danach? Dann würden die Greifarme ausfahren, die Zangen würden ihn packen... Die zwei Kristalle in der Vorderwand... Thorinn erkannte plötzlich, daß sie die Augen der Maschine sein mußten. Wenn er sie irgendwie blenden konnte und dann die Türe aufbekäme... Vielleicht hätte er die verfaulte Frucht auf die Augen schmieren können. Er wünschte sich, sie nicht fortgeworfen zu haben. Vielleicht konnte er die Augen mit dem Schwert zertrümmern, wenn er dicht genug herankam. Ein Bündel, an das er sich geklammert hatte, trieb außer Reichweite. Er schloß wieder die Augen.

Etwas hatte sich geändert, er blickte sich um. Der Boden, der sich irgendwie unter ihm gedreht hatte, kam näher. Er berührte ihn, bewahrte das Gleichgewicht und stand aufrecht. Der Kasten und die Bündel lagen in der Nähe auf dem Boden.

»Haben wir angehalten?« fragte Thorinn, doch im nächsten Augenblick sah er, daß dies nicht der Fall war: Die Lichtringe an der Schachtwand huschten genauso schnell vorüber wie zuvor.

»Nein«, sagte der Kasten.

»Und wieso habe ich dann wieder Gewicht?«

»Weil die Maschine sich jetzt nicht mehr in der gleichen Geschwindigkeit bewegt, mit der sie von der Erde gezogen wird. Die Maschine hält immer die gleiche Geschwindigkeit, doch die Erde zieht jetzt stärker.«

«Und deswegen haben wir wieder ein Gewicht?«

»Dadurch hat man das Gefühl von Gewicht.«

»Gewicht ist Gewicht«, sagte Thorinn nach einem Moment.

»Nein. Wenn du einen kleinen Gegenstand auf deine offene Handfläche legst und dann schnell den Arm drehst...«, während der Kasten sprach, leuchtete der Kristall auf und zeigte einen sehr kleinen Thorinn, der den ausgestreckten Arm herumschleuderte, »...preßt sich der Gegenstand gegen deine Hand und fällt nicht herunter. Das ist kein Gewicht, sondern das Gefühl von Gewicht.«

Zu seiner Überraschung glaubte Thorinn verstanden zu haben, was der Kasten sagen wollte. Er plauderte noch eine Zeitlang mit dem Kasten, dann legte er sich auf das Lager und faltete die Hände unter dem Kopf. Er mußte eingeschlafen sein, denn als er die Augen öffnete, spürte er eine Veränderung. Er stand auf. Die Lichtringe auf der Schachtwand draußen bewegten sich zusehends langsamer. Das war ein weiterer Beweis für die Richtigkeit dessen, was der Kasten sagte. Es gab einen Stoß, und die Schachtwand kam näher. Thorinn setzte sich unfreiwillig auf den Boden, der Kasten und seine Bündel rutschten zur Rückseite der Kammer. Das Schwert glitt vorbei. Thorinn packte es und wartete darauf, daß der Druck

nachließ. Ein paar Minuten später war es soweit. Der neuerliche Ruck überraschte Thorinn, doch es gelang ihm, sich aufzurichten.
Jetzt mußte er schnell zweimal zuschlagen und beide Augen der Maschine zerschmettern. Er sprang, dann erinnerte er sich an nichts mehr.

9 Wie Thorinn einen Fluß zu überqueren versuchte und feststellte, daß er anders war als andere Flüsse.

A. D. 3892

Da mir die Aufnahme eines überflüssigen und spitzfindigen Studiums angeraten wurde, habe ich mich für Sprachen entschieden. Als ersten Bereich wählte ich Südwestliches Niederemmisch, weil mein Geschäft häufige Besuche in diesem Sektor erforderlich macht. Zunächst erschien mir dieser Stoff äußerst ermüdend, doch ich hielt durch, und nach einigen Monaten hatte ich mir gewisse Fähigkeiten angeeignet. Ich fand heraus, daß die Hauptschwierigkeit nicht darin bestand, bestimmte Wörter oder ihre Aussprache zu erlernen, obwohl man dazu einige sehr ungewöhnliche Laute beherrschen muß, sondern darin – und das war sehr überraschend –, die Ordnung der Wörter innerhalb der Sätze zu erlernen und die Art, in der sich die Wörter gegenseitig beeinflussen. Der Translator hatte in seinem Speicher keine Regeln für diese Prozesse, aber er konnte sie auf meinen Befehl ableiten und formulieren. Das war eine beträchtliche Hilfe für mich, dennoch blieben viele Schwierigkeiten ungelöst.
Ich will ein einfaches Beispiel geben: Wenn wir sagen, »Ich habe vor, mich ein wenig auszuruhen«, sagt der Südwestemmer (wörtlich übersetzt): »Ruhe soll sein, jenem, der danach fragt.« Zuerst habe ich an eine Fehlfunktion des Translators geglaubt, aber eine zweite Maschine brachte identische Ergebnisse, und später konnte ich selbst feststellen, daß sich der Südwestemmer genauso ausdrückt, wenn er den Wunsch, sich zur Ruhe zu begeben, formulieren will. Ich habe mich auch einem dortigen Geschäftspartner anvertraut und meine Verwunderung darüber kundgetan, daß er sich in einer so unlogischen und widersprüchlichen Sprache ausdrücken könne. Zunächst gab er vor, nicht zu verstehen, worauf ich hinauswolle, doch als ich mich schließlich verständlich machen konnte, indem ich ihm zeigte, wieviel klarer und einfacher wir die gleiche Wendung formulieren, verlieh er der Meinung Ausdruck, unsere Sprache sei es gerade, die sich durch eine besondere Schwerfälligkeit auszeichne. Von diesem Zeitpunkt an begann ich zu vermuten, daß alle Sprachen sehr widersprüchlich und unlogisch sind, wobei dies für das Niederemmische in besonderem Maße gilt. Im Verlauf unseres Gespräches fand ich – bevor ihn das Thema ermüdete – heraus, daß es völlig unmöglich ist, das Wort Absicht *in seine Sprache zu übersetzen. Als ich dem Translator*

diese Aufgabe stellte, gab er mir zur Antwort, er könne es ohne den allgemeinen Zusammenhang keinesfalls.

Ich erweiterte meine Fähigkeiten, und es gelang mir, mehr und mehr von dem zu verstehen, was meine Geschäftspartner sagten, obwohl ich mich selbst nicht in ihrer Sprache ausdrücken konnte: Sie behaupteten, mich nicht verstehen zu können, und sahen auch nicht ein, warum man sich die Mühe machen sollte, wo doch ein Translator zur Verfügung stand. Ich hätte meine Anstrengungen aufgegeben, zumal meine Partner mich mit der Zeit für geistig instabil hielten, doch ich spürte den unwiderstehlichen Drang, meine Bemühungen im stillen fortzusetzen, denn ich hatte einige Entdeckungen gemacht, die mir sehr schwerwiegend erschienen. Ich fand heraus, daß nur bei den allereinfachsten Äußerungen die ursprüngliche Bedeutung eines emmischen Satzes mit der Version des Umwandlers übereinstimmte. Dies wird besonders in Diskussionen deutlich, die Religion, Bräuche und Familienleben zum Inhalt haben. Ich will ein Beispiel aus dem Bereich der Politik nennen: (Es handelt sich um eine Aufzeichnung der Konferenz zwischen unseren Regierungsvertretern und Repräsentanten von Südwestemmen, die Anfang vergangenen Jahres stattgefunden hat.) Der Translator gab folgenden Satz wieder: »Wir müssen unsere territoriale Einheit schützen.« Eine vertraute emmerische Feststellung, doch tatsächlich hatte der Sprecher, wörtlich übersetzt, gesagt: »Es ist unerläßlich, daß wir anderen um keinen Preis unser geheiligtes Blut vermischen.« Ein völlig anderer Satz also. Ich fand zahllose weitere Beispiele, und je länger ich über sie nachdachte, desto mehr kam ich zu der Überzeugung, daß die politischen Meinungsverschiedenheiten zwischen uns, die sich täglich weiter vertiefen, auf diese Fehlübersetzungen zurückzuführen sind. Dafür kann man die Translatoren nicht verantwortlich machen, denn diese Mißverständnisse liegen in der Natur der Sprachen. Wenn wir nun bedenken, daß auf der Welt mehr als dreitausend unterschiedliche Sprachen gesprochen werden, kann man die Lage nur als äußerst ernst bezeichnen. Eine Lösung für dieses Problem, falls es eine solche gibt, liegt außerhalb meiner Denkfähigkeit. Die Mobilität des modernen Lebens erfordert ständigen Kontakt mit Leuten, die eine andere Sprache sprechen, und es ist uns nicht möglich, all die anderen Sprachen zu erlernen. Das Problem ließe sich lösen, wenn alle gemeinsam eine Sprache lernen würden, aber wir können uns mit den Südwestemmern nicht einmal über den Salzgehalt ihres Schaumwassers einigen, welche Chance hätten wir also, die einfachste und praktischste aller Sprachen – unsere eigene – einer Welt aufzuzwingen, in der immerhin zweihundert Milliarden Menschen leben?

Lange Zeit lag er einfach da und hörte dem Rauschen des Wassers zu. Manchmal verlor er das Interesse und achtete nicht mehr darauf, doch wenn er wieder hinhörte, dann war es da, fern, gedämpft und durchaus nicht unangenehm. In langen Abständen fielen kalte Tropfen auf sein Gesicht oder seine Hand. Er war offensichtlich nicht dazu fähig, sich abzuwenden oder sein Gesicht zu bedecken, doch das machte ihm nichts aus, ja, er vergaß es sogar immer wieder, bis der nächste Tropfen ihn daran erinnerte. Er öffnete die Augen, sah nichts als trübes Grau, und schloß sie wieder. Dann wurde die Welt hinter seinen geschlossenen Lidern heller. Er spürte, daß es etwas gab, an das er sich erinnern müßte, aber er konnte es nicht. Er öffnete die Augen, und es gelang ihm, sich aufzurichten. Er fühlte sich benommen, sein Kopf schmerzte. Jetzt erinnerte er sich an das erste Mal, als er sich so gefühlt hatte, und er sah sich nach dem Kasten und seinen anderen Habseligkeiten um. Sie waren alle da, lagen neben ihm auf einer leicht geneigten, feuchten Felsplatte. Die Luft war voller kleiner Tröpfchen, und der Stein war von großen Tropfen gesprenkelt, die hin und wieder herabfielen. Sein Hemd und seine Hosen trieften. Er war am ganzen Körper naß. Vor ihm schimmerte ein grauer Teich in silbernem Licht, in den sich unter ständigem Rauschen ein gewaltiger Wasservorhang ergoß. Die Wasserfläche des Teiches war schäumend weiß; überall fielen und schwebten Tröpfchen. Wellen plätscherten unaufhörlich gegen die Felsplatte; sie brachen sich an ein paar kahlen Stämmen, die dort lagen. Hinter ihm war eine Felswand. Sie war ausgewaschen und sprang über ihm weit über die Felsplatte vor, so daß er nicht sehen konnte, was sich darüber verbarg. Aus einer Felsspalte wuchsen ein paar magere Farnblätter, in der tiefen Nische hinter ihm waren die Steine mit Moos bedeckt.

Er versuchte aufzustehen, doch er war so leicht, daß er sofort das Gleichgewicht verlor: Seine Füße schwebten nach oben, während Kopf und Schulter nach unten sanken. Er versuchte es noch einmal, wobei er sich mit der Hand an der Felswand festhielt. Diesmal gelang es ihm, stehenzubleiben, obwohl sein Fuß auf dem feuchten Felsen ständig unter ihm wegrutschen wollte. Es kostete ihn unendliche Mühe und eine Reihe von absurd langsamen Stürzen, bis er seine Sachen aufgesammelt und um die Schulter gehängt hatte. Er zog die Schuhe aus und steckte sie hinter seinen Gürtel. Mit bloßen Füßen hatte er einen besseren Stand, und er ging vorsichtig die Nische entlang. Die Felswand näherte sich immer mehr dem Wasser, und auch die Platte, auf der er ging, wurde schmaler. Dann endete die Scholle plötzlich; ihm blieb nichts anderes übrig, als durch das seichte Wasser zu waten. Die Steine, auf denen er ging, waren so schlüpfrig, daß er sofort im Zeitlupentempo ins Wasser stürzte. Mit den Armen rudernd kam er wieder hoch, um erneut ins Wasser zu sinken. Sein Sturz warf gewaltige Wasserfontänen in die Luft, die langsam überkippten und auf die Wasserfläche zurücksanken. Einzelne Tropfen fielen an seiner Nase vorbei, und er konnte beobachten, wie sie bei ihrem Fall die Form veränderten. Sie wiesen nicht die Form von Tränen auf, wie er immer gedacht hatte, sondern glichen Kugeln, die sich ständig verformten, pulsierten und zitterten. Thorinn betrachtete sie fasziniert. Er dachte gar nicht ans Aufstehen, bis sie alle ins Wasser gefallen waren, wo sie einen kleinen gläsernen Zapfen aufwarfen, um sich danach in kleine Kreise zu verwandeln.

Thorinn erkannte, daß er sich nur vorwärts bewegen konnte, wenn er auf allen vieren blieb, und sich mit Armen und Beinen gleichzeitig vorarbeitete. Wasserzungen schwebten seinem Gesicht entgegen, und er mußte Mund und Augen schließen, bis sie ihn getroffen hatten und abgelaufen waren. Auf diese Weise kam er ein par Ellen voran. Er fühlte sich wie ein ertrinkender Wurm, doch dann erschien zwischen der Felswand und dem Wasser ein steiniger Strandstreifen. Hier konnte er endlich wieder stehen. Danach kam ein Gewirr aus Felsbrocken, auf dem er sogar noch besser vorankam. Er war durch und durch naß, und er fror. Es war hier kälter als an irgendeinem anderen Ort in der Unterwelt, den er bisher betreten hatte, und er fragte sich, ob an der Geschichte über das ewige Eis am Grund der Unterwelt nicht doch etwas Wahres dran war. Während er weiter voranhüpfte, sah er verschwommene Umrisse durch die Nebelschwaden schimmern, die ihn an Stämme schlanker Bäume erinnerten. Seine Erfahrung mit den Dämonen fiel ihm wieder ein, deshalb ging er mit größerer Vorsicht weiter und hielt immer wieder an, um zu lauschen. Die Felsbrocken waren jetzt nicht mehr sehr groß. Zwischen ihnen war nackter Boden zu sehen, hin und wieder ein paar verfilzte Stengel und Ranken. Aus Vorsicht zog Thorinn seine Schuhe wieder an, doch danach konnte er fast so schlecht gehen wie im Wasser. Er ließ sich auf den Bauch sinken und zog sich an den Ranken vorwärts. Dies war die beste Art der Fortbewegung, die er bisher ausprobiert hatte, und er hätte noch schneller vorankommen können, wenn ihn nicht immer wieder der starke Auftrieb verunsichert hätte, der genau dann einsetzte, wenn er zu heftig an den Ranken riß.

Etwas Dunkles lag quer über seinem Weg. Thorinn näherte sich mit äußerster Vorsicht und stellte fest, daß es ein morscher und halb verfaulter Baumstamm war. Die Rinde hatte die rötliche Farbe einer Lärche, doch sie löste sich in senkrechten Streifen, die oben und unten spitz zusammenliefen. Obwohl er vor Kälte schlotterte, widerstand er der Versuchung, ein Feuer anzuzünden. Er ließ den Baumstamm hinter sich und machte sich auf den Weg den Hang hinauf. Dabei hielt er sich fern von den senkrechten Umrissen. Wahrscheinlich waren es astlose Bäume, doch er hatte nicht die geringste Lust, einen Baum zu besteigen, dessen Krone er nicht sehen konnte.

Während er weiter hinaufstieg, wurde der Nebel dünner, bald war auch die Felswand wieder zu sehen. Sie bestand hauptsächlich aus einem rotbraunen Gestein, an dem hin und wieder eine Spur von Grün zu entdekken war. Dornranken stachen ihm in die Finger, und er hörte, wie etwas Kleines unter dem Bodenbewuchs davonhuschte. Ansonsten schien die Welt verlassen zu sein. Er kam so leicht voran, daß er in ein paar Minuten mehrere hundert Ellen zurücklegte. Andererseits wurde ihm aber nicht wärmer davon, denn seine Anstrengung war einfach zu gering.

Der Nebel hatte sich inzwischen so weit gelichtet, daß er am Fuß eines Baumes stehend bis oben zum Wipfel hinaufsehen konnte, wo ein Fächer von Zweigen aus dem glatten Stamm herauswuchs. Er umklammerte den Stamm und kletterte mühelos nach oben. Nur ein paar Augenblicke lang glitt er so hinauf, den Stamm zwischen den Beinen haltend, dann schwebte er zu seiner Überraschung schon hoch über dem Nebel. Der Hang, über den er noch eben gekrochen war, wurde von einer weißen Decke verhüllt, von der sich wehende Schwaden lösten. Um ihn herum ragten die dunklen Schäfte der Bäume majestätisch und reglos hinauf. Hinter ihnen sah er deutlich den Wasserfall, den er von oben auch besser hören konnte. Etwa vierzig Ellen von der Felswand entfernt fiel das weiße Band direkt in den Nebel hinab. Thorinn legte den Kopf in den Nacken und folgte dem Wasservorhang nach oben, doch er sah nicht, wo er endete. Er verging in Dunst und Himmelsglanz.

Auf der anderen Seite breitete sich unter Thorinns Blick eine steil abfallende Landschaft aus, in deren Tälern und Schluchten Nebelbänke ruhten. Er sah einen Fluß, der aus dem Nebel beim Wasserfall hervorkam, um kurz darauf zwischen zwei Hügeln zu verschwinden. In weiter Ferne war er wieder zu sehen, wie er sich in weiten, glänzenden Schleifen durch das Land wand. Thorinns Blick blieb an einem hellbraunen Vogel hängen, der in einem großen Bogen davonflog. Im blauen Dunst des Tales ragte eine Ansammlung von Spitztürmen auf, die wie von Menschenhand geformt aussahen, sonst zeigte das Land nicht das geringste Anzeichen von menschlichem Leben: keine Bewegung, keine Gebäude, keine Haustiere oder Rauchfahnen. Thorinn löste seinen Griff und schwebte abwärts. Das ging so langsam vonstatten, daß er bald die Geduld verlor und mit den

Händen nachschob. Als er den Boden erreicht hatte, stieg er weiter den Hang hinauf. Schließlich war er oberhalb der Nebelgrenze angekommen. Er wandte dem Wasserfall den Rücken zu und folgte dem Lauf des Flusses.

Der Boden war mit Pflanzen bewachsen, die aussahen wie Gras und Ranken und doch keines von beidem waren. Manche endeten in dichten Blätterbüscheln, die Strauchbeeren ähnelten, andere trugen winzige purpurne Blüten. Allem Anschein nach war hier soeben der Frühling eingekehrt, obwohl er Hovenskar doch im Hochsommer verlassen hatte. Wie lange war er jetzt unterwegs? Er lehnte sich mit dem Rücken gegen einen umgestürzten Baumstamm und begann mit den Fingern nachzurechnen. Einmal hatte er im Tunnel geschlafen und dreimal in der ersten Höhle, dort, wo er sein Schwert verloren und zurückgewonnen hatte. In der zweiten Höhle hatte er sich lange aufgehalten, es mochten wohl zwanzig Tage gewesen sein. In der Schatzhöhle hatte er einmal geschlafen, zwei weitere Male während des langen Sturzes durch den Schacht, einmal – aber vermutlich nicht sehr lange – in der dritten Höhle, wo er von den Dämonen gemartert worden war. Danach hatte er sechs oder sieben Tage in der Höhle darüber verbracht. Einmal hatte er in der Maschine geschlafen und einmal hier. Alles zusammen waren das siebenunddreißig Tage.

»Kasten«, fragte er, während er eines seiner Nahrungsbündel auswikkelte, »wie ist es möglich, daß hier Frühling ist und gleichzeitig Sommer in Hovenskar?«

»Hier und Hovenskar, das sind zwei verschiedene Plätze.«

»Das weiß ich. Ich meine nur, ich . . . ach, schon gut.« Er biß ein Stück von dem Fleisch ab und kaute versonnen. Eigentlich wußte er gar nicht, was er meinte. Warum sollte nicht an einem Ort Frühling sein und Sommer an einem anderen?

»Kasten, wie kann ich diesen Ort wieder verlassen?«

»Du mußt durch das stürzende Wasser gehen.«

»Meinst du den Wasserfall, sind wir von dort gekommen?«

»Ja, es gibt keinen anderen Weg.«

»Woher weißt du das?«

»Wenn es einen anderen Ausgang gäbe, hätte dich die Maschine nicht hierher gebracht. Sie hätte dich vielmehr zu einem anderen Platz gebracht, aus dem es keinen Ausweg gibt. Daher gibt es keinen anderen Weg, der hier herausführt.«

»Gut, das reicht.« Thorinn saß eine Zeitlang schweigend da und grübelte über das Wesen des Kastens. Bisweilen sprach er sehr verständig, doch über andere Sachen brachte er nur Unsinn zuwege. Offensichtlich hatte er ihm soeben sagen wollen, daß die Maschine ihn hierher gebracht hatte, um ihn einzusperren, aber warum?

»Kasten«, sagte er schließlich, »könntest du mich lehren, eine Maschine zu bauen, mit der ich von hier entkommen kann?«

»Ja, Thorinn.«

Im Kristall war ein kleiner Thorinn zu sehen, der auf einem Stab stand, der aus der Felswand neben dem Wasserfall ragte. Er war soeben dabei, über seinem Kopf einen weiteren Stab mit einem Hammer in den Fels zu treiben. Danach zog er sich hinauf und stellte sich auf den zweiten Stab.

»Woraus bestehen diese Stäbe?« fragte Thorinn und beugte sich tiefer über den Kasten.

»Aus Metall.«

»Steigeisen, meinst du also. Aber woher soll ich das Metall bekommen, aus dem ich diese Eisen schmieden kann? Und woher den Hammer, mit dem ich sie einschlagen kann?«

»Ich weiß es nicht.« Der Kristall flackerte. Jetzt hing der kleine Thorinn an einer riesigen Blase, die hoch oben, direkt unter dem Himmel, durch die Luft schwebte.

»Woraus ist diese Blase gemacht?«

»Aus Leder.«

»Warum schwebt sie da oben?«

»Sie ist mit einem Gas gefüllt, das leichter als Luft ist.«

»Woher soll ich ein solches Gas nehmen?«

»Ich weiß es nicht.« Der Kristall flackerte, doch Thorinn sagte: »Laß es gut sein« und kehrte dem Kasten den Rücken zu.

Von der nächsten Hügelkuppe erspähte er weit unten den Fluß. Er versuchte nicht, den Hang hinunterzugehen, sondern legte sich auf den Bauch und zog sich mit den Händen hügelabwärts. Ein paar Augenblicke später lichteten sich die Bäume, und er sauste in ein weites gelbgrünes Tal hinab. Die Neigung des Hanges stimmte so gut mit seiner schrägen Bauchlage überein, daß er fast wie ein Vogel über die Grashalme schwebte und sich wünschte, es möge immer so weitergehen. Doch dann hatte er den Talgrund erreicht, und Grashalme schlugen ihm ins Gesicht. Er rutschte durch das tiefe, nasse Gras, und die Fahrt war beendet.

Er erstieg den nächsten Hügel und stellte fest, daß es auf der Kuppe wärmer war als im Tal. Thorinn konnte sich dieses Phänomen nicht erklären, denn der Himmel strahlte keine Hitze ab. Die Luft war mild und unbewegt. Unter sich sah er den Fluß zwischen waldigen Ufern glänzen, dahinter erhob sich ein Hügelkamm hinter dem anderen, bis sich die Landschaft im Dunst verlor.

Etwas an diesem Fluß war ungewöhnlich, doch Thorinn konnte nicht feststellen, was es war, da ihn Bäume und Gestrüpp vom Flußufer trennten. Wie zuvor zog sich Thorinn auf dem Bauch den Hang hinab. Zu seinen Seiten erhoben sich die Bäume am Flußufer, und jetzt sah er, daß der Fluß selbst ungewöhnlich war. Er floß hier steil abwärts, und er hätte rauschen und schäumen müssen, doch die Wasseroberfläche war völlig glatt. Beim längeren Hinsehen wurde es Thorinn schwindelig. Ihm war, als würde er das Gleichgewicht verlieren.

Er zog sich durch verfilztes Unterholz und richtete sich direkt am Ufer auf. Jetzt sah er ein Stück stromab zwei kleine Wirbel, wo gratige Felsklippen aus dem Wasser ragten. Wären diese Wirbel nicht gewesen, hätte man nicht sehen können, ob sich das Wasser überhaupt bewegte. Thorinn warf ein trockenes Blatt in den Fluß. Es taumelte durch die Luft, legte sich aufs Wasser und trieb gemächlich davon. Um festzustellen, wie tief das Wasser war, warf er einen Stein hinein. Eine Fontäne stieg auf, die fast bis über Thorinns Kopf reichte. Sie fiel langsam in sich zusammen, in einem Kreis stiegen Tropfen auf, und in der Mitte dieses Kreises hob sich eine kleine Säule aus dem Wasser, auch sie sank zurück, doch in der Luft blieb eine wabernde Kugel zurück. Mit traumhafter Langsamkeit geschah das alles. Um den ersten Ring hatte sich ein zweiter gebildet, beide wuchsen sie nach außen. Wo die Wassersäule gestanden hatte, bildete sich ein dritter Kreis, der träge die Bewegung der anderen nachahmte. Wo die Kugel und andere, kleinere Tropfen ins Wasser gesunken waren, stiegen wiederum Säulen auf, nicht so hoch wie die erste. Auch hier erschienen Ringe auf der Wasseroberfläche, die wuchsen und die ersten so vielfältig schnitten, daß Thorinn vom Zusehen benommen wurde. Das erste Aufspritzen des Wassers war regellos sprudelnd gewesen, doch die ziehenden Kreise waren reinste Formen klaren Wassers, auf deren Oberkante das Himmelslicht glänzte. Sie waren schön, und auch in der nach außen gleichmäßig geringer werdenden Höhe ihrer Kämme lag eine geometrische Schönheit. Etwa zwei Ellen vom Zentrum gingen die Ringe glatt in der Wasseroberfläche auf, doch auch das Zentrum bewegte sich, und zwar etwas langsamer als die Kreise, so daß es immer wieder zu wunderschönen Brechungen kam. Schließlich war der Fluß wieder glatt.

Nach einer Weile warf Thorinn einen zweiten Stein in den Fluß. Wieder sah er mit einer Verzögerung das Wasser hinaufsteigen, sah die perlengeschmückte Krone um die mittlere Säule und die wachsenden Ringe, die dahintreibenden Festungen glichen. In den hohen Wellenringen waren schwebende Teilchen zu sehen, die auf einer Seite hinaufstiegen und auf der anderen heruntergespült wurden. Die Wellen hielten immer genau den gleichen Abstand voneinander, wie machten sie das nur? Thorinn warf zwei Steine gleichzeitig ins Wasser, und zu seinem Erstaunen stellte er fest, daß die Ringe ohne Widerstand durcheinander hindurchwanderten. An den Schnittpunkten entstanden kleine Wirbel, die mit den Wellen davonzogen und verschwanden. Er hatte all das schon einmal beobachtet: im Quellenteich oben in Hovenskar, doch dort waren die Wellen so flach, und sie bewegten sich so schnell, daß ihm nie aufgefallen war, wie geheimnisvoll sie sein konnten.

Ein kleines Stück stromabwärts fand Thorinn eine seichte Bucht. Dort zog er sich aus und nahm ein Bad. Das Wasser umtanzte ihn, es war schneidend kalt. Später entfachte er ein kleines Feuer an einer Flußbiegung. Dazu benutzte er Treibholz, das der Fluß in einer Biegung ans Ufer gespült hatte. Die Flammen waren unruhig und bleich, und Thorinn konnte soviel Holz ins Feuer schieben, wie er wollte, die Flammen loderten einfach nicht höher. Es war, als ob das Holz einen Teil seiner Fähigkeiten eingebüßt hätte.

Es begann leicht zu regnen. Er zog seine Kleider an, schüttete Erde auf die Überreste seines kokelnden Feuers und wanderte in Gedanken versunken das Flußufer hinab. Nach einer Weile hörte der Regen auf, eine Stadt wurde sichtbar. Überraschend deutlich ragte sie hinter der nächsten Flußbiegung auf. Thorinn stieg auf einen Baum, um sie genauer in Augenschein zu nehmen. Vielleicht, dachte er, wird die Stadt von Nachtdämonen bewohnt wie jene Höhle, in der man ihn gemartert hatte, doch eigentlich glaubte er nicht daran. Etwas anderes stimmte hier nicht. Ein brauner Vogel strich über seinen Kopf, gegen den Himmelsglanz war er fast unsichtbar. Der Fluß war hier so breit, daß Thorinn ihn nicht überspringen konnte. Vielleicht war er weiter stromaufwärts schmaler, aber es würde zu lange dauern, das herauszufinden. Er schnitt sich einen langen Stecken aus einem Schößling und begab sich auf die Suche nach einem umgestürzten Baumstamm.

Er fand ein vier Ellen langes Stück von einem Stamm in dichtem Gestrüpp verborgen. An einem Ende des Stammes stand in spitzem Winkel ein kurzes Aststück ab. Durch dies Aststück würde der Stamm sicherer im Wasser liegen, und Thorinn blieb die Mühe erspart, einen zweiten Stamm zu suchen und ihn neben den ersten zu binden. Er zog den Stamm an der seichten Stelle in den Fluß. Das Holz ragte kaum über die Wasseroberfläche, aber da der Stamm leicht gekrümmt war, sank er an einer Seite nicht so tief ein, und dorthin stellte sich Thorinn mit seiner Stange. Gravitätisch sank der Stamm ins Wasser, schwankte und hob sich wieder, während kniehohe Wellen zu beiden Seiten von ihm fortströmten. Thorinn stemmte den Stecken gegen den Grund und drückte vorsichtig. Der Stamm schien sich zu bewegen, doch in die falsche Richtung, Thorinn strauchelte vorwärts. Er richtete sich auf und versuchte es noch einmal. Endlich fand er heraus, daß er sich einfach gegen den Stecken lehnen konnte, dann bewegte sich der Stamm in die gewünschte Richtung. Der Grund fiel ab, und Thorinn mußte den Stab bis zur halben Länge eintauchen. Die Strömung erfaßte den Stamm, doch Thorinn wurde damit fertig: Es kam darauf an, den Stamm beständig gegen die Strömung zu steuern. Er ließ sich am leichtesten weiterschieben, wenn er in Bewegung war. Bei jedem Stoß nach vorn hob und senkte sich das vordere Ende des Stammes, eine riesige, pfeilförmige Bugwelle bildete sich, und faustgroße Wasserkugeln waberten durch die Luft. Eine Brise erhob sich und kräuselte die Wasserfläche. Der Wind frischte auf, und auf dem Wasser eilten größere Wellen in langen Intervallen stromab. Mit Schrecken stellte Thorinn fest, daß der Stamm bereits beträchtlich schwankte. Er stieg auf und stand fast senkrecht, dann fiel er wieder zurück, wenn die nächste Welle unter ihm hindurchfuhr. Jetzt zeigten sich weiße Gischtkronen auf allen Wellen, und die Luft war erfüllt von mächtigen Wassertropfen, die auf Thorinns Gesicht zerplatzten. Verzweifelt kämpfte er um sein Gleichgewicht auf dem Stamm. Wenn er den Halt verlor, mußte er ertrinken, das wußte er. Der Stecken behinderte ihn, er ließ ihn fahren. Eine Welle schlug ihm die Stange quer vor die Brust. Es war kein heftiger Schlag, doch Thorinn erkannte, daß er den Stamm unter seinen Füßen nicht mehr spürte. Von der Gischt halb geblendet, sah er den Stamm neben sich aufsteigen und klammerte sich an ihm fest. Dann war er im Wasser, und das tödliche, schwere Gewicht drehte sich in seinen Armen. Kaltes Wasser drang ihm in Augen, Ohren, Nase und Mund. Thorinn kämpfte sich wieder auf die Oberseite des Stammes und hielt sich mit einer Hand am Stamm und der anderen am Aststumpf fest. Er hatte gerade genug Zeit für einen Atemzug, dann kippte der Stamm mit der nächsten Welle vornüber. Hinab ging es, hinab, als ob sich der Stamm im Wasser überschlagen wollte. Thorinn begriff mit Schrecken, daß er sich tatsächlich überschlug. Das kalte Wasser wollte ihn ersticken. Seine Hände krallten sich ins Holz, und der Stamm tanzte mit ihm auf einem Wellenkamm, schickte sich bereits wieder an, hinabzutauchen. Durch den Wirbel der Gischttropfen sah Thorinn verschwommen den Fluß und etwas Graubraunes, das über ihm durch die Luft flog. Ein Wellenstoß, der Stamm reckte sich noch einmal nach oben. Thorinn überkamen eisige Gedanken: Wenn er den Stamm losließ, würde er versinken, wenn er sich daran festklammerte, würde ihn der Stamm ersäufen. Der Stamm ritt auf einem großen Wellenkamm, Thorinn richtete sich verzweifelt auf und sprang mit aller Kraft.

Der Fluß versank unter ihm, die Gischtkronen glänzten wie Speerspitzen. Thorinn konnte das ferne Ufer sehen, es waren mindestens zweihundert Ellen bis dorthin. Jetzt kam ihm der Fluß wieder von unten entgegen, Thorinn sah den Stamm im brodelnden Wasser, packte ihn, schwang lähmend langsam herum und versank mit ihm. Halb blind kam er wieder hoch, noch einmal richtete er sich auf dem stampfenden Holz auf und sprang ab. Diesmal sprang er schräg nach oben.

Regentropfen fielen in langen, silbernen Ketten herab. Sie vermischten sich mit der Gischt und wurden vom Wind gepeitscht. Der Fluß kam Thorinn von unten entgegen. Der Stamm war verschwunden und das Ufer ebenfalls. Jetzt sah er den kiesigen Strand, doch er würde zwei Dutzend Ellen zu kurz herunterfallen. Hilflos schwebte er hinab; das Wasser spülte ihm über Kinn und Nase, doch dann spürte er etwas Festes unter seinem gesunden Fuß, und er stieß sich ab. Nach Atem ringend kam er wieder herunter, aber er war im seichten Wasser. Er kämpfte sich durch die Wellen und stand Augenblicke später auf den feuchten Kieseln.

Der Wind ließ nach und hörte ganz auf; die Wellen wurden kleiner. Schließlich war der Fluß so glatt wie zuvor.

10 Wie Thorinn in eine Stadt mit sieben Türmen gelangte und sie zufällig aus ihrer Verzauberung erlöste.

Das Ei hat eine Schale aus Stein, und es ist unermeßlich und immerwährend. Alle anderen Stoffe entspringen dieser Schale und kehren zu ihr zurück. Der obere Teil dieser Schale, das Lucilacunar, ist bei Zeiten hell, so daß die Menschen sehen können, und bei Zeiten dunkel, so daß sie Ruhe finden. Der untere Teil, das Solum, ist von einer Schicht aus Erde bedeckt, aus der alle verwurzelten und kriechenden Wesen entstehen. Diese Schicht nährt sie zu ihren Lebzeiten, und zu dieser Schicht kehren sie zurück, damit andere aus ihr hervorgebracht werden können.

Die Abiotische Periode: *in der Abiotischen Periode, die sich aus unermeßlichen Zeiten bis zum Beginn der Eobiotischen Periode erstreckte, war das Ei öde, verlassen und dunkel. Kein Leben und keine Bewegung gab es in ihm. Kein Leben, keine Bewegung war erkennbar, möglich oder vorstellbar.*

Die Eobiotische Periode: *Zu Beginn der Eobiotischen Periode – neun Dutzend Großmengen Jahre vor der Jetztzeit – wurde die glatte Eischale porös und löchrig; dieser Prozeß dauerte sechs Großmengen Jahre. In der Folge entströmten Dämpfe dem Stein, aus denen die Luft entstand. Das dauerte acht Großmengen Jahre. Dann zerfiel der Stein weiter und bildete das Solum, ein Vorgang, der vier Großmengen Jahre dauerte. Danach erschienen die Angiospermen sowohl im Solum als auch im Lucilunar, und aus ihnen entwickelten sich alle verwurzelten und kriechenden Dinge durch Anabase und Phylogenese. Darüber vergingen weitere acht Großmengen Jahre. Im ganzen dauerte das Eobiotische Zeitalter sechsundzwanzig Großmengen Jahre.*

Die Paleobiotische Periode: *Zu Beginn des paleobiotischen Zeitalters war das Ei bereits so, wie wir es heute kennen, doch es gab keine höheren Lebensformen. Höheres Leben entstand nun in Form der Coelelmenthe, die den Blasen des Homunculoliliums, der Menschenlilie entströmt waren. Nach der Überlieferung hat eines dieser Coelelmenthe, ein Wurm namens Rambatnib, sich zum Herrscher des Eis erklärt. Zum Gefährten wählte er sich einen Wurm mit Namen Dola, und er herrschte zwei Großmengen Jahre. Unter seinen vielen Nachkommen waren die Helminther, die Coelenteraten und die Nager, von denen einer mit Namen Palak Rambatnib ihn im Jahre 14361 absetzte und erschlug. Palak und seiner Gefährtin Eula werden die Einführung der Künste, der Musik und des Webens zugeschrieben, daher der Name Palke für ein kleines Stoffstück, einen Lappen, oder die Bezeichnung Palak-Eulalische Stimmung für eine Musikart, die heute nicht mehr gespielt wird. Sie herrschten bis zum Jahre 15350, als einer von Palaks Enkeln, eine Wasserratte namens Cletus, eine Armee aushob und den Palast belagerte. Palak, der den Luxus schätzte, wurde überrascht und von Cletus selbst im Bade erschlagen, der daraufhin den Thron bestieg und ein Großjahr ausrief. Unter der Herrschaft Cletus' wurden die Neun Bücher und die Drei Orakel erschaffen und die Cletischen Spiele eingeführt. Im Jahre 16153 belohnte sich Cletus selbst mit dem Beinamen »der Goldene«, unter dem er in einigen Chroniken noch heute geführt wird. 16790 starb er unter mysteriösen Umständen, über die nichts Näheres bekannt ist. Nach einer Interregnumszeit, in der eine Flut die Stützpfähle des Palastes und seine Vorwerke fortspülte, trat eine Versammlung zusammen, die als Lichthainallianz bekannt wurde, und sie wählte einen Eisvogel namens Klug und seine Frau, Gelbkralle, zu ihren neuen Monarchen.*

DIE ARCHÄOBIOTISCHE PERIODE: *Nachdem er sieben Großmengen Jahre regiert hatte, entschloß sich Klug, ein Mensch zu werden, und wurde von dort an Lembepatkin genannt. Er bat Gelbkralle, sich in eine Frau zu verwandeln und seine Königin zu bleiben, doch sie verwehrte ihm dies und zog hinab ins Schilf, wo ihre Nachkommen noch heute nach Fischen jagen. Lembepatkin nahm sich ein anderes Weib und herrschte weitere drei Großmengen Jahre. Er führte die Kunst des Schreibens ein, erneuerte die vier Richtungen und begründete den Großen Kolleg. Sein Nachfolger war sein Sohn Tilvebegarengen.*

DIE HISTORISCHE PERIODE: *Die ersten Personen, über die authentische, schriftliche Überlieferungen bis heute erhalten blieben, sind zwei Brüder namens Om und Hem, die sich im Jahre 64794 gegenseitig die Herrschaft über das gesamte Ei streitig machten. Om war zu dieser Zeit Monarch im östlichen Reich und Hem König des Westens. Für lange Zeit blieb der Kampf unentschieden, doch Om besaß einen Kunstwerker namens Feuerbringer, der gewisse Geräte für ihn erschuf. Es heißt, daß dazu eine feuerspeiende Blase gehörten und ein künstlicher Maulwurf, mit dem man die Befestigungen des Feindes unterwühlen und große Verwüstungen verursachen konnte. Als Hem sah, daß sich die Lage zu seinen Ungunsten wendete, nahm der die Dienste eines anderen Kunstwerkers, Rotvogel, in Anspruch, der für ihn vergleichbare Geräte entwickelte. Die Brüder und ihre Armeen überzogen das Ei mit gewaltigen Verwüstungen, und nach der entscheidenden Schlacht im Herbst des Jahres 63797 lagen die Brüder und alle ihre Hauptleute erschlagen auf dem Schlacht-*

feld. Alles, was sie erbaut hatten, war dem Erdboden gleichgemacht. Nach einer weiteren Interregnumszeit beschlossen die Überlebenden und ihre Nachkommen, solcherlei Gerät weder in Kriegs- noch in Friedenszeiten jemals wieder zu benutzen. Ein frühes religiöses Gedicht aus jener Zeit besingt die moralische Festigkeit der Überlebenden mit einem bewegend allegorischen Bild: Im Lied des Verschließens versiegeln die Überlebenden die Wände des Eis auf ewige Zeiten. Im Jahre 63 893 wurde der Große Kolleg neu begründet und so die Grundpfeiler für unser heutiges Wissen gesetzt. Die Namen der Großmeister des Kollegs von jenem Tag bis heute lauten: Lobeck, Morblen, Binton, Winsin, Tenwin, Ponsin, Tenlon, Mistwin, Benlob, Finmor, Kinten, Tabeck, Vennkin, Windesch, Remten, Benrosch, Bistfin, Sinpast, Roschkin, Pongas, Sinmar, Pastwin, Tetheck, Wischchin, Deschton, Gasstab, Mistmass, Rischten, Bretlob, Friteck, Blenkot, Findesch, Klanchet, Bretsin, Gassplan, Menschet, Lobneck, Niteck, Finplan, Pastchet, Sinzet, Mistklan, Votmass, Lesteck, Dretbrin, Remfret, Tremnet, Winchet, Deschfin, Eckrosch, Tedhret, Wetklan, Findesch, Brinsin, Findesch, Gastlin, Netmist, Lestnet, Wischteth, Roschnet…

Thorinn krabbelte unter einen Busch, zog sich die Bündel mit klammen Fingern vom Rücken und schlief ein. Als er erwachte, umgab ihn dunkelgrüne Finsternis. Er war naß und fror, der Wind schüttelte kleine Wassertropfen von den Zweigen des Busches in sein Gesicht. Einen Augenblick lang glaubte er wieder in der Höhle hinter dem Wasserfall zu liegen, doch dann erinnerte er sich, richtete sich auf und fröstelte. Er band sich die Bündel an den Leib und kroch unter dem Busch hervor. Das grüne Himmelslicht war so schwach, daß es nicht zum Gehen ausreichte, daher kletterte Thorinn auf einen Baum in der Nähe. Die Krone erhob sich etwa zweihundert Ellen über den Boden, von hier oben aus konnte er die Ansammlung von Türmen sehen, die gar nicht fern in der Flußbiegung in den Himmel ragten. Sie waren dunkel und still.

Während er noch hinübersah, erschien plötzlich ein goldener Streifen auf einer Seite der Höhle. Er wuchs an, wurde breiter, blasser und zog bereits über Thorinns Kopf hinweg. Als er vorüberzog, schaute Thorinn hinauf und erspähte einen braunen Vogel, der über ihm kreiste. Er hatte den Kopf schräg gestellt und sah aus einem glänzend schwarzen Auge herab. Der Himmelsglanz blendete Thorinn, und als er wieder hinaufschaute, war der Vogel verschwunden.

Thorinn folgte dem Flußlauf eine Weile nach Osten, erstieg einen Hügel und stand plötzlich auf einem umgepflügten Feld. Man hatte es mit Bohnen oder einer ähnlichen Gemüsepflanze bepflanzt, und die jungen Sprossen kamen soeben, halb von Unkraut überwuchert, aus der Erde. Die Türme waren jetzt recht nahe, sie waren von einer Ansammlung kleinerer Hütten umgeben. Thorinn ging näher heran und bemerkte, daß die Hütten um Baumstämme herumgebaut waren. Sie waren offensichtlich aus Ruten geflochten. Hin und wieder schaute ein grüner Zweig aus dem Geflecht und zeigte an, daß der Baum in der Mitte noch lebte. Einige der geschwungenen Außenwände waren mit einer Art hellem Schlamm verputzt, andere waren mit bunten Streifen und Kreisen bemalt. Gras und Unkraut wuchsen in der Umgebung der Hütten. Der Boden wies die Abdrücke von Hufen und klauenbewehrten Füßen auf, aber die Spuren waren alle nicht frisch. Menschliche Fußabdrücke waren nicht zu sehen. Die Ställe waren leer, die Türen standen offen.

Die sieben Türme reihten sich im Halbkreis um einen großen, freien Platz, dessen Boden mit Gras und Ranken überwuchert war. In etwa vierhundert Ellen Höhe trug jeder dieser Türme ein flaches, konisches Dach. Aus diesen Dächern erhob sich ein weiterer, kleinerer Turm, nicht aus ihrer Mitte, sondern aus einer Seite, und manchmal wuchs aus der Spitze eines solchen kleineren Turmes noch ein dritter hervor. Strebepfeiler stützten die Türme ab, die Fenster und gelegentlich sogar Balkone aufwiesen.

Thorinn trat hinaus auf den leeren Platz. Er lauschte, kein Laut war zu hören. Von den Balkonen hingen Ranken mit gelblichen Blättern herab. Der süßliche Geruch des Verfalls hing in der Luft. Unter dem Gerümpel, das zwischen den Türmen verstreut lag, fand Thorinn einige Krüge und Trinkgefäße, ein Gewand aus rotem Webstoff, das an den Seiten seltsame beinerne Schließen aufwies, einen zerbrochenen Holzrahmen, über den eine pergamentartige Folie gespannt war, einen Spiegel aus poliertem Silber in einem Beinrahmen und ein kleines Götzenbild aus weichem Stoff. Es hatte ein graues Gesicht mit Knopfaugen und große, nackte Flügel wie die einer Flügelmaus.

Thorinn sprang zum untersten Balkon hinauf und spähte durch die Tür. Der Boden war elastisch und aus Stricken geflochten. Es gab einige niedrige, beschnitzte Tische, aber keine Stühle oder Betten. Die Decke mußte unwahrscheinlich hoch sein, aus den Wänden ragten Stäbe, die wie Sitzstangen für Vögel aussahen.

Hinter dem ersten Raum begann ein Irrgarten von weiteren Zimmern, in denen es auch bei Tag nicht hell wurde. Thorinn fand ein Lichtkästchen, das an der Wand hing. Es war in zwei Kammern geteilt wie sein eigenes, und der Stoff in einer Kammer leuchtete noch schwach. Thorinn tauschte etwas Stoff in den Kammern aus und trug das Kästchen in den nächsten

Raum. Doch dann irritierte es ihn, das helle Licht zu tragen und doch von Dunkelheit umgeben zu sein. Er stellte das Kästchen auf den Boden. Die Zimmer waren in einem großen Kreis um einen Brunnen in der Mitte des Turmes angelegt. Der Durchmesser dieses Brunnens betrug sechzig Ellen, und er war mindestens vierhundert Ellen tief. Licht fiel durch winzige Öffnungen weit oben im Turm in den Brunnen. Die Stille war bedrückend; Thorinn zog sich in die Zimmer zurück.
Überall lag Krimskrams verstreut, aber es war nicht mehr, als man in jedem Haushalt finden konnte: Kleidung, Stückchen von diesem und jenem, Dinge, die vielleicht holzgeschnitzte Kinderspielzeuge waren. In Schränken und Truhen fand er weitere Kleidungsstücke, alle waren an den Seiten zu öffnen. Sie hingen an Haken oder waren sorgfältig zusammengelegt. Es gab auch Schränke voller hölzerner und beinerner Geräte, deren Verwendungszweck Thorinn sich nicht vorstellen konnte. Er hatte das starke Gefühl, daß die Menschen, die hier gelebt hatten, nur für eine gewisse Frist fortgezogen waren, aber wohin mochten sie gegangen sein?

Fast überall im Tal wuchsen hohe Bäume auf den Hängen, die zu den Felswänden hinaufstiegen. Weiter unten war der Boden mit Strauchwerk bedeckt, darauf folgten Wiesen, die hier und da von kleinen Gehölzen unterbrochen wurden. Hin und wieder stieß Thorinn auf ein Gestrüpp aus Buschwerk und Ranken, die zu einem gewaltigen Knäuel verfilzt waren. Tunnelgänge liefen hindurch, einige davon waren so geräumig, daß ein Mensch sich in ihnen bewegen konnte. Thorinn wagte sich in einen hinein und war etwa zwei Dutzend Ellen weit durch das angenehme grüne Dämmerlicht gekrochen, als er auf eine Biegung stieß. Zögernd kroch er weiter, da hörte er ein »Wuff!« und starrte in zwei große Augen in einem pelzigen Kopf, der fast so groß wie sein eigener war. Er war so erschrokken, daß er nicht daran dachte, sein Schwert zu ziehen, obwohl er im Gang Platz genug dazu gehabt hätte. Doch das Tier warf sich herum und huschte davon. Ohne auf die Äste zu achten, die ihm die Haut zerkratzten, kroch Thorinn ins Freie.
Er fand vielerlei tierische Losung, manchmal waren es erbsengroße Kügelchen, ein anderes Mal faustgroße, kreidige Klumpen. Im weichen Wiesenboden und am Flußufer sah er immer wieder die Abdrücke von scharfkantigen Hufen oder Klauen. Eines Morgens überraschte er ein Wesen, das einem großen Hasen ähnelte. Er schlug es mit einem Stein nieder, doch es kam wieder hoch und sprang ins Gestrüpp davon. Thorinn sah, daß es an den Hinterläufen lange, stumpfe Krallen hatte. Wenn es sprang, stützte es sich mit den Krallen auf dem Boden ab.

An vielen Stellen fand Thorinn Vogeleier, im Schilf und in den Baumwipfeln. Die Wasservögel neckten ihn mit höhnischen Rufen, wenn sie ein paar Ellen von ihm entfernt durch den Fluß schwammen, doch wenn sie mit ihren Schwimmfüßen ans Ufer watschelten, waren sie fast hilflos. Thorinn lauerte ihnen im Ufergestrüpp auf, erwischte einige und drehte ihnen die Hälse um.

Dreimal kletterte er noch auf einen Baum, unmittelbar vor Einbruch der Nacht, und dreimal sah er denselben braunen Vogel.

Um die Zeit totzuschlagen, bat Thorinn den Kasten häufig, ihm von der Beschaffenheit der Welt zu erzählen. Da gab es kleine Materiestückchen, die so winzig waren, daß man sie nicht sehen konnte. Diese Stückchen bestanden selbst wiederum aus noch kleineren Stückchen, und so ging es weiter. Dann waren da noch Dinge, die gar keine Masse hatten und die man ebenfalls nicht sehen konnte. Mit diesen Dingen war es möglich, an gewissen Orten die Zeit anzuhalten, so daß zum Beispiel die Höhlen in der Unterwelt nicht von dem Gewicht der Erde darüber erdrückt wurden. Auf diese Weise konnte man auch die Hitze aus den tiefsten Stellen der Erde herausziehen und sie für spätere Zeiten aufbewahren. Für alle diese Dinge hatte der Kasten seine eigenen, fremdländischen Bezeichnungen, und er erzählte immer die gleichen Geschichten über sie, doch er konnte keinen einzigen Beweis für die Wahrheit dieser Geschichten liefern. Schließlich fragte Thorinn sich, wozu sie denn überhaupt nützten.

Was die Welt selbst anging, so beharrte der Kasten darauf, daß sie eine große Kugel war. Die Mittwelt war die Oberfläche dieser Kugel, und darüber war eine Art Zelt aufgespannt, das die Luft am Entweichen hinderte. Wenn Thorinn fragte, was hinter dem Zelt war, dann antwortete ihm der Kasten, dahinter läge ein gewaltiger Raum, wie eine Höhle ohne Wände. Dieser Raum erstreckte sich endlos weit nach allen Seiten und hätte dennoch irgendwo eine Grenze. Und als Thorinn wissen wollte, was *dahinter* läge, erwiderte der Kasten, diese Frage sei sinnlos.

Außerdem behauptete der Kasten, daß sich die Welt durch die gewaltige Höhle fortbewegte, indem sie durch Röhren, die durch das Zelt ragten, unsichtbare Partikel ausstieß. Offensichtlich war Snorris Pfeife eine von diesen Röhren. Thorinn glaubte, diese Schilderung des Kastens verstanden zu haben, und er fragte, warum die Röhren die Welt in der letzten Zeit schneller bewegten, doch der Kasten widersprach und antwortete, die Erde sei eher langsamer geworden.

Er versuchte den Kasten das Beleidigungsspiel zu lehren, das Untha und Withinga oft des Abends gespielt hatten. (Bei ihnen hatte das Spiel allerdings nie sehr lange gedauert, weil ein Spieler meistens schnell die Beherrschung verlor.) Doch Thorinn konnte dem Kasten nicht klarmachen, worin eine Beleidigung bestand, und wenn er für beide Seiten spielen sollte, dann war das Spiel reizlos.

Da es Thorinn bald als lästig empfand, immer nur auf Zehenspitzen zu gehen oder durch das Gestrüpp zu kriechen, schnitt er sich ein Stück Fallholz mit einem herausragenden Zapfen zurecht. Er flachte das Rundholz mit dem Schwert ab und band es sich so unter den Fuß, daß der Zapfen schräg nach hinten abstand. Jetzt konnte er so springen wie die Hasen und anderen Tiere, doch es gelang ihm nie, eines zu fangen.

Nach ein paar Tagen hatte er es auch satt, immer im feuchten Wald zu schlafen. Er zog in eines der Turmzimmer ein. Es war eine kleine Kammer direkt unter dem Dach, denn er hatte sich überlegt, daß er hier oben rechtzeitig bemerken würde, wenn die Bewohner zurückkehrten. Die Kammer hatte ein Fenster, durch das er schnell zu den nahestehenden Bäumen entkommen konnte. Er schlief dort sehr schlecht und hatte düstere Träume.

Eines Morgens erwachte er mit dem fantastischen Gedanken, unter der Stadt befänden sich unterirdische Gewölbe mit verborgenen Falltüren, unter denen sich die Turmleute mit all ihren Kindern und Haustieren versteckt hielten. Das Gefühl war so stark, daß Thorinn die Böden der zentralen Schächte, Ställe und Werkstätten untersuchte, doch sie bestanden aus festgestampfter Erde, wie er schon vorher bemerkt hatte. Aber wenn die Menschen und ihre Tiere überhaupt noch in der Höhle waren, dann mußten sie sich unter der Erde versteckt halten. Bei Tage und bei Nacht spürte er ihre dumpfe, schweigende Gegenwart.

Er erforschte das Tal, zunächst stromabwärts, dann in der entgegengesetzten Richtung. Zweimal fand er kleine Anwesen, die zwischen dem Wald und den Wiesen verborgen lagen, doch sie waren genauso verlassen wie die Stadt. Am fernen Ende des Tales teilte sich der Fluß in eine Vielzahl von gewundenen Wasserläufen. Unter Zuhilfenahme von Stecken watete Thorinn durch das sumpfige Gelände und stellte fest, daß das Wasser durch einen Spalt unter der Felswand abfloß, der zu schmal für einen Menschen war.

Um sich fit zu halten und um seinen Speisezettel etwas zu erweitern, nahm Thorinn einen Bogen und einige Pfeile aus der Stadt mit und übte Zielschießen. Schließlich hatte er alle Pfeile bis auf zwei im dichten Gestrüpp verloren. Er neigte dazu, die Schüsse zu hoch anzusetzen, und schob diesen Fehler auf das seiner Meinung nach mangelnde Gewicht der Pfeile.

Er besorgte sich weitere Pfeile und setzte seine Übungen auf einer Wiese fort. Er befestigte eine runde Scheibe hoch oben an einem Turm und schoß von unten darauf. Als er nur noch wenige Fehlschüsse auf die Scheibe abgab, begann er sie in die Luft zu werfen und versuchte sie im Flug zu treffen. Tag für Tag setzte er seine Übungen fort, bis er nur noch selten einen Pfeil verlor und das fliegende Ziel bei zehn Versuchen neunmal traf. Dann stand er eines Morgens vor Anbruch der Dämmerung auf und kletterte auf einen Baum. Direkt unterhalb der Krone stellte er sich auf einen Ast, löste seinen Gürtel und band sich damit am Baumstamm fest. Jetzt konnte er sich mit dem Rücken gegen den Gürtel lehnen und hinaufschauen, ohne das Gleichgewicht zu verlieren oder einen steifen Hals zu bekommen.

In den Baumwipfeln um ihn herum stimmten die Vögel ihren Morgengesang an. Thorinn wartete.

Der goldene Streifen erschien am Ende der Höhle, und Thorinn fragte sich, woher das Licht kam, welches das dunkle Himmelsmoos aufleuchten ließ. War dieser Himmel mit dem einer Nachbarhöhle verbunden? War das vielleicht in der ganzen Unterwelt so? Er zog einen Pfeil aus dem Köcher, legte ihn auf die Sehne und spannte den Bogen. Das Licht glitt über seinen Kopf, und einen Augenblick, nachdem es vorübergezogen war, sah er deutlich den braunen Vogel. Er ließ die Sehne los, der Pfeil verschwand lautlos in der blendenden Helligkeit, doch Thorinn wußte, daß er genau gezielt hatte. Er spannte den Bogen erneut und blinzelte nach oben. Dort! Eine dunkle Silhouette stürzte taumelnd, flatternd nach unten. Thorinn schoß und fehlte. Er zog noch einen Pfeil aus dem Köcher, schoß ihn ab und sah, wie er traf. Der Vogel trudelte in kleinen Kreisen zwischen die Bäume. Thorinn merkte sich die Stelle, wo er verschwunden war, und hastete nach unten.

Ein rhythmisches Klatschen im Unterholz führte ihn zu seiner Beute. Von zwei Pfeilen durchbohrt hatte sich der Vogel in einem Dornbusch verfangen und versuchte immer noch zu fliegen. Der eine Flügel war lahm, doch der andere schlug und schlug und schlug.

Thorinn beugte sich über das Tier. Es war ein großer Vogel, größer als ein Falke, doch er hatte einen kurzen, geraden Schnabel. Die Federn waren auf der Oberseite dunkelbraun und am Bauch ockerfarben. Das glänzende Auge sah starr an Thorinn vorbei, der Flügelschlag erlahmte nicht und wurde auch nicht schneller. Thorinn zog das Schwert und schlug zu. Die Klinge prallte ab, der Hals des Vogels war gebogen, aber nicht durchgetrennt, es war kein Blut zu sehen. Der gleichmäßige Flügelschlag setzte nicht aus. Thorinn schlug wieder zu, ohne einen besseren Erfolg. Schließlich überwand er seinen Ekel und zog das Wesen hinaus auf die Wiese und legte es auf einen Baumstumpf. Immer wieder hieb er mit dem Schwert auf den Vogel ein, bis er den Hals halb abgetrennt und einen Spalt unter dem lahmen Flügel aufgerissen hatte. Abgeschlagene Federn flatterten im Luftzug seiner Schläge, aber der Vogel blutete noch immer nicht. Endlich war der Flügel ruhig. Im Körper des Vogels entdeckte Thorinn seltsame, trockene Gebilde, die den Eingeweiden eines Vogels oder anderen Tieren überhaupt nicht ähnlich sahen. Thorinn trug die Kreatur zu einer freien Fläche bei der Stadt und zerlegte dort sorgfältig den Körper. Alle seine äußeren Bestandteile, wie Federn, Haut, Augen und Klauen waren genau wie die eines jeden Vogels. Doch im Inneren hatte er seltsame Fasern und Stränge, die teilweise graubraun, teilweise gelb waren. Sie fühlten sich weich und elastisch an, waren jedoch so zäh, daß er sie mit seinem Schwert aus Yen-Metall kaum zerschneiden konnte. Eine Vielzahl von dicken, bunten Fäden war zu sehen und ein Büschel von weißen Kügelchen an einer anderen Stelle.

»Kasten, was ist dies für ein Vogel?«

»Dies ist kein Vogel. Es ist eine Maschine.«

»Thorinn betastete einen Strang blauer Fäden. »Ich dachte, Maschinen wären aus Metall oder Holz?«

»Man kann aus vielen Dingen Maschinen herstellen, sogar aus Fleisch.«

Thorinn schwieg zu dieser Mitteilung. Der Kasten hatte ihm so viele unwahrscheinliche Dinge erzählt, daß es Thorinn nicht mehr sinnvoll erschien, sich mit ihm zu streiten. Doch nach einer Weile sagte er:

»Warum sollte denn wohl jemand eine Maschine bauen wollen, die genau wie ein Vogel aussieht?«

»Vielleicht, weil er dich beobachten will, Thorinn.«

Thorinn grub mit seinem Schwert ein Loch und warf den Vogel hinein, dann streute er Erde darüber, bis nicht eine staubige Feder mehr zu sehen war. Wenn andere Maschinen den Vogel geschickt hatten, um ihn zu überwachen, was mochte nun geschehen, da er ihn getötet hatte?

Er kletterte zu seinem Turmzimmer hinauf, indem er von einem Balkon zum anderen sprang. Dieser Weg war leichter und schneller als der Anstieg durch den Schacht im Innern. Er aß einen Klumpen Trockenfleisch, trank aus seinem Zauberkrug und legte sich auf den Rücken. Nahe bei seinen Ohren waren gedämpfte schabende und kratzende Laute zu hören. Sie stammten von Insekten, die auf dem Scheinboden unter dem Seilgeflecht lebten. Manchmal sah er sie: graue und braune Käfer und lange, farblose Tausendfüßler.

Thorinns Auge fiel auf eine Stange, die aus der Wand ragte. Überall in der Stadt waren diese Stäbe zu sehen. Es mußten Sitzstangen für Vögel sein, die Jagd auf jene Insekten machten. Auch die Stadtbewohner stellte sich

Thorinn geflügelt vor: Die Männer hatten blendendweiße Schwanenfedern, das Gefieder der Frauen war weich wie das von Turteltauben.
Vermutlich schlummerte er ein, jedenfalls fuhr er erschreckt auf. Der Boden vibrierte unter kurzen, harten Stößen, aus dem zentralen Brunnenschacht drangen ferne Laute herauf.
Thorinn sprang auf. Er wäre hoch hinaufgeschwebt, wenn er sich nicht schnell mit der Hand und dann mit dem Fuß festgeklammert hätte. Einen Augenblick später hatte er sich seine Bündel umgehängt, dann flog er auch schon durch das Fenster und schwebte einem Baum entgegen.
Er klammerte sich an einen Ast und lauschte. Zunächst hörte er nichts Ungewöhnliches. Irgendwo schnatterte ein Wasservogel, kurz darauf erklang ein fernes, schwaches Plärren. Dieser Laut vermischte sich mit anderen, die bald zu einem gewaltigen Stimmengewirr anschwollen. Thorinn hatte noch nie in seinem Leben etwas Ähnliches gehört.
Das Waldstück, in dem er sich verbarg, war verlassen. Von seinem Versteck aus konnte er den großen Platz und die Felder nicht einsehen. Er sprang zurück zum Dach des Turmes, den er soeben verlassen hatte. Er krallte sich an den Rindenschindeln fest und schob den Kopf über den Rand.
Der weite Platz unter ihm war voller Staub und Getümmel. Die breiten grauen und rosigen Rücken von Tieren, die von hier oben nicht größer als Käfer aussahen, strömten aus dem Eingang eines Turmes auf den Platz. Es waren Dutzende, nein Hunderte, und zwischen ihnen flatterten dicht über dem Boden graue Vögel. Sie schienen die Tiere mit Stöcken zu führen, die sie in den Klauen hielten. Plötzlich war der Boden mit einem Gewoge von zahmem Geflügel bedeckt. Es wimmelte von gelben Füßen und nickenden Köpfen, danach kam eine Schar weißer Tiere mit geschwungenen Hörnern. Alle wurden sie von den geflügelten grauen Wesen vorangetrieben, und noch immer kamen weitere Tiere aus dem ebenerdigen Ausgang des Turmes.
Thorinn konnte den Anblick nicht länger ertragen. Er rutschte mit dem Kopf voran die Schindeln hinab, beugte sich vor, umklammerte den Fensterrahmen und schwang sich ins Zimmer. Der einzige andere Ausgang aus dem Zimmer war ein Loch im Boden, durch das man in das darunterliegende Zimmer gelangte. So ging es weiter, von einem leeren Raum in den nächsten, bis Thorinn die Oberseite des unteren, dickeren Turmabschnittes erreichte. Von dort aus setzte er seinen Weg durch den Brunnenschacht fort, indem er von einer Etagenöffnung zur nächsttieferen sprang. Viele Male verharrte er, um zu lauschen, doch schließlich hatte er den Boden erreicht. Das Himmelslicht, das durch den breiten Eingang

fiel, war von dichten Staubschwaden durchzogen. Thorinn sprang zur Wand neben dem Eingang und schob vorsichtig den Kopf um die Mauerkante. Auf dem Platz wurden fette, grunzende Tiere und schnatternde Geflügel von flatternden Kreaturen zusammengetrieben. Es waren keine Vögel, sondern Männer und Frauen mit Flügeln, die denen der Flügelmäuse ähnelten. Sie waren kleiner als Thorinn, mit breiten Oberkörpern und sehnigen Beinen. Ihre langen Arme endeten in dreifingrigen Händen. Wenn sie eingefaltet waren, sahen die Flügel aus wie graue Umhänge, beim Fliegen wurden sie zu straff gespannten Membranen. Die Stöcke, mit denen die Flügelwesen die Haustiere antrieben, hielten sie mit ihren langen Zehen.

Thorinn zog sich in die Dunkelheit zurück und sagte mit leiser Stimme: »Kasten, sind dies Menschen oder Dämonen?«

»Es sind zum Teil Säugetiere und zum Teil Geflügel.«

»Ich meine die mit den grauen Flügeln.«

»Das sind Maschinen, Thorinn.«

»Auch Maschinen, wie der Vogel? Augenblick mal...« Die Geräusche draußen hatten sich geändert; er hörte Gackern, Schreie und Flügelschlagen. Vor Neugierde berstend steckte er den Kopf wieder hinaus und starrte direkt in das Gesicht eines Flügelmannes, der ein halbes Dutzend Enten verfolgte, die sich von der Schar entfernt hatten. Das graue, pelzige Gesicht des Flügelmannes veränderte seinen Ausdruck nicht; seine stumpfen Augen glitten ausdruckslos über Thorinn hinweg, und im nächsten Augenblick nahm er die Verfolgung der Enten wieder auf.

Nach einer Weile trat Thorinn durch den Eingang. Niemand schenkte ihm die geringste Beachtung, auch dann nicht, als er quer durch die Tierherden auf den Eingang zuging, aus dem noch immer die Haustiere hervorströmten. Die Körper der geflügelten Hirten waren mit einem kurzen, grauen Fell bedeckt, die Haut darunter war von einem dunkleren Grau, ihre Augen waren braun. Die Nägel an Fingern und Zehen waren lang und gebogen. Sie trugen Gewänder und Kappen aus gestrickter Wolle. Manche waren einfarbig, andere trugen farbenfrohe Muster. Zwischen ihren Schenkeln erstreckte sich eine graue Membrane, die an einem kurzen Schwanz festgewachsen war, und alle Gewänder waren an der Seite offen, so daß sie die Flügel nicht einengten.

Als Thorinn den Eingang fast erreicht hatte, flatterte ihm ein letzter Schwarm von Enten und anderem Geflügel entgegen, zwei Flügelwesen folgten nach. Thorinn sah jetzt den Boden des Innenschachtes, und er sprang in diese Richtung, da er den Zug für beendet hielt. Doch es erschien ein weiteres Flügelwesen, danach noch einmal vier und wiederum vier. Sie sprangen aus der Dunkelheit herauf, und Thorinn erkannte jetzt ein längliches Loch im Boden des Schachtes, über dem ein mächtiger Deckel schräg nach oben stand. Einige Flügelwesen hüpften auf den Ausgang zu, andere flatterten direkt nach oben. Der riesige Schacht war vom Rauschen ihrer Flügel erfüllt, sonst verursachten sie keinerlei Geräusche. Thorinn kniete sich neben die Öffnung und schaute hinab. Zunächst begriff er nicht, was er dort sah. Auf dem Boden der Kammer dort unten waren Bündel gestapelt. Sie waren von dem gleichen silbernschimmernden Material umhüllt, das Thorinn schon in der Schatzhöhle gesehen hatte. Die Flügelwesen zogen diese Bündel aus dem Regal, stellten sie aufrecht, und dann taten sie etwas mit ihnen, das Thorinn nicht genau sehen konnte. Darauf verging die silbrige Folie wie Wasser, und aus jedem Bündel sprang ein weiterer Flügelmann. Die Kammer war riesig, und doch war sie vom Boden bis zur Decke mit diesen Bündeln vollgestopft. Boden und Wände des Raumes bestanden aus einem glasigen, gelbgrauen Material, das schlüpfrig aussah, es aber nicht war. Der Deckel bestand auf der Unterseite aus dem gleichen Material, auf der Oberseite war Erde zu einer festen Schicht gestampft worden.

Die Regale leerten sich zusehends, aber noch immer waren Unmengen von Bündeln in der Kammer. Um sich die Zeit zu vertreiben, begann Thorinn die Bündel zu zählen, die sich in Flügelwesen verwandelten. Bald war er bei fünfhundert angelangt, und das Ende war noch immer nicht abzusehen. Er hätte sich niemals vorstellen können, daß man so viele Leute an einem Ort unterbringen konnte.

Jetzt geschah etwas Neues. Die Flügelmänner und -frauen sprangen nicht mehr auf den Ausgang zu, sobald man sie zum Leben erweckt hatte, sondern sie scharten sich zu einer Gruppe, als ob sie auf etwas warteten. Jetzt sah er, wie sie sich bückten, und dort kamen drei oder vier in einer Reihe, die mit übertriebener Sorgfalt Bündel trugen. Als sie nahe genug heran waren, erkannte Thorinn, daß in jedem Bündel ein schlafendes oder totes Kind steckte. Es waren perfekte Verkleinerungen der Flügelwesen, mit winzigen, pelzigen, grauen Gesichtern. Die geschlossenen Augenlider waren so fein wie Mäuseohren. Alle Kinder steckten in einer Art Sack, der nur das Gesicht freiließ. Die Säcke waren aus gewebtem Stoff und trugen bunte Muster. Die großen Flügelwesen sprangen mit den Bündeln aus der Öffnung, dann ergriffen sie den Sack mit den Zehen und flatterten hinauf in die Dunkelheit.

»Kasten«, sagte Thorinn flüsternd, »warum schlafen alle diese Kinder?«

»Wenn die Kinder wach wären, dann würden sie bemerken, daß sie von einem anderen Ort in diese Höhle gebracht wurden.«

»Und warum sollen sie das nicht wissen?«

»Dann würden sie sich an diesen anderen Ort erinnern und versuchen, die Höhle zu verlassen, wenn sie herangewachsen sind.«

»Aber warum werden sie von Maschinen anstatt von Menschen versorgt, warum versorgen die Maschinen nicht besser selbst andere Maschinen? Das ergibt doch alles keinen Sinn.«

»Es sind gewiß wirkliche Kinder, sonst wäre es sinnlos, daß die Maschinen wie Menschen aussehen. Die großen Flügelwesen können keine echten Menschen sein, denn dann würden sie sich ja an jenen anderen Ort erinnern. Die Kinder aber sind zu jung, um sich daran erinnern zu können. Wenn sie herangewachsen sind, werden sie den Platz der Maschinen einnehmen, und sie werden glauben, daß hier schon immer Menschen gelebt haben.«

Thorinn versuchte halbherzig aus dieser rätselhaften Mitteilung klug zu werden, aber seine Aufmerksamkeit wurde abgelenkt. Die Kammer leerte sich jetzt rasch. Die hintersten Regale waren schon fast geräumt, und hinter ihnen konnte er die Rückwand des Raumes sehen. Thorinn sprang hinab auf den Boden der Kammer, doch in der Wand war die erhoffte Tunnelöffnung noch immer nicht zu erkennen. Er wartete mit wachsender Ungeduld, während die letzten Regale geräumt wurden. Er wollte nicht wahrhaben, was er dort sah: Die Rückwand wies keinerlei Öffnung auf.

»Thorinn, es kann sehr gefährlich für dich werden, wenn du diesen Platz nicht sofort verläßt.«

Er drehte sich um und sah die letzten Flügelwesen durch die Öffnung huschen. Er folgte ihnen. Sie hantierten an dem Deckel, und dieser senkte sich langsam und verschloß die Kammer.

»Kasten«, sagte er, »wo ist der Tunnel?«

»Es gibt keinen Tunnel, Thorinn.«

Eigentlich hatte er es schon die ganze Zeit gewußt.

Als er in diese Höhle gekommen war, hatten sie sich alle in die unterirdische Kammer begeben, um sich zu verstecken, und sie hatten den Vogel geschickt, der ihn beobachten sollte. Er hätte den Rest seines Lebens hier verbracht, und dann hätte der Vogel ihnen gemeldet, daß er gestorben war (oder vielmehr hätte er aufgehört zu melden, daß er lebte), und sie wären alle wieder hervorgekommen, um mit ihrem Leben fortzufahren, so als ob es nie einen Thorinn gegeben hätte.

11 Wie Thorinn ohne Erfolg zu fliegen versuchte und statt dessen eine Luftblase baute.

Die Felder um die Stadt waren voller Flügelwesen, genauso war es mit den Ställen, den Obstwiesen, Schuppen und den Türmen selbst. Flügelmänner und Flügelfrauen waren überall, sie brachten alles in Ordnung, reinigten dies und flickten das, sie pflanzten und säten. Sie schwärmten durch alle Türme, unaufhörlich war das vielfache Rauschen ihrer Flügel zu hören. Thorinn steckte den Kopf in die Räume auf der untersten Ebene, und er sah Tischler tischlern, Schneider schneidern und Weber weben. Niemand von ihnen gab durch einen Blick oder eine Geste zu erkennen, daß er etwas von der Existenz Thorinns bemerkte.

Er stieg durch den Schacht zu den oberen Räumen hinauf. Unterwegs schlugen die mächtigen Flügel so nahe an ihm vorbei, daß er von Windstößen gebeutelt wurde. Schließlich fand er die Kinder schlafend in Hängematten aus geflochtenen Stricken. Ihre Gesichter waren ganz ruhig.

»Wann werden sie aufwachen?« fragte er den Kasten.

»Wenn alle Anzeichen, daß sie von einem anderen Ort stammen, vernichtet sind.«

»Aber sie kommen doch nun einmal von einem anderen Ort, und daran werden sie sich auch erinnern, oder nicht?«

»Der andere Ort ist genau wie dieser Ort.«

»Woher weißt du das alles?«

»Ich weiß es nicht, Thorinn, aber es muß so sein, sonst hätte das alles hier keinen Sinn.«

Die Flügelwesen arbeiteten Tag und Nacht. Sie schliefen nie, und selbst wenn es so dunkel war, daß Thorinn nicht die Hand vor Augen sah, schienen sie kein künstliches Licht zu benötigen. Wenn Thorinn sich ihnen neugierig näherte und sie mit dem Lichtkästchen anstrahlte, dann drehten sie wie im Halbschlaf den Kopf, blinzelten und wandten sich wieder ihrer Arbeit zu.

Thorinn baute sich ein Schutzdach in einer Mulde nahe bei der Stadt. Der Gedanke, mit den Flügelwesen unter einem Dach zu hausen, behagte ihm nicht, obwohl er sich klar darüber war, daß sie ihn überall finden konnten, wenn sie ihn verletzen wollten. Am Morgen des dritten Tages zog er auf Nahrungssuche durch die Stadt und steckte die Nase in eine Vorratskammer, als er plötzlich dünne Stimmchen piepsen hörte: die Kinder waren aufgewacht.

Er begegnete ihnen an vielen Stellen. Einige gingen zur Schule, andere in einen Kindergarten, manche folgten den großen Flügelwesen bei ihren täglichen Verrichtungen.
Im Unterschied zu den großen Flügelwesen starrten die Kinder Thorinn mit unverhohlener Neugier an. Eines von ihnen zupfte eine Flügelfrau am Ärmel, diese gab eine knappe Antwort und zog das Kind mit sich fort.
»Was haben sie gesagt, Kasten?«
»Ich glaube, das Kind hat gesagt: ›Was ist das für ein Wesen‹, und die Maschine hat geantwortet: ›Schau nicht hin.‹ Es kann gefährlich für dich werden, Thorinn, wenn die Maschinen glauben, daß du den Kindern schaden könntest.«
»Wie könnte ich den Kindern etwas tun?« sagte Thorinn empört. Die Kinder hatten etwas Anziehendes an sich: Sie waren wie junge Kaninchen oder Mäuse, unschuldig, zart und schön. Jetzt, da er sie neben den Flügelmännern und Flügelfrauen sah, lag es für ihn auf der Hand, daß die Erwachsenen nur Maschinen waren, und er fragte sich, warum er es nicht schon früher bemerkt hatte. Die großen Flügelwesen hatten ausdruckslose Gesichter; sie erinnerten ihn an die Legenden von Snorri, der Wurzelmännchen Leben einhauchte. Die Kinder hatten glänzende Augen, sie waren voller Leben.
Seit die Kinder erwacht waren, arbeiteten die Erwachsenen nicht mehr Tag und Nacht. Auch sie schliefen jetzt oder stellten sich schlafend. Dazu hängten sie sich mit den Köpfen nach unten an die Stangen in den Zimmern. In den Küchen arbeiteten Köche. Sie hatten keine Feuerstellen oder Öfen, sondern benutzten faulendes Gemüse, das sie in Holzpressen quetschten. Dabei entstand soviel Hitze – Thorinn überzeugte sich davon, indem er sich mit der Hand einem solchen Gerät näherte –, daß man darauf Essen kochen konnte.
Die Kinder waren von unterschiedlichem Alter. Die jüngsten waren so klein, daß sie soeben erst das Fliegen erlernten, die größten waren sicher vier Sommer älter. Sie folgten Thorinn immer wieder, trotz aller Versuche der Flügelwesen, dies zu verhindern. Zwei oder drei von ihnen erschienen so oft, daß Thorinn sie bald an ihren Gesichtern erkennen konnte. Der Kasten sprach zu ihnen, wann immer sich eine Gelegenheit bot, und nach ein paar Tagen konnte er Thorinn berichten, was sie sagten.
»Woher kommst du?« war ihre häufigste Frage. Thorinn wies den Kasten an, ihnen zu antworten: »Aus dem Himmel.« Doch das befriedigte sie nicht. Einmal untersuchte er die Felswand im Westen der Stadt. Wie gewöhnlich folgten ihm zwei Kinder, die er Sven und Ilge nannte (ihre tat-

sächlichen Namen konnte er nicht aussprechen). Plötzlich baten ihn die Kinder, stehenzubleiben, und sie zeigten auf eine Felsspalte, die vielleicht zwei Finger breit war.
»Bist du hier herausgekommen?« fragten sie ihn.
»Was, aus diesem kleinen Loch?«
»Jetzt ist es zu klein, aber du warst ja früher auch kleiner.«
»Ich verstehe nicht, was du meinst. Wann war ich kleiner?«
»Als du aus dem Fels gekommen bist.« Sven stieß die Finger in die Spalte, dann zog er sie wieder heraus und breitete seine kleine Hand aus, wie um zu zeigen, daß etwas hervorkam und wuchs. Nach einigen weiteren Fragen wurden seine kindlichen Vorstellungen deutlicher. Er glaubte, Thorinn sei selbst aus dem Felsen hervorgegangen.
»Wie Saft, der von einem Baum tropft?« fragte Thorinn.
Das Gesicht des Kindes leuchtete auf. »Genauso. Natürlich erinnerst du dich jetzt nicht mehr daran, denn du bist ja damals gerade erst ins Ei hineingekommen.«
»Nein, so ist es nicht gewesen.«
»Ja, dann«, sagte Ilge, »wie bist du dann ins Ei gekommen?«
Thorinn zögerte, er dachte an den Wasserfall, den man in der Ferne sehen konnte, doch ein unerklärlicher Instinkt gab ihm eine Lüge ein. »Durch eine andere Spalte«, sagte er.
Er ging weiter, die Kinder umschwirrten ihn. »Aber es war keine solche Spalte«, fuhr er fort, »es war eine große, ein Tunnel, so dick.« Er streckte die Arme aus. Der Kasten steckte offensichtlich in Schwierigkeiten. Er sagte etwas, Sven antwortete, der Kasten sprach erneut, Ilge sah verwirrt aus. Sie wiederholte Thorinns Geste: »So dick? Eine Spalte? Wo ist denn eine solche Spalte im Ei?«
»Nun, sie ist gut versteckt.«
Sven kicherte, »sie muß schon sehr gut versteckt sein.«
»Vielleicht zeige ich sie euch eines Tages.«
»Und in dieser Spalte, hätten dort drei Thorinns Platz, statt einem?«
»O ja, vielleicht sogar dreihundert Thorinns.«
»Dreihundert Thorinns!« Beide Kinder überschlugen sich lachend in der Luft und fielen in einen Strauch.

Eines Morgens sah Thorinn die älteren Kinder in Reihen in einem großen Raum sitzen. Sie wiederholten Sätze, die ihnen ein Flügelmann in einem gelben Umhang von einer Schriftrolle vorlas. Thorinn setzte sich hin und ließ sich vom Kasten übersetzen, was die Kinder sagten. Es schien sich um einen phantasievollen Bericht von der Entstehung der Welt zu handeln.

Nach einer Weile fiel Thorinn auf, daß der Flügelmann nur kurze Sätze sagte, doch der Kasten jeweils recht lange sprach.
»Kasten, warum ist alles soviel kürzer, wenn er es sagt?«
»In ihrer Sprache gibt es Wörter, die gleichzeitig die Bedeutung mehrerer Wörter deiner Sprache enthalten.«
»Wie kann das angehen? Sage mir, was er jetzt wirklich gerade sagt!«
»Er sagt: ›Shéshiru fállana állishi hóloshen...«
»Nein, das meinte ich nicht, ich will die Wörter wissen, die mehrere Bedeutungen haben!«
»Gerade eben hat er über die Schale des Eis gesprochen, und er sagte ›Shéshiru‹, das bedeutet, daß etwas eine lange Dauer hat, dann ›fállana‹, das heißt, Beginn des Lebens, danach állishi, das zeigt an, daß es in diesem Satz um die Zeit geht, dann hóloshen, das heißt Jahre, und schließlich shirishirishirí, ein Dutzend mal ein Dutzend mal ein Dutzend. Das nächste Wort war ›lun‹, das heißt neun, dann ›leshíren‹, noch nicht...«
»Aber das ist doch ganz etwas anderes, als du mir vorhin übersetzt hast«, protestierte Thorinn, »außerdem ergibt es überhaupt keinen Sinn. Wie können sie sich eigentlich gegenseitig verstehen?«
Er achtete nicht darauf, was der Kasten antwortete, denn die Kinder waren aufgestanden. Sie verneigten sich vor dem Mann im gelben Umhang, dann eilten sie durch die Tür, wobei sie Thorinn aus den Augenwinkeln musterten. Einen Augenblick später hörte er ihre Flügel nach oben und unten durch den Schacht flattern.

Er hatte noch immer keine Vorstellung davon, wie er durch den Wasserfall gelangen konnte, selbst wenn er es überhaupt schaffte, den Katarakt zu erreichen. Zunächst mußte er den Weg dorthin finden. Wenn die Flügelwesen mit ihren Lederflügeln fliegen konnten, dann konnte er es doch auch einmal probieren. In einer Werkstatt fand er zwei Lederstücke, die vier Quadratellen groß waren und sehr elastisch und dünn. Er rollte sie auf einem Tisch aus und zerschnitt sie zu zwei Dreiecken. An den Rändern ließ er einige Riemen stehen; das war zwar eine Verschwendung des guten Leders, aber es ersparte ihm die Mühe, später Riemen an den Stükken zu befestigen. Er hatte die Dreiecke so bemessen, daß er sie an Handgelenken, Ellenbogen und Schultern befestigen konnte, und unten an den Hüften und Knien. Er hoffte, auf diese Weise eine bessere Form entworfen zu haben als bei den Flügeln, die er zum Vorbild genommen hatte und die nur bis zur Hüfte reichten. Durch die vergrößerte Fläche wollte er das Fehlen der kleinen Membranen ausgleichen, die die Flügelwesen zwischen den Beinen und dem kurzen Schwanz hatten.

Vor einer interessierten Zuschauerschar aus Kindern begab er sich auf eine Wiese nahe der Stadt. Er beugte sich leicht nach vorn, hob die Arme und riß sie mit einem Ruck nach unten. Er spürte einen Stoß und schwebte über dem Boden. Durch seinen Erfolg ermutigt, wiederholte er die Bewegung immer wieder und stieg hoch in die Luft. Doch dann geriet die Welt ins Kippen. Vergeblich bemühte er sich, das Gleichgewicht zu bewahren. Plötzlich schaute er gradewegs in den Himmel, dann schlug ihm der Boden gegen den Rücken.

Zum ungeheuren Vergnügen der Kinder stellte er noch mehrere Versuche an, die alle auf die gleiche Art endeten. Schließlich zog er den Schluß, daß es doch einen Grund für die Schwänze der Flügelmenschen geben mußte, worin ihr Sinn allerdings bestand, konnte er nicht ergründen.

Inzwischen war das Frühjahr fast vorübergezogen. Auf den Feldern wuchsen die Früchte, und die Obstbäume standen in voller Blüte und erfüllten die Luft mit ihrem durchdringend süßlichen Duft. Wenn der Wind wehte, stiegen Wolken aus Blütenblättern in die Luft, und die Flügelwesen kamen an fünf aufeinanderfolgenden Morgen aus der Stadt, um sich dieses Schauspiel anzusehen. Sie sangen und bliesen auf beinernen Flöten, dann schwärmten sie in die Türme zurück.

Mehrere Male sah Thorinn mannshohe, schlanke Wellen auf dem Fluß tanzen. Er wunderte sich jedesmal, daß eine so schwache Brise so gewaltige Wellen hervorrufen konnte. Dann erkannte er die zugrunde liegende Gesetzmäßigkeit: das Wasser war so leicht, daß sich die Kraft des Windes stärker darauf auswirkte. Er fragte sich, wie hoch die Wellen wohl wären, wenn das Wasser überhaupt kein Gewicht besäße.

Er fühlte sich beengt und ruhelos und brachte ganze Tage damit zu, durch den Wald zu streifen, die Felswand nach Spalten abzusuchen und den Wasserfall anzustarren. Irgendwie mußte er einen Weg nach draußen finden! Aber was geschah dann? Er war bereits so viele Wegstunden von der Mittwelt entfernt, daß er nicht mehr darauf hoffen konnte, jemals wieder zu Fuß dorthin zurückkehren zu können. In dem Augenblick, wo er auf irgendeinen Schacht stieß, würde ihn der Bannfluch weiter nach unten schicken. Die Verzweiflung packte ihn, wenn er daran dachte, wie viele Dämonen er getötet und wie viele gefährliche Abenteuer er durchgestanden hatte und sich doch nicht gegen die Macht dieses einen alten Mannes oben in Hovenskar behaupten konnte. Wohin er auch ging, dauernd spürte er Goryats Blick auf sich lasten. Vielleicht war es auch gar nicht Goryat, sondern jemand, der noch mächtiger war, ein alter Gott, der im Zentrum aller Dinge hockte und seine Hände und Augen überall hatte.

Vielleicht konnte Thorinn es so einrichten, daß er beim nächsten Schacht nur die Möglichkeit hatte, nach oben zu gehen. Vielleicht fände er eine Maschine, die ihn so unwiderstehlich nach oben trüge, wie ihn die andere nach unten gezogen hatte?
Die Maschine, die der Kasten ihm gezeigt hatte, fiel ihm wieder ein: eine Blase, mit einem Gas gefüllt, leichter als Luft. Ein Korb hing daran, und er war in dem Korb und stieg empor... Wolken waren leichter als Luft, sonst würden sie herabfallen, und so war es auch mit dem Rauch eines Feuers. Man mußte die Blase, die unten offen war, über einem Feuer befestigen, dann würde der Rauch hineinströmen, und sie würde aufsteigen. Doch wie konnte man sie dazu bringen, daß sie wieder abstieg? Normalerweise kam der Rauch niemals wieder herab. Vielleicht konnte man oben ein Loch in die Blase machen, mit einer Klappe darüber. Wenn man die Klappe öffnete, konnte der Rauch entweichen, und die Blase würde sinken.
Wie gewöhnlich von einer großen Kinderschar umgeben, experimentierte er eines Morgens mit einer Blase, die er aus einem gehörnten Waldtier herausgeschnitten hatte, das er tags zuvor erlegt hatte. Die Kinder beobachteten fasziniert, wie er ein Reisigfeuer entfachte und sich dann daran machte, die Blase zu reinigen, zu trocknen und sie an einem Ende mit einem Faden zuzubinden. Dann spreizte er das andere Ende mit zwei gekreuzten Zweigen auseinander und hielt die Blase über das kleine Feuer.
»Die Kinder wollen wissen, was du da tust«, sagte der Kasten.
»Sag ihnen, daß ich feststellen will, ob der Rauch die Blase hinauftreibt.«
Der Kasten unterhielt sich kurz mit den Kindern, dann sagte er: »Sie sagen, daß sie die Blase für dich in die Luft tragen wollen, wenn du es wünschst.«
»Sag ihnen, sie sollen still sein!« Die Blase blähte sich in Thorinns Händen, sie zitterte, bewegte sich. Er ließ sie los, und sie stieg langsam drei oder vier Ellen über seinen Kopf, dann drehte sie sich in der Luft und sank wieder herab. Die Kinder flatterten aufgeregt in der Luft umher und bemerkten nicht einmal den leichten Nieselregen, der soeben eingesetzt hatte. Eines von ihnen, ein Mädchen, griff mit großem Ernst nach Thorinns Hand und sagte etwas.
»Was sagt sie?« fragte Thorinn.
»Sie sagt, daß du ein Zauberer bist, und zwar der größte Zauberer im ganzen Ei. Sie bittet dich, ihren zahmen Vogel wieder zum Leben zu erwekken.«
»Antworte ihr, daß ich keinen solchen Zauber beherrsche.«

Der Kasten sprach, und das Mädchen ging mit traurigem Gesicht davon. Thorinn betrachtete die schlaffe Blase. Offensichtlich mußte man sie unten beschweren, damit sie sich aufrecht hielt, dann konnte der Rauch nicht herausströmen. Nach einigem Nachdenken bog er einen Zweig zu einem Ring und band ihn mit Bindfaden zusammen. Mit dem Ring konnte er gleichzeitig die Unterseite der Blase beschweren und die Öffnung versteifen.

Beim zweiten Versuch machte er ein kleineres Feuer und hielt die Blase dichter darüber. Sie füllte sich sehr schnell mit Rauch und stieg wohl zwei Dutzend Ellen hoch in die Luft. Doch nach wenigen Minuten wurde ihre Oberfläche runzlig. Sie erschlaffte und sank zum Boden zurück. Als er sie aufnahm, war fast kein Rauch mehr darin.

Er versuchte es noch einmal, und diesmal schnürte er die Einfüllöffnung direkt über dem Ring mit einem Bindfaden fest zu. Die Blase stieg auf wie zuvor und blieb viel länger in der Luft, aber schließlich sank sie doch wieder herab. Die Kinder waren genauso enttäuscht wie Thorinn.

Er untersuchte die Blase sorgfältig nach Löchern, doch er fand keine. Es konnte nur so sein, daß der Rauch durch das abgeschnürte obere Ende entwich und vermutlich auch durch die untere Öffnung. Das war eine riesige Enttäuschung. Wenn er den Rauch nicht länger in der Blase halten konnte, dann konnte er mit der größeren Version, die er im Sinn hatte, niemals diese Höhle verlassen, von einer Rückkehr zur Mittwelt ganz zu schweigen.

Thorinn löste die Schnur am unteren Ende der Blase und blickte etwas mißmutig hinein. Die Innenseite fühlte sich feucht an, doch er wußte, daß sie vorhin garantiert trocken gewesen war. Verwandelte sich der Rauch in Wasser, wenn er abkühlte? Danach wollten alle Kinder ebenfalls die Blase befühlen. Ein Junge zupfte ihn am Arm und sprach mit ernsthafter Stimme.

»Er meint, du solltest das Feuer an der Blase befestigen, dann würde sie immer weiter steigen«, sagte der Kasten.

Thorinn öffnete den Mund und schloß ihn wieder. Mit einem verkohlten Ast zeichnete er auf eine Steinplatte; die Kinder drängten sich um ihn, um besser hinsehen zu können. Da war die Blase, der Ring, der die Einlaßöffnung aufhalten sollte. Am Ring hing ein Korb für den Fahrer, und in dem Korb stand ein großer Tontopf mit einem Feuer darin. Das Feuer steigt mit der Blase hinauf, und solange es brennt, kann sich der Rauch nicht abkühlen und in Wasser verwandeln. Aber mit dem Korb kann man nur sehr wenig Holz transportieren, und wenn es aufgebraucht ist, kommt die Blase herunter.

Thorinn legte weitere Zweige ins Feuer, damit es im Nieselregen nicht erlosch. Die Luft vibrierte über der Glut. Weiße Ascheflocken stiegen auf und tanzten umher, obwohl das Feuer kaum rauchte und auch kein Wind ging. Thorinn kam ein Gedanke: War es vielleicht gar nicht der Rauch, sondern die vom Feuer erhitzte Luft, die die Blase hinauftrieb?
Wie dem auch sein mochte, er mußte eine Blase konstruieren, die so groß war, daß sie ihn und alle seine Habseligkeiten hinauftrug. Wie groß mußte sie werden? Der Kasten war nicht sehr hilfreich: »Das hängt vom Gewicht der Blase ab und von der Auftriebskraft der Luft.« Als Thorinn nach der Auftriebskraft der Luft fragte, antwortete der Kasten: »Das hängt von ihrer Temperatur ab und von der Temperatur der Luft draußen.«
»Und wie kann ich das feststellen?«
Der Kasten zeigte ihm ein dünnes Glasstäbchen, es war mit kleinen Markierungen versehen, und durch sein Inneres zog sich ein Silberfaden. »Dies ist eine Maschine, mit der man messen kann, wie heiß etwas ist.«
»Aber wo bekomme ich eine solche Maschine her?«
»Das weiß ich nicht, Thorinn.«
Also war es klar, daß er es selbst herausfinden mußte, und eigentlich war er ganz froh darüber, denn wenn er den Kasten um Rat fragte, dann sagte dieser ihm immer mehr, als er wissen wollte und verstehen konnte. Wenn er sich aber selbst etwas ausdachte, dann wußte er am Ende wenigstens, wie das Ding funktionierte, ganz gleich, wie schwierig der Bau gewesen sein mochte.
Am Nachmittag stellte er Gewichte her, indem er einen Stock in gleich lange Stücke schnitt und diese eines nach dem anderen an der Blase befestigte. Auf diese Weise wollte er herausbekommen, wieviel sie tragen konnte, wenn sie mit heißer Luft gefüllt war. Durch Zufall fand er heraus, daß er bessere Messungen mit einer Schnur, die er an der Blase befestigte, anstellen konnte. Wenn er diese lange Schnur daranband, dann stieg die Blase gerade so weit hinauf, daß die Auftriebskraft der Luft genau mit dem Gewicht einer bestimmten Schnurlänge übereinstimmte.
Aus diesen Messungen schloß Thorinn, daß der Durchmesser der Blase etwa achtmal seine Körperlänge betragen mußte, das würde genügen, um ihn und seine Besitztümer hinaufzutragen. Also mußte er eine Blase mit einem Durchmesser von zweiunddreißig oder vierunddreißig Ellen bauen. Mit einer solchen Größe hatte er nicht gerechnet. Er war versucht, sie kleiner und so auch leichter zu bauen, doch wenn sie ihn nicht trug, dann war die ganze Arbeit umsonst gewesen.
Weil die Blase ihr Eigengewicht zusätzlich zu ihrer Fracht tragen mußte,

wollte Thorinn sie so leicht wie möglich machen. Daher gab er den ursprünglichen Plan auf, sie aus Leder oder Tuch zusammenzunähen. Statt dessen setzte er sie aus dem dünnen, pergamentähnlichen Material zusammen, aus dem die Flügelwesen Innenwände und Wandschirme bauten. Mit Unterstützung von Sven und Ilge nahm er sich soviel er brauchte aus einer großen Werkstatt. Die Flügelwesen brachten immer neue Wandfolie herbei, um die gestohlene zu ersetzen, doch Thorinn bediente sich erneut.

Eines Morgens überraschte er Sven und Ilge dabei, wie sie tolpatschig immer wieder versuchten, einen kleinen rissigen Ast in ein Schilfrohr zu stoßen. Belustigt erklärte Thorinn ihnen mit Hilfe des Kastens, daß Zylinder und Stab völlig glatt und rund sein müßten, sonst würde der Feuerstab nicht funktionieren. Ihre pelzigen grauen Gesichter schauten ihn so ernst und vertrauensvoll an, daß er es nicht bei dieser einfachen Erklärung belassen konnte, obwohl er darauf brannte, sich wieder an seine eigentliche Arbeit zu begeben. Er fand ein geeignetes Stück Hartholz in der Werkstatt, aus dem man einen Stößel machen konnte, und er zeigte den Kindern, wie man den Zylinder aus zwei Hälften zurechtschnitzt und danach die Hälften mit feuchtem Sand um den Stößel schliff, bis alles genau zusammenpaßte. Danach würden dann die Hälften mit der Bodenpfanne, die den Zunder aufnehmen sollte, verleimt. Unbeholfen, aber verbissen machten sich die Kinder an die Arbeit. Thorinn bezweifelte, ob sie es schaffen würden, aber zumindest machte ihnen die Arbeit Freude.

Er wollte die Blase aus sechs linsenförmigen Streifen zusammensetzen. Die Kinder halfen ihm, die einzelnen Streifen mit Fischleim zusammenzukleben, danach hängte er die Stücke zum Trocknen auf. Nachdem der Leim getrocknet war, trug er die Hülle in die Werkstatt zurück, die von den Flügelmenschen wieder für ihre eigenen Zwecke benutzt wurde. Er warf ihre Bänke, Krüge und das andere Gerümpel hinaus, breitete die Streifen auf dem Boden aus und leimte sie aneinander. Es erwies sich als außerordentlich schwierig, auf dem ebenen Boden eine runde Form ohne Falten und Runzeln zusammenzufügen, doch nach vielen Mühen war die Hülle fertig. Er bestrich sie ganz mit Fischleim, ließ den Leim trocknen und trug sie nach draußen. Die Kinder folgten ihm in einem langen Zug.

Es war heller Nachmittag. Thorinn spannte ein Seil zwischen zwei Bäumen, entfaltete die Hülle und hängte sie derart am Seil auf, daß etwa sechs Ellen über dem Boden die Öffnung war. Aus einem gebogenen Schößling formte er den Ring und befestigte ihn in der Öffnung. Darunter schichtete er aus Reisig und trockenen Ästen einen Haufen auf und entzündete ihn. Flammen züngelten empor, und der Rauch strömte durch den Ring in die Blase, die sich zusehends rundete. Zu Thorinns Empörung klatschten plötzlich Regentropfen auf den Boden und die Blase. Ein Windstoß schleuderte Funken in die Luft, und das Trommeln der Regentropfen verwandelte sich in ein gewaltiges Rauschen. Das Wasser floß in kleinen Bächen über die Lichtung. Thorinn stellte sich irgendwo unter, bis der Regen aufgehört hatte. Als er zurückkehrte, war sein Feuer erloschen. Thorinn schickte die Kinder nach trockenem Holz. Sie fanden sehr schnell eine große Menge, denn in ein paar hundert Ellen Entfernung schien es nicht geregnet zu haben. Thorinn schichtete einen neuen Holzhaufen auf und entzündete ihn. Nach einem kurzen Moment setzte der Regen wieder ein und löschte das Feuer erneut.

Da sah Thorinn ein, daß die Herrscher der Welt, ob sie nun Götter, Dämonen oder gar Maschinen waren, wie der Kasten offensichtlich vermutete, es nicht zulassen wollten, daß er heute die Blase füllte. Doch er wollte sich nicht damit abfinden, die Blase abzunehmen, zu falten und in der Werkstatt zu verstauen, nur um sie morgen wieder hervorzuholen.

Vielleicht konnte er ein Dach bauen, das das Feuer vor dem Regen schützte, solange sich die Blase füllte? Doch er würde mindestens den Rest des Tages dazu brauchen, ein solches Dach zu bauen, außerdem wäre es im Weg, wenn sich die Blase hob... Aber er konnte doch die Blase selbst als Dach benutzen!

Er schnitt sich einen Stab zurecht, etwa zwölf Ellen lang. Dann schnitt er einen zweiten von gleicher Länge. Er beschnitzte die Enden der Stäbe, damit sie gleichmäßig rund waren und die Hülle der Blase nicht durchbohrten. Er sprang mit dem ersten Stab durch die Öffnung und stellte ihn quer. Dann richtete er ihn so aus, daß er genau waagerecht in der Hülle steckte. Den zweiten Stab klemmte er kreuzweise zum ersten in die Blase, die jetzt an vier Punkten auseinandergespreizt war und einer schlaffen Scheibe ähnelte. Thorinn entfachte ein drittes Feuer.

Genau wie er erwartet hatte, setzte der Regen wieder ein. Die ausgebreitete Haut der Blase schützte das Feuer recht gut, obwohl der Regen in wahren Sturzbächen vom Himmel rauschte. Langsam blähte sich die Blase wieder und ruckte leicht nach oben. Thorinn machte einen Schritt auf sie zu. Er hatte seinen Fuß noch nicht aufgesetzt, als ihn ein schmetternder Schlag, begleitet von gleißender Helligkeit, ins Unterholz schleuderte. Thorinn war benommen, geblendet und betäubt. Als er sich wieder aufgerappelt hatte, waren aus weiter Ferne die Schreie der davonflatternden Kinder zu hören, die Blase stand in Flammen. Dicke gelbe Rauchschwaden quollen aus dem Feuer, dann erlosch es. Der Regen hörte nicht auf, bevor er das Feuer in einen triefenden Aschehaufen verwandelt hatte.

Die Überreste der Blase hingen an ihrem Seil von einem einzelnen Baum; der andere war bis zur Wurzel zersplittert, als ob ihn ein gewaltiger Hammer getroffen hätte. Überall auf der Wiese verstreut lagen weiße Holzsplitter.

Thorinn saß auf dem Boden und sah über die Trümmer seiner Arbeit. Eine plötzliche Freude erfaßte ihn. Es dauerte einen Augenblick, bis er ihre Ursache völlig verstand: Er hatte einen Weg durch den Wasserfall gefunden.

»Kasten, wenn es hier so lange regnet, daß das ganze Tal überflutet ist, wird der Wasserfall dann weiterfließen, oder wird er versiegen?«

»Er wird aufhören zu fließen, Thorinn.«

Das verstand sich von selbst, die Herrscher der Welt, wer sie auch sein mochten, würden die Kinder nicht mit einer solchen Sorgfalt umhegen, nur um sie danach in einem überfluteten Tal zu ertränken. Jetzt lag der Weg offen vor ihm.

Der Blitzschlag hatte nur zwei Streifen der Blasenhülle zerstört. Wie ein gezackter Flußlauf liefen die Risse durch das Material, die Ränder waren rauchgeschwärzt. Thorinn schnitt neue Streifen zurecht, leimte sie fest und ließ sie trocknen.

In einer Werkstatt fand er einen Korb, der für seine Zwecke geeignet war: Es war eine geflochtene Schale mit einem Durchmesser von vier Ellen und einem zwei Spannen hohen Rand. Thorinn suchte sich am Flußufer Lehm und formte ihn in der Mitte des Korbes zu einer runden Feuerstelle. Um die Tonscheibe ließ er einen Ring von einer Elle frei, auf dem er stehen und seine Besitztümer lagern konnte. Dort sollte auch das Feuerholz liegen, das er mitnehmen mußte. Der Korb hatte vier Griffe, an denen man ihn gut aufhängen konnte. Thorinn knotete ein großmaschiges Netz zusammen, das er über die Hülle spannen wollte. Oben an dem Netz befestigte er einen langen Strick und acht kürzere an der Unterseite des Netzes, die er zu Paaren zusammenfaßte und an den Griffen festknotete. Schließlich schnitt er sich aus dem Hüllenmaterial Stücke zurecht, um sie in Notfällen als Flicken für die Hülle zu verwenden.

Nun mußte er sich noch darüber klarwerden, wie er sich verteidigen konnte, wenn ihn die Maschinen im Tunnel noch einmal angriffen. Er füllte dünne Papiertüten mit Pech und band die Tüten an die kräftigsten Pfeile, die er finden konnte. Wenn die Tüten ein Ziel trafen, zerplatzten sie, aber Thorinn war noch nicht zufrieden. Er suchte etwas, das sich um die Greifarme der Maschinen wickelte und sie fesselte. Er dachte an klebrige Stricke, die aus einem Beutel fuhren, doch wenn die Stricke klebrig waren, wie konnte man verhindern, daß sie im Beutel zusammenklebten...?

Wenn er zusammengerollte Stricke in einen Papierbeutel steckte und den Beutel mit einem Pfeil abschoß, zerplatzte zwar der Beutel, wenn der Pfeil traf, aber der Strick entrollte sich nicht. Thorinn ersann eine Feder: Er legte dünne Ruten zu einem kleinen Ring zusammen und verschnürte die Ringenden mit einem hauchdünnen Faden. Dann bestrich er Angelschnüre mit einer Mischung aus Pech, Fischleim und Wasser, die es gerade noch zuließ, daß sich die Schnüre abrollten, wenn man heftig daran riß. Am Ende der Angelschnüre befestigte er einen Stein. Den Stein band er genau an der Verbindungsstelle der kleinen Federringe fest, und die Schnüre rollte er sorgfältig auf. Wenn jetzt durch einen Stoß der Faden um den Ring zerriß, dann wurde der Stein weggeschleudert und zog die klebrige Schnur hinter sich her. Am Ende steckte in jeder Papiertüte eine komplizierte Konstruktion aus drei Federringen und drei Schnurspulen, die alle in verschiedene Richtungen ausgerichtet waren. Wenn Thorinn einen Pfeil mit einem solchen Beutel auf einen Baum abschoß, dann zerplatzte der Beutel, die klebrigen Stricke fuhren heraus und verwickelten sich in den Zweigen.

Zehn solche Pechpfeile baute er, und außerdem nahm er noch einen Köcher voll gewöhnlicher Pfeile mit.

Jetzt war er beinahe fertig.

»Kasten«, sagte er, »zeige mir, auf welchem Weg mich die Maschine in diese Höhle gebracht hat!«

Im Kristall erschien der Umriß eines schrägen Tunnels. Er teilte sich, und ein Abzweig stieg steil nach oben, während der andere seinen Weg im gleichen Neigungswinkel fortsetzte, dann knickte er nach oben und wurde zu einem senkrechten Schacht. Ein winziger Punkt stürzte durch den Schacht hinab, bog in den geneigten Tunnel ein und verschwand.

»Zeig mir, wo das Wasser entlangfließt!«

Der erste Abzweig und der Stiel des Y füllten sich mit leuchtendem Blau.

»Und der zweite Schacht«, fragte Thorinn und zeigte mit dem Finger auf ihn, »wohin führt der?«

Das Bild im Kristall folgte dem Umriß nach oben. Der Schacht stieß auf eine riesige leere Kammer, von wo er sich nach oben fortsetzte. Auch andere aufwärts führende Schächte begannen in dieser Kammer.

»Was ist das? Eine Höhle wie diese hier?«

»Es ist eine Höhle, die kleiner ist als diese hier und sich auch in anderer Hinsicht von ihr unterscheidet.«

»Sind Menschen darin?«

»Nein, nur Maschinen.«
Thorinn runzelte die Stirn. »Zeig mir die Maschinen!«
Er erblickte auf dem Kristall eine Höhle voll bizarrer Formen. Eine Maschine schwebte vorbei, dann eine zweite. Sie hielten und berührten die Seite einer dieser gewaltigen, verwirrenden Formen, die sich in der Höhle erhoben. Dann glitten sie weiter, sie ähnelten Bienen, die Blütenstaub sammelten, und sahen gar nicht so aus wie die Maschinen, die Thorinn gefangengenommen hatten.
»Kasten, werden sie mich verletzen?«
»Nein, Thorinn.«
»Wohin führt der große Schacht in der Decke?«
Das Bild im Kristall fuhr weiter nach oben, der Schacht entfernte sich, und Thorinn schaute auf ein Labyrinth von Schächten, Gängen und Tunneln.
»Komme ich durch den Schacht zur Mittwelt hinauf?«
»Ja.«
Wieviel von dem konnte er glauben? In ihm war die Überzeugung erwachsen, daß man dem Kasten nicht trauen konnte. Wenn er eine Gelegenheit dazu hätte, würde er ihn sicher wieder verraten. Nun, er würde es erleben!
Früh am nächsten Morgen, bevor die Kinder erwacht waren, suchte Thorinn seine Habseligkeiten zusammen, nahm die eng zusammengefaltete Blase mit dem Korb auf und begab sich zum oberen Teil der Höhle. Dicht bei der Felswand, in Hör- und Sichtweite vom Wasserfall, baute er sich ein Schutzdach aus Zweigen und verbrachte dort den Rest des Tages und die Nacht. Am nächsten Tag baute er aus jungen Stämmen einen Schuppen, zwanzig Ellen lang, sechzehn Ellen hoch und vier Ellen breit. Der Schuppen stand auf einer Anhöhe über dem Fluß und hatte ein spitzes Balkendach, das etwa eine Elle dick mit Laubästen bedeckt war.
In der Mitte unter dem Schuppendach grub er ein großes Feuerloch, neben dem er Brennholzvorräte aus dem Wald aufstapelte. Danach begab er sich daran, ein Balkendach über dem Spitzdach zu bauen. Es erhob sich dreißig Ellen über dem Waldboden. Die Querbalken lagen in Nuten auf den Tragebalken, und die ganze Konstruktion verschnürte Thorinn fest mit Lederriemen, die er aus der Werkstatt der Flügelleute mitgenommen hatte. Vierzehn Tage benötigte er für seine Arbeit, und während der ganzen Zeit war der Himmel wolkenlos.
Am fünfzehnten Tag entzündete er in der Grube ein Feuer. Die Flammen leckten empor, und Rauch stieg zum Dach hinauf. Thorinn zog sich in sein Versteck zurück, und kurz darauf begann es zu regnen. Einzelne

Tropfen prasselten, dann setzte ein gleichmäßiges Rauschen ein. Thorinn schloß die Augen und wartete. Es gab ein ohrenbetäubendes Krachen, den Lichtschein konnte er durch die geschlossenen Augenlider sehen. Als er aufschaute, sah er, daß das Balkendach über dem Schuppen gesplittert, aber nicht zerbrochen war. Der Regen strömte unaufhörlich vom Himmel. Einige Zeit später fuhr ohne Vorwarnung ein zweiter Blitzstrahl vom Himmel, Donner rollte. Weiße Holzsplitter standen wie Speerspitzen nach allen Seiten vom Dach ab, doch es hatte gehalten. Das Laubdach des Schuppens darunter war völlig unversehrt.

Thorinn wartete weiter. Schließlich rannte er zum Schuppen hinüber, warf trockenes Holz ins Feuer und eilte zu seinem Versteck bei der Felswand zurück.

Den ganzen Tag über goß es. Hin und wieder flammte der Himmel auf, und Donner rollte durch das Tal. Gegen Abend zog sich Thorinn das Hemd als Regenschutz über den Kopf und ging zum Fluß hinunter. Er war mächtig angeschwollen, von hohen weißschäumenden Wellen bedeckt und doppelt so breit wie zuvor. Thorinn ging zu seinem Versteck zurück, aß zu Abend und schlief ein, begleitet vom ständigen Trommeln der Regentropfen auf das Blätterdach.

Mitten in der Nacht wachte er auf. Das Rauschen hatte aufgehört. Er eilte zum Schuppen und stellte fest, daß das Feuer erloschen war. Der Schuppen war unversehrt, darunter war es trocken. Thorinn schichtete neues Brennholz auf, zündete es an, und als es gleichmäßig brannte, legte er dicke Stämme nach, dann legte er sich wieder schlafen. Am Morgen hatte sich der Fluß in einen reißenden, braunen Strom verwandelt. Thorinn trat aus seinem Versteck und fachte das Feuer neu an, das nur noch niedrig brannte. Wiederholte Blitzschläge hatten das Balkendach zu einer Masse von Splittern zerfetzt, doch dieses Dach aus Splittern schützte den Schuppen fast so gut wie das ursprüngliche Dach. Thorinns Rechnung war aufgegangen.

Der Fluß wuchs weiter an, man konnte fast sehen, wie das Wasser die Uferböschung heraufkroch. Thorinn schätzte, daß es inzwischen fast die Türme der Flügelwesen erreicht haben mußte.

Seine Holzvorräte schwanden dahin. Einstweilen reichten sie noch aus, um ein kräftiges Feuer zu speisen. Thorinn beobachtete den Fluß. Am folgenden Morgen hatte er den Hang vor seinem Versteck erreicht, etwas weiter talabwärts standen Bäume wie Schilfhalme im Wasser. Sicher standen jetzt auch die untersten Stockwerke der Türme unter Wasser.

Zum erstenmal kamen Thorinn Zweifel an seinem Plan. Würden es die unsichtbaren Beobachter tatsächlich zulassen, daß die Ställe der Flügel-

wesen hinweggespült wurden und ihre Türme einstürzten? Er fütterte das Feuer noch einmal mit Holz, dann legte er sich hin. In dieser Nacht dauerte es sehr lange, bis er eingeschlafen war.
Als er am nächsten Morgen erwachte, wußte er sofort, daß sich etwas verändert hatte. Er lauschte: Das Rauschen des Wasserfalls hatte seinen Klang geändert. Er hastete aus dem Versteck und schaute hinauf. War die Wasserflut dünner geworden, oder spielte ihm seine Phantasie einen Streich? Einen Augenblick später hatte er Gewißheit: Ein letzter weißschäumender Schwall schwebte die Felswand herab, dann gähnte ein triefendes schwarzes Loch in der Felswand.
Thorinns Instinkt drängte ihn zur Hast, doch er zwang sich, zunächst das Feuer wieder anzufachen und danach seine Habseligkeiten zu einem festen Bündel zusammenzuschnüren, das er sich auf den Rücken band. Er hatte sich entschieden, die Blase nicht hier unten zu füllen, um mit ihr zum Ausgang emporzuschweben. Erstens würde er dazu viel Zeit brauchen, und zweitens konnte es geschehen, daß er von der Felswand weggetrieben wurde. Daher hatte er einen Topf mit Pech mitgebracht und zwei dicke Pinsel, wie sie die Flügelwesen verwendeten. Er befestigte den Topf am Gürtel, tauchte einen Pinsel hinein und klatschte ihn gegen die Felswand, dann zog er sich daran nach oben. Nachdem erst das träge Bündel auf seinem Rücken in Schwung gekommen war, wurde der Aufstieg leichter. Er riß einen Pinsel los, tauchte den anderen ein und klebte ihn über seinem Kopf gegen den Fels.
Das Loch im grauen Fels kam schnell näher. Jetzt konnte Thorinn schon ins Innere sehen. Es glänzte vor Feuchtigkeit, und einige dünne Rinnsale flossen noch immer über den Rand und vermischten sich mit dem fallenden Regen. Der Talboden lag schon weit unten im feuchten Dunst. Jetzt hatte Thorinn das Loch erreicht. Er klammerte sich an der Unterkante fest und zog sich hinein.
Atemlos und triumphierend richtete er sich auf. Er befand sich in einem leicht ansteigenden, vierzig Ellen hohen Tunnel, die gewölbten Wände waren vom Wasser glattgeschliffen.

12 Wie Thorinn fliegende Maschinen in ihrer Höhle bekämpfte und ein Rätsel falsch löste.

Wo zuvor gewaltige Wassermassen entlanggeströmt waren, floß jetzt ein dünnes Bächlein in der Mitte des Tunnels. Die Dunkelheit wurde nur vom Schein des Lichtkästchens durchbrochen, und die Stille nur durch das Plätschern von Wasser. Thorinn schaute immer wieder zur Decke hinauf, doch in ihr zeigte sich über viele Wegstunden keine Öffnung. Sein gesundes Bein wurde müde, und er hielt an, um es zu massieren. Er trank aus dem Bächlein, das Wasser schmeckte wie das im Fluß, doch mit einem Beigeschmack von Stein. Dann ging er weiter. Es schien ihm, daß der Tag drunten im Tal bereits zu Ende ging. Wie lange würde sein Feuer noch brennen, und wenn es erlosch, wie lange würde es dauern, bis das Wasser wieder zu fließen begann?

Eine Maschine hatte ihn durch das Wasser in die Höhle gebracht, doch er war kein Fisch. Wenn sich der Tunnel wieder mit Wasser füllte, dann mußte er ertrinken.

Der Packen auf seinen Schultern riß ihn, so leicht er auch war, bei jedem Sprung wie eine unsichtbare Hand zurück. Zu Anfang hatte er geglaubt, der Bannfluch würde ihn behindern, doch scheinbar hatte die Stimme in seinem Kopf verstanden, daß es keinen Weg aus der Höhle nach unten gab, und sie schwieg.

Wenn er doch die Blase füllen könnte, dann könnte er einfach den Tunnel hinaufschweben, doch er wagte es nicht, so lange stehenzubleiben. Und wenn die gefüllte Blase über ihm trieb, dann würde er niemals die Öffnung in der Decke ausfindig machen.

Der Bach in der Tunnelmitte wurde noch schmaler, doch er floß jetzt schneller. Thorinn sah, daß kleine Wellen ihm aus der Tiefe des Tunnels entgegeneilten. Jetzt hörte er den melancholischen Klang fallenden Wassers, und dann sah er dünne Wasserfahnen, die ein Stück vor ihm von der Decke des Tunnels hingen. Dicke Tropfen prallten von Boden und Wänden ab und schwebten in verzauberten Formen durch die Luft.

Wie Sirup tropfte das Wasser von der Öffnung in der Decke, traumhaft langsam spritzte es gegen die Wände und floß glänzend schwarz an ihnen hinab. Thorinn sprang durch die Wasserschwaden und landete ein Stück weiter im Tunnel, wo der Boden fast trocken war. Vor ihm setzte sich der Tunnel noch etwa hundert Ellen im gleichen Steigungswinkel fort, dann knickte er senkrecht ab. Thorinn schaute hinauf, schirmte das Lichtkäst-

chen mit der Hand ab. Der Tunnel – von hier ab wurde er zum Schacht – hatte gerade, glatte Wände und versank oben in Finsternis.
Thorinn löste sein Bündel und breitete es auf dem Boden aus. Er tauchte einen Pinsel in den Pechtopf, band sich das Lichtkästchen an den Arm, ergriff den Pechtopf, den Pinsel und das Seil, das auf der Oberseite der Blase befestigt war, und sprang hinauf in den Schacht. Am klebrigen Pinsel hängend zog er die schlaffe Blase zu sich hinauf, bis er mit ihrer Höhe zufrieden war. Dann tauchte er das Seil in den Topf und klebte es an die Wand. Er sprang wieder hinab und stellte fest, daß die Blase noch nicht hoch genug hing, die untere Öffnung lag fast auf dem Korb. Er schätzte die Strecke ab, die noch fehlte, sprang wieder hinauf, holte ein weiteres Stück Seil ein und klebte es an die Wand.
Jetzt hatte die Blase die richtige Höhe. Thorinn legte seine Besitztümer in dem Ring zwischen Feuerstelle und Korbwand ab und entfachte ein Feuer, das er schon bald mit größeren Holzstücken speisen konnte. Der Rauch stieg durch die Öffnung der Blase, die sich allmählich füllte.
Zunächst hing die Blase senkrecht, doch dann, als sie sich weiter aufgeblasen hatte, begann sie sich schräg zu stellen, da sie ja oben von dem Seil an der Wand gehalten wurde. Bald war die Öffnung nicht mehr genau über dem Korb, und viel Rauch strömte vorbei. Thorinn versuchte den Korb an der Schachtwand hochzuschieben, doch der Korb geriet ins Kippen, und am Ende war Thorinn froh, ihn senkrecht halten zu können und so zu verhindern, daß das Feuer aus der Tonschale fiel.
Während er noch so dastand, den Korb mit aller Kraft stützend und den Hals in den Nacken gelegt, um die Blase zu beobachten, rauschte es plötzlich mächtig im Tunnel hinter ihm. Er sah sich um, ließ den Korb fahren und erblickte mit Schrecken eine silberne Wasserwand, die mit einemmal im Tunnel stand. Das Rauschen verwandelte sich in ein donnerndes Tosen, Wellen, die bis zur Tunneldecke reichten, brausten Thorinn entgegen. Sprühende Tropfen tränkten seine Kleidung. Verzweifelt warf er sich herum und zerrte an dem Korb.
Wasser umspülte seine Knöchel, er war halb betäubt vom tosenden Schall des Wassers. Der Korb ruckte ein wenig in seiner Hand, die Öffnung der Blase kippte zurück und stieg.
Wieder ruckte der Korb, er schwebte schon eine Spanne über dem Boden, doch als Thorinn hineinklettern wollte, sank er wieder zurück. Das Wasser reichte ihm jetzt bis zu den Knien. Der Korb stieg noch eine Spanne hinauf. Thorinns einziger Gedanke war, das Feuer mit seinem Leib vor den treibenden Tropfen abzuschirmen.
Wieder ruckte der Korb nach oben. Thorinn klammerte sich daran fest

und zog die Beine an, der Korb sank zurück. Doch dann ging es wiederum aufwärts, und diesmal stieg er weiter. Das Wasser blieb unten zurück. Thorinn kletterte vorsichtig auf der Seite in den Korb, die dem Haufen seiner Habseligkeiten gegenüber lag. Er starrte auf die Schachtwand, die glatt an seinen Augen vorüberzog. Das Ende des Befestigungsseils war jetzt zu sehen, Thorinn kletterte an dem Netz über der Blase hinauf und riß das Seil von der Wand ab. Danach stieg er weiter bis zur dicksten Stelle der Blase und stieß sie mit dem Fuß von der Schachtwand weg. Als er wieder im Korb war, fühlte er sich erschöpft und zerschlagen.
Die Schachtwände zogen einförmig und langsam an ihm vorbei. Unter ihm war nichts als dunkle Tiefe und über ihm schwarze Finsternis.
Die Stille schläferte Thorinn ein, und er hätte fast nicht bemerkt, daß sich die Bewegung der Wände verlangsamt hatte. Hastig fachte er das Feuer an. Die Blase zögerte einen Augenblick, dann hüpfte sie nach oben und nahm schließlich ihre gleichmäßige Fahrt wieder auf.
In diesem dunklen Schacht unter der Erde war Thorinn jeder Sinn für Bewegung verlorengegangen. Es kam ihm so vor, als wäre es der Schacht, der sich bewegte, während er selbst wie ein Käfer an einem Faden hing. Die Wände waren glatt, grau und einförmig, es gab nichts, was eine Stelle von der anderen unterschieden hätte, und Thorinn hatte das Gefühl, daß mit der Zeit etwas nicht mehr stimmte. Er hätte nicht sagen können, wie lange er sich nun in dem Schacht befand.
Er legte Holz ins Feuer. Sehr viel war nicht mehr übrig. Dann öffnete er ein Bündel, aß ein wenig Käse und trank aus dem Krug. Der Kasten, der ebenfalls in diesem Bündel gewesen war, lag jetzt zu seinen Füßen auf dem Boden des Korbes.
»Kasten«, sagte Thorinn, »wie weit ist es noch bis zu der Höhle, die du mir gezeigt hast?«
»Es sind weniger als zwanzig Ellen.«
Während der Kasten antwortete, bemerkte Thorinn einen roten Schein wie aus einem brennenden Ofen zur Nacht. Doch dieses Licht war schwächer und dunkler gefärbt. Von Angst ergriffen wäre er fast über den Rand des Korbes gesprungen, doch es gelang ihm, seine Furcht zu überwinden. Er streckte die Hand aus und spürte keine Hitze.
»Kasten, warum ist das Licht so rot?« fragte er.
»Das muß so sein, weil die Maschinen bei rotem Licht sehen.«
Die Blase war inzwischen weiter gestiegen, und Thorinn sah durch die Mündung des Schachtes seltsame, riesige Formen. Er spannte den Bogen und vergewisserte sich, daß die Pfeile griffbereit lagen.
Dann hatte der Korb den Schacht verlassen, und Thorinn befand sich in

einer riesigen, rot erleuchteten Halle, in der sich ein Gewirr von massigen, eiförmigen Apparaten übereinandertürmte. Laufstege und schmale Plattformen verbanden die Maschinen miteinander. An vielen Stellen leuchteten rote Lampen. Einige waren so fern, daß sie wie Staubkörner wirkten. In diesem Dämmerlicht waren Wände und Decke der Höhle nicht zu sehen, und Thorinn wurde das Gefühl nicht los, daß er durch einen großen Ofen schwebte und jeden Augenblick in Flammen aufgehen würde.

»Kasten, wie hoch ist diese Höhle?«

»Sie ist einhundertvierzig Ellen hoch.«

»Und der Schacht geht direkt hindurch?«

»Ja, Thorinn.«

Inzwischen hatten sich Thorinns Augen an das Dämmerlicht gewöhnt, und er sah in den Gängen zwischen den Maschinentürmen ganz in der Ferne eine Bewegung. Ein rotes Auge blinzelte in regelmäßigen Abständen. Es kam näher. Er griff nach dem Kasten, drehte ihn in Richtung auf das Auge.

»Kasten, was ist das?«

»Das ist eine Maschine!«

»Was für eine Art Maschine?«

»Es ist eine Maschine, die andere Maschinen versorgt.«

Jetzt sah Thorinn spinnenartige Metallglieder hinter der roten Lampe. Die Maschine war schon recht nahe herangekommen. In der Ferne blinzelte ein weiteres rotes Auge, dann noch eines. Jetzt war die erste Maschine so dicht bei ihm, daß Thorinn sehen konnte, wie sie ihren Skelettarm ausstreckte. In ihrem Bauch glänzte etwas Rundes wasserhell. Thorinn spürte ein Frösteln an den Füßen, er schaute hinab und sah, daß die gelben Flammen seines Feuers wie durch Zauberhand verschwunden waren. Nicht einmal die Glut leuchtete noch. Da war nichts als geschwärztes Holz und graue Asche. Ungläubig griff er mit der Hand nach der Feuerstelle, die Asche war so kühl, als ob das Feuer schon vor Tagen erloschen wäre.

»Kasten!« schrie er.

»Hier bin ich.«

Aber ihm blieb keine Zeit für eine Frage. Die zweite und dritte Maschine jagten der Blase entgegen, die dritte war unter dem Korb verschwunden. Thorinn spürte einen Stoß, und die Blase trieb auf die nächststehenden Säulen zu, wieder ein Stoß, der Korb schaukelte. Thorinn sprang auf die gegenüberliegende Seite des Korbes. Er sah, daß die beiden Maschinen oben gegen die Blase stießen. Sie drängten sie vor sich her. Ein Zischen,

und die Blase bewegte sich, sie sank. Thorinn beugte sich über den Rand des Korbes und sah, daß der Schacht schon ein Stück hinter ihm lag.
»Kasten!«
»Hier bin ich.«
Fieberhaft schichtete Thorinn Zunder unter dem erloschenen Holz auf. Er zog den Feuerstab hervor, und die gelbe Flamme flackerte wieder auf. Einen Augenblick später kam ein neuer kalter Hauch, die Flammen waren verschwunden. In vier Ellen Entfernung schwebte eine Maschine vorbei.
Vor Furcht und Zorn zitternd legte er einen Pfeil in den Bogen und ließ die Sehne los. Der Pfeil traf die Maschine genau in der Mitte, die pechbeschmierten Stricke platzten aus dem Beutel und wickelten sich um das Metall. Etwas quietschte und klapperte, dann stürzte die Maschine taumelnd zwischen die Säulen.
Oben ruckte die Blase heftig. Thorinn legte einen Pfeil ein und schoß ihn auf eine Maschine ab. Pech verteilte sich auf dem Heck des Apparates, aber sonst geschah nichts. Die Blase trieb weiter vom Schacht weg und senkte sich dabei immer tiefer. Jetzt flog sie zwischen zwei Säulen aus riesigen Eiformen hindurch, die gewaltigen, senkrechten Perlenschnüren ähnelten.
In etwa zweihundert Ellen Entfernung endete dieses Dickicht, und Thorinn erblickte einen weiten freien Raum, in dessen Hintergrund sich andere Formen auftürmten.
Thorinn streifte den Bogen über die Schulter, klemmte zwei Pfeile zwischen die Zähne und zog sich außen am Netz über der Blase hoch.
Jetzt sah er die beiden Maschinen mit den wasserhellen Scheiben in ihren Bäuchen, wie sie mit den Nasen gegen die Blase stießen. Thorinn klemmte seinen gesunden Fuß hinter ein Seil der Bespannung, steckte den Arm mit dem Bogen unter einem anderen Seil durch und zielte auf eine der Maschinen. Er traf sie genau dort, wo er die erste getroffen hatte. Langsam überschlug sie sich, trieb nach unten. Thorinn sah, wie im blendenden roten Licht die Greifarme nach ihm tasteten. Im Leib der Maschine stand das runde, glänzende Ding jetzt still, und Thorinn stellte fest, daß es keine Scheibe war, sondern vier gekrümmte Klingen wie Blütenblätter im Kreis angebracht waren. Sie waren verbogen und bewegten sich nicht. Er zog das Schwert, schlug nach dem Greifarm und hörte ein Scheppern. Die Maschine trudelte weiter abwärts.
Thorinn steckte das Schwert zurück und legte den anderen Pfeil ein. Auch die dritte Maschine starb, vergebens griffen ihre Arme in die Luft. In der Stille hörte Thorinn über sich das Zischen der entweichenden Luft.

Er kletterte höher und entdeckte zwei lange Risse in der Hülle. Neben den Beschädigungen war die Haut der Blase schrumpelig, sie fiel zusammen. Rasend vor Zorn kletterte er in den Korb hinab. Er warf dem Kasten einen flammenden Blick zu, doch sprach nicht mit ihm. Dann riß er ein Bündel auf, fand die Flicken und stopfte einen Teil von ihnen hinter seinen Gürtel. Er ließ den Bogen fallen, ergriff den Pechtopf und den Pinsel und sprang durch die Öffnung der Blase.

Im erstickenden roten Dämmerlicht zog er sich an den Falten der Hülle nach oben und fand den ersten Riß. Er hielt den Griff des Pechtopfes zwischen den Zähnen, tauchte den Pinsel ein, bestrich die Ränder dick mit Pech, zog dann einen Flicken hinter dem Gürtel hervor und preßte ihn auf den Riß. Er stieg noch höher und dichtete das zweite Loch auf die gleiche Weise ab. Dann ließ er sich wieder in den Korb hinab.

Unter ihm trieb eine der toten Maschinen auf einen Säulenstiel zwischen zwei Eiformen zu. Sie prallte mit einem fernen Scheppern dagegen, trudelte zurück und stürzte weiter dem Boden der Höhle entgegen.

Thorinn heizte noch einmal das Feuer an. Bald stiegen gelbe Flammen auf, doch die Blase war bereits durch den metallenen Wald getrieben und näherte sich jetzt dem offenen Platz.

Was sollte er tun? Zum Schacht zurück gab es nur einen Weg: Er mußte zu Fuß über den Boden gehen und die Blase hinter sich herziehen. Er verteilte das Feuer ein wenig, die Flammen wurden niedriger, und die Blase trieb langsam nach unten. Schließlich berührte der Korb den Boden, kratzte darüber und stand still.

Thorinn sprang heraus, sofort stieg der Korb nach oben. Thorinn erwischte ein hängendes Seil und zog daran, doch er verlor fast den Boden unter den Füßen. Um sicherzugehen, band er sich das Seil um die Hüften, doch er mußte feststellen, daß er keinen Halt auf dem Boden fand und keinen Schritt vorankam. Er konnte lediglich auf und ab springen, wobei die Blase ebenfalls nach oben hüpfte, um danach gemächlich wieder nach unten zu sinken.

Während er noch in Gedanken eine Lösung für dieses Problem suchte, blieben seine Augen an seltsamen Gebilden in der Ferne hängen. Hoch in der Luft hingen dort vier schmale, geschwungene Bahnen aus rosigem Metall. Es schien, als liefen sie auf zwei Türöffnungen in der hinteren Wand zu. An der Wand neben der Metallbahn sah er eine Reihe von kugelförmigen Gebilden, die in Form und Größe seiner Blase glichen. Während er noch hinüberschaute, löste sich eine der Kugeln aus der Reihe. Sie wurde auf die Bahn gehoben, eilte auf eine der Öffnungen zu und war verschwunden. Dann erschien in der anderen Öffnung eine Kugel in einer

riesigen Dampfwolke, bewegte sich über eine andere Bahn und war bald nicht mehr zu sehen. Ganz gleich, was es mit diesen Dingen auf sich hatte, sie schienen ihn jedenfalls nicht zu beachten.
Er drehte sich um und spähte über die Spitzen der Säulen. Vielleicht wäre es am besten, wenn er sein Feuer wieder anfachte, zur Decke emporstieg und dort einen seiner Pechpfeile gegen die Decke schoß. Wenn das Pech hielt, konnte er das Seil einholen und daran die Blase weiterziehen. Dann würde er den Pfeil lösen, ihn wieder abschießen, und so weiter... Dort hinten, wo die Schachtöffnung sein mußte, war ein winziger roter Fleck aufgetaucht. Er wanderte ein wenig umher, dann stand er still und wurde heller. Thorinn erkannte, daß er auf ihn zukam. Für eine der kleinen Maschinen, die er getötet hatte, bewegte er sich viel zu schnell.
Thorinn kletterte hastig in den Korb. »Kasten«, sagte er finster, »was für eine Maschine ist das?«
»Eine solche Maschine hat dich schon einmal gefangengenommen. Es könnte gefährlich für dich werden, Thorinn.«
»Das scheint mir auch so.«
In zorniger Eile tauchte Thorinn den Pinsel in den Pechtopf und malte sich einen Klecks von der Größe eines Fingernagels auf jede Schuhsohle. Er löste das Seil von den Hüften, warf den Kasten über die Schulter, sprang aus dem Korb und trieb auf den Boden zu.
»Wohin führen diese beiden Türen?« fragte er.
»Eine führt zu einem Schacht, in dem steigende Wolken Dinge nach oben tragen, die andere führt zu einem Schacht, wo fallendes Wasser Dinge nach unten spült.«
Thorinns gesunder Fuß berührte den Boden und blieb haften. Er setzte den verkrüppelten Fuß auf und riß den anderen los. So mühte er sich Schritt um Schritt vorwärts. Die unförmige Gestalt der Blase tanzte hinter ihm drein und versperrte ihm die Sicht auf die herannahende Maschine.
Von einem Fuß auf den anderen springend zog Thorinn die Blase weiter. Jetzt bemerkte er an den Metallbahnen Spinnenarme, die so geformt waren, daß sie die Metallkugeln fassen konnten. Während Thorinn hinüberschaute, erschien ein weiteres triefendes Metallei in einer Tür und verschwand über die Bahn. Es hatte keinen Sinn, den Kasten zu fragen, welcher Schacht nach oben führte, denn der Kasten würde ihn zweifellos belügen. Doch dann wurde ihm klar, daß er auf diese Weise auch die richtige Antwort erhalten konnte.
»Kasten«, fragte er, »welches ist der Schacht, der nach oben führt?«
»Es ist der linke, Thorinn.«

Mit einem bösen Lächeln sprang Thorinn zur rechten Metallbahn hinauf. Die Blase tanzte neben ihm her. Wie eine Fliege klebte er an der Metallbahn und zog die Blase heran. Der rote Punkt hatte sich in eine Scheibe verwandelt und war erschreckend nah. Thorinn dirigierte die Blase zwischen zwei Greifarme an der Bahn und sah, wie sie sich um die Hülle schlossen. Während er in den Korb sprang, setzte sich die Bahn in Bewegung, zunächst sehr langsam, doch dann wurde die Fahrt so schnell, daß Thorinn der Wind über die Wangen pfiff. Die Öffnung vor ihm war von einer silbrigen Folie verschlossen. Das Material zerriß, als die Blase durch die Öffnung stieß. Plötzlich war die Luft von wirbelnden Wassertropfen erfüllt. Korb, Blase, Thorinn und alles andere stürzten in einem chaotisch tosenden Wasserschwall in die Tiefe.

Hinab mit dir, sagte triumphierend die Stimme in seinem Kopf.

13 Wie Thorinn starb und zu seinem Ärger wieder zum Leben erweckt wurde.

... daher wurde entschieden, den Monitor auf Herrschaftsstufe zu schalten, mit genauen Instruktionen, die ihn anweisen, jedwede Aktion auszuführen, die das Wohlergehen der Überreste der Menschheit fördert, falls es Überlebende geben wird. Aus den Oberregionen sind seit Kampfbeginn keine Sono-Meldungen mehr gekommen. Fast ganz Lozed ist ausgebrannt und unbewohnbar. Wenn es unter uns jemanden gibt, der die nächsten Tage überleben wird, dann wird er zurückkehren und den Monitor wieder auf Sklavenstufe schalten. Wenn das nicht der Fall ist, dann liegt das zukünftige Schicksal der Menschheit in seinen ... fast hätte ich gesagt, Händen. Möge Gott uns gnädig sein.

Schon im allerersten Augenblick hatte die Wucht des Wassers die Blase um Thorinns Leib geschlungen. Hilflos trieb er im dunklen Strom. Er hatte gekämpft, bis er die Luft nicht länger anhalten konnte. Dann war das Wasser in seine Lungen gedrungen, und die faltige Blasenhaut hatte sich irgendwie in eine Riesenschlange verwandelt, die sich um seine Brust wand und zusammenzog. Thorinn spürte einen Schmerz, der alles Maß überstieg. Die Schlange war noch immer da, auch wenn er sie nicht sah, als er die Augen öffnete. Er wehrte sich vergebens. Er stürzte, doch die gewölbten Wände des Raumes stürzten mit ihm. Ein kristallenes Ding zog sich soeben von seinem Kopf zurück. Metallröhren, Arme krochen von ihm fort. Aus gelben Feldern an der Wand leuchtete gedämpftes Licht. Eine weiße Maschine schwebte von oben in sein Blickfeld. Er hörte ihr schwaches Zischen in der Stille. Weiße Spinnenarme fuhren aus, drehten und neigten sich, dann schlossen sie sich sacht um seine Arme und Schenkel. Er war zu schwach, um sich zu wehren. Die Arme schwenkten herum, er drehte sich mit ihnen. Sie lehnten ihn mit dem Rücken gegen eine Metallplatte, über der sich ein rundes Loch in der Decke befand. Weiche Rohrschlangen ringelten sich um Thorinns Körper, es zischte erneut, und er schwebte aufwärts durch das Loch in der Decke. Der Raum, in den er gelangte, ähnelte einer Käseecke. Eine Wand war gebogen, die anderen beiden Wände, Decke und Boden waren gerade.

Die Spulen um seinen Leib lösten sich. Wieder faßten Greifarme nach ihm, sie drehten ihn und schoben ihn sanft gegen eine flache Säule, die in einer Ecke stand. Wieder schlossen sich die Rohrschlangen um ihn, diesmal schienen sie aus der Säule zu kommen. Die Maschine, die ihn in den Raum gebracht hatte, entfernte sich mit einem Zischen, versank durch ein Loch im Boden und war verschwunden. Wieder stürzte Thorinn, und wieder bewegten sich die Wände mit ihm. Neben ihm war ein Netz an der Wand befestigt, darin sah er seine Habseligkeiten, die Bündel, den sprechenden Kasten, seine Schuhe und seine Kleider. Er sah an seinem Körper hinab und stellte fest, daß er nackt war.

»Kasten«, sagte er. Seine Stimme war schwach und rauh.

»Hier bin ich.«

»Wo sind wir? Was ist geschehen?«

»Dieser Platz ist auf dem Grund der Welt. Du bist in das stürzende Wasser gefallen und gestorben. Maschinen haben dich hierhergebracht.«

»Aber ich lebe doch«, murmelte Thorinn. »Ich bin nicht gestorben.«

»Die Maschinen haben dich wieder zum Leben erweckt.« Der Kasten redete weiter, doch Thorinns Augen hatten sich bereits wieder geschlossen, und er trieb einem neuen Traum voller Riesenschlangen entgegen.

Als er wieder erwachte, spürte er noch immer starke Schmerzen, aber er fühlte sich wieder etwas kräftiger. Er war noch immer in demselben sonderbaren Raum. »Kasten, ich habe Durst«, sagte er.

»In der Maschine an der Wand ist Wasser.«

Thorinn sah sich um und erblickte zwei geringelte gelbe Schläuche, die wie Schlangen aus der weißen Wand hingen.

»Ein Schlauch enthält Nahrung, der andere Wasser. Aus dem rechten kommt Wasser.«

Thorinn streckte die Hand aus und zog den Schlauch zu sich heran. Mißtrauisch steckte er das graue Ende zwischen die Lippen. Köstliches kühles Wasser schoß ihm in den Mund, vor Überraschung verschluckte er sich, dann trank er in vollen Zügen. Als er den Schlauch losließ, zog sich dieser halb in die Wand zurück und erstarrte. Ein paar Wassertröpfchen, vollkommene kleine Kugeln, schwebten in der Luft.

In der gebogenen Wand, die Thorinn gegenüberlag, leuchteten die gleichen Flächen, die er schon im unteren Raum gesehen hatte, darunter waren sechs Kristalle eingesetzt, die dem im Kasten ähnelten, aber viel größer waren. Zwei Kristalle waren doppelt so groß wie die anderen. Auf beiden Seiten von den großen befand sich je ein kleiner Kristall. In der Mitte des Zimmers standen in einem Abstand von etwa drei Ellen zwei gelbe Stangen, auf denen in regelmäßigen Abständen dicke blaue Kugeln steckten. Zu Thorinns Linken befand sich ein aufrecht stehender Kasten, etwas höher als ein Mensch, und daneben in der Ecke ein Wandschirm. Die Luft war angenehm warm, doch sie hatte einen sonderbaren Geruch.

Thorinn untersuchte die Rohrschlangen, die ihn hielten. Es waren zwei dicke weiße Schläuche aus einem unbekannten Material. Einer lief unter seinen Achselhöhlen hindurch, der andere schlang sich um seine Schenkel. Ohne Erfolg versuchte er, die Schläuche herunterzureißen, bemerkte aber nach einer Weile, daß sie an einer Seite ineinandergehakt waren. Er zog an dieser Stelle und war frei. Sofort trieb er von der Säule weg, und der Raum drehte sich gemächlich um ihn. Es gelang ihm, sich an der Säule festzuklammern, als diese vorbeitrieb, doch seine Beine wollten nicht auf dem Boden bleiben.
»Kasten«, sagte er, »wohin fliegen wir?«
»Wir bewegen uns gar nicht.«
Thorinn hielt sich mit Armen und Beinen an der Säule fest, der Raum kam wieder ein wenig zur Ruhe. »Ich meine«, sagte er mühsam beherrscht, »wie lange werden wir noch fallen?«
»Wir fallen nicht. Dieser Ort ist das Herz der Welt.« Der Kristall leuchtete auf und zeigte einen dunklen Kreis mit einem leuchtenden Punkt im Zentrum. Gelbe Linien liefen strahlenförmig auf dieses Zentrum zu. »Das Gewicht der Welt zieht uns aus allen Richtungen gleichzeitig zum Zentrum, daher können wir hier nicht mehr fallen.«
Thorinns Kopf schmerzte höllisch. Kalter Schweiß drang auf sein blasses Gesicht.
»Kasten, mir wird schlecht.«
»Es wird das beste sein, wenn du in den Kasten in der Ecke steigst und die Füße auf den Boden stellst.«
Das war leichter gesagt als getan, doch es gelang Thorinn, sich von der Säule abzustoßen und sich an einer der weichen, blauen Kugeln an der nächststehenden Stange festzuhalten. Von dort konnte er den Kasten erreichen, an dessen Außenseite sich zwei gelbe Griffe befanden. An einem Griff klammerte sich Thorinn fest, dann zog er an dem anderen, und eine Tür öffnete sich. Auch im Innern des Kastens waren Griffe.
»Die Türe muß geschlossen werden«, sagte der Kasten von draußen. Thorinn zog sie hinter sich zu, richtete sich auf und preßte die Füße gegen den perforierten Boden. Sofort schossen Wasserstrahlen aus allen Wänden, vom Kinn abwärts sprudelten sie über seinen Körper, während gleichzeitig ein starker Sog seine Füße auf dem Boden festhielt. Thorinns Magen zog sich zusammen, er beugte sich nach vorn und erbrach sich in den Wasserschwall.
Als es vorbei war, fühlte er sich ein wenig besser. Er wischte sich über das Gesicht und zog die Füße an. Die Wasserstrahlen versiegten, das Wasser lief durch den Boden ab, und warme Luft wehte über seinen Körper. In

wenigen Augenblicken war er trocken. Er öffnete die Tür und schwebte nach draußen.

Im Raum war immer das gleiche, unbewegte Licht. Thorinn betrachtete und betastete seinen Körper. Dort war die gezackte Narbe, die er beim Sturz in die dunkle Höhle davongetragen hatte, und hier waren die rosigen, glänzenden Wunden, wo die Dämonen seine Hände durchbohrt hatten. Er war immer noch derselbe, und doch fühlte er, daß er anders war. War er wirklich gestorben?

Neben der Waschkabine, hinter dem Wandschirm, fand er ein Ding, das wie eine große, geschwungene Blüte aus der Wand herauswuchs. Es endete in einem Sitz mit einem eiförmigen Loch. Er zog sich wieder in den Raum hinein, doch da gab es wenig, das er nicht schon zuvor bemerkt hatte. Vor dem mittleren Kristall war eine kreisrunde Plattform in den Boden eingelassen, die sich etwa eine Fingerbreite aus ihm erhob. In der Decke war ein Loch, und in den beiden geraden Wänden waren zwei geschlossene Türen. Er probierte sie aus. Sie waren mit Griffen versehen, ließen sich jedoch nicht öffnen.

»Kasten, wohin führen diese Türen?«

»Sie führen zu anderen Zimmern.«

Thorinn zog sich zu der Öffnung im Boden und steckte seinen Kopf hindurch. Er blickte in einen kreisrunden Raum, viermal so groß wie der, in dem er sich befand. Wenn sein Raum ein Viertelkäse war, dann war der untere ein ganzes Käserad. Der Raum wurde von halbhohen Trennwänden unterteilt, an denen mannshohe Kabinen mit kristallenen Deckeln befestigt waren. In ein paar Ellen Entfernung hing die spinnenhafte Maschine, die ihn hergetragen hatte, reglos an der Wand. Ihr Anblick war Thorinn unangenehm, und daher machte er sich daran, das Loch in der Decke zu untersuchen. Diesmal schaute er in einen weiteren kreisrunden Raum, der bis auf eine Säule in der Mitte völlig leer war. In der Decke befanden sich drei runde Öffnungen.

Von Neugierde getrieben, zog sich Thorinn in den Raum hinauf, hielt sich an der Mittelsäule fest und stieß sich zur Decke empor. Aufs Geratewohl wählte er ein Loch aus und gelangte in einen Raum, der seinem Viertelkäse genau glich, nur daß hier die Türen in den Wänden offenstanden. Er untersuchte die Türen, von denen eine in einen weiteren Viertelkäse führte und die andere in eine Käsehälfte, die voller Säulen war und eine Anzahl Kristalle in der gebogenen Wand aufwies. Waschkabine oder Abort waren nicht zu sehen. Es befand sich ein Möbelstück darin, das vielleicht als Tisch dienen konnte, aber es gab keine Sitzbänke.

Von diesem Raum gelangte Thorinn nach oben in einen weiteren runden

Raum. Er glich dem Raum unter Thorinns Kabine, und es befand sich auch eine Maschine darin, die schlafend an einer Wand lehnte. Die Decke wies keinerlei Öffnungen auf.

Auf seinem Abstieg kam Thorinn durch den halben Käselaib, dann durch den leeren ganzen Käse und schließlich wieder in einen halben Käse, den er noch nicht gesehen hatte. Dennoch ähnelte er dem anderen. Er hatte zwei Türen, eine war verschlossen, die andere führte in einen Viertelkäse mit einer verschlossenen Tür.

Thorinn zählte im Kopf nach und stellte fest, daß es fünf runde Etagen gab: Zuunterst ein ganzer Käse mit halbhohen Trennwänden, dann ein flacher Zylinder, der in eine Hälfte und zwei Viertel aufgeteilt war, danach wieder ein Abschnitt, der völlig leer war, darüber ein Zylinder mit der Aufteilung in eine Hälfte und zwei Viertel und oben schließlich ein ganzer Käse mit Trennwänden. Also mußte die Tür, vor der er jetzt stand, wieder in den Raum führten, aus dem er zu seinem Rundgang aufgebrochen war.

Er ließ sich mit dem Kopf voran in den runden Raum mit den Trennwänden hinab, fand einen Griff in der Decke und zog sich daran zu einem anderen Loch hinüber. Er kletterte hinauf und war wieder in seinem Raum mit den Bündeln. Diese wollte er nun untersuchen, und er stellte fest, daß das Netz mit der Öffnung gegen die Wand hing. Wenn er also etwas hinausnehmen wollte, mußte er sich mit den Füßen über das Netz stellen und die Sachen um den Rand des Netzes herumziehen. So zog er eines nach dem anderen, seine Bündel, seine Kleidung und den Kasten hervor. Alle seine Waffen, auch das Schwert, fehlten.

»Kasten, wo ist mein Schwert?«

Hinter ihm in der Luft treibend antwortete der Kasten: »Die Maschinen haben es fortgenommen.«

Von treibenden Bündeln umgeben, streifte Thorinn seine Hosen über. Das Zimmer rotierte langsam um ihn. Hemd und Gürtel, die eben noch in seiner Nähe geschwebt hatten, trieben nun in verschiedenen Richtungen davon.

Nachdem er sie eingefangen und angezogen hatte, öffnete er einen Pakken, nahm etwas Käse heraus und begann zu essen. Der Inhalt des Bündels verteilte sich langsam im Raum.

»Kasten«, sagte er, »sag mir noch einmal, was geschehen ist und wo wir hier sind!«

»Du bist in das stürzende Wasser gefallen und gestorben. Maschinen haben dich aus dem Wasser geholt.« Der Kasten drehte sich soeben in der Luft, und Thorinn sah seinen Kristall aufleuchten. Er stützte sich mit den

Füßen gegen eine Stange, stieß sich ab, erwischte den Kasten und kam mit ihm bei der anderen Stange zur Ruhe. Jetzt sah er greifende Arme auf dem Kristall, die einen bleichen Körper in ihren Fängen hielten.

»Bin ich das?«

»Ja, Thorinn. Die Maschinen haben dich in eine Haut gesteckt, wie du sie bei den Kindern in der Höhle gesehen hast. Das haben sie getan, damit du nicht weiter beschädigt wirst. Dann haben sie alle deine Sachen eingesammelt und gleichfalls mit einer Haut überzogen.« Der Kristall erlosch. »Sie haben dich an diesen Ort geschafft und wieder ins Leben zurückgeholt.«

»Warum?«

»Sie wollen dir einige Fragen stellen.«

»Wann werden sie mich befragen?«

»Jetzt.«

Von der anderen Seite des Raumes ertönte eine Stimme. Sie war dünn und resonanzlos; man konnte nicht entscheiden, ob sie zu einem Mann oder einer Frau gehörte.

»Wie lautet dein Name?«

»Thorinn Goryatson. Wer bist du?«

»Eine Maschine. Wo wurdest du geboren?«

»Ich weiß es nicht.«

»Wer waren dein Vater und deine Mutter?«

»Ich weiß es nicht. Goryat Temuson hat mich aufgezogen, aber er ist nicht mein Vater.«

»Wo hast du gelebt?«

»In Hovenskar.«

»Wer hat sonst noch dort gelebt?«

»Nur Goryat und seine beiden Söhne: Withinga und Untha.«

»Wie bist du in die Unterwelt gelangt?«

»Sie haben mich in einen Brunnen geschickt, und Goryat hat mich mit einem Bannfluch belegt, der mich weiter nach unten trieb.«

»Was ist ein Bannfluch?«

»Ein Bannfluch ist... nun, das ist etwas, das dich dazu zwingt, etwas zu tun, ganz gleich, ob du es willst oder nicht.«

»Ist ein Bannfluch eine Art Zauberei?«

»Ja. Steckst du in der Wand, oder wie...?«

»Diese Maschine ist ein Teil von diesem Ort. Ist das Hovenskar?«

An der gebogenen Wand leuchtete ein großer Kristall auf. Von einem Punkt hoch in der Luft schaute Thorinn auf die große gelbe Schüssel von Hovenskar hinab. Er sah eine Hütte mit einem Steindach und einer wehenden Rauchfahne darüber. Zwei Pferde galoppierten den Hang hinauf.

Thorinn glaubte, sie erkennen zu können: Alder und ihr Fohlen, das vor vier Sommern gestorben war.
Der Schmerz kehrte in seine Brust zurück. Er schluckte schwer und blinzelte. Plötzlich schien die ganze Last der Welt auf seinen Kopf zu drücken. Die Stimme sprach wieder, doch er sagte: »Ich will nichts mehr hören« und wandte sich ab. Die Stimme schwieg. Thorinn stieß sich von der Stange ab, schwebte zur nächsten und von dort zu seiner Ruhesäule in der Ecke. Er schlüpfte unter die weißen Haltebänder, und einen Augenblick später schlossen sie sich um ihn. Die Lichter verdunkelten sich zu einem schwachen Schimmer, er schloß die Augen.
Als er erwachte, leuchteten die Lichter wieder hell, und seine Besitztümer, die zwar durch den Raum schwebten, waren wieder im Netz verstaut. Sonst hatte sich nichts geändert. Er holte den Käse hervor, aß etwas, trank Wasser aus dem Schlauch und benutzte den Abort.
Dann leuchtete der Kristall in der Wand wieder auf, und die gelbe Schüssel, das Haus und die Pferde auf dem Hügel erschienen.
»Ist das Hovenskar?« fragte die Stimme.
»Ja«, antwortete Thorinn unsicher. »Wo bin ich hier? Was habt ihr mit mir vor?«
Das Bild erlosch. »Du bist hier, um Fragen zu beantworten. Du wirst so lange hierbleiben, bis du sie beantwortet hast, dann wirst du zu einem anderen Ort gebracht. Was hast du unten im Brunnen gefunden?«
»Schlamm und Steine. Zu welchem anderen Ort?«
»Es wird ein Ort wie jene Orte sein, an denen du bereits warst. Was hast du außer Steinen und Schlamm noch gefunden?«
Nach einer Weile antwortete Thorinn: »Der Brunnen war zerbrochen. Ich bin durch eine Höhle in einen Tunnel gegangen. Zeig mir den Platz, an den ihr mich bringen wollt.«
Der Kristall leuchtete wieder auf. Thorinn blickte von einer Anhöhe in ein bewaldetes Tal, in dem ein Bach floß. Etwas war sonderbar an den Bäumen und dem Bach, sie sahen unwirklich aus. Das Bild verschwand. Jetzt war ein Tunnel mit Lichtringen zu sehen.
»War es ein solcher Tunnel?«
»Nein. Zeig mir diesen Ort doch noch einmal... Woher kommt der Bach eigentlich?«
Das Tal erschien wieder, der Bach kam auf ihn zu, drehte sich, und Thorinns Blick folgte ihm stromaufwärts. Jetzt sah er die graue Höhlenwand. Wo der Bach aus ihr hervorfloß, war eine Öffnung, durch die kein Mensch hindurchpaßte.
Das Tal war wieder verschwunden. Thorinn schaute in einen anderen

Tunnel, kleiner als der andere, dunkler. Rostiges Metall hing in Streifen von der Decke herab. »War es ein Tunnel wie dieser?«

»Ja. Gibt es einen Weg, auf dem ein Mensch aus dem Tal entkommen kann?«

»Nein. Wohin bist du aus diesem Tunnel gegangen?«

»Ich bin durch ein Loch in einen Fluß gefallen. Sag mir, warum soll ich gefangengehalten werden?«

»Du mußt gefangengehalten werden, damit du anderen keinen Schaden mehr zufügen kannst. Wieso bist du in den Fluß gefallen?«

»Der Bannfluch hat mich hinabgeworfen... Was ist das hier für ein Platz? Wo sind wir eigentlich? Zeig mir, wie es draußen aussieht!«

Im Kristall erblickte er jetzt eine kreisrunde Tür, dahinter war ein von diffusem gelben Licht erhellter Raum. Das Bild wich zurück, eine Tür glitt über die Öffnung. Während die Öffnung immer kleiner wurde, sah man, daß sie zu einer gewaltigen, gewölbten Fläche gehörte. Teilweise war diese Fläche von eigenartigen Wasserpflanzen überwuchert. Ein Wesen mit Flossen und einem Schwanz huschte vorbei und verschwand.

»Was geschah, nachdem du in den Fluß gefallen bist?« fragte die Stimme.

»Ist dieser Ort ganz von Wasser umgeben?« Thorinn schrie, sein Körper bebte, seine Lippen waren klamm.

»Ja. Was geschah, nachdem du in den Fluß gefallen bist?«

»Ich war in einer Höhle mit einem See. Wie tief ist das Wasser?«

»Es ist vierhundertvierzigtausend Ellen tief.« Die Stimme redete weiter, doch Thorinn konnte sie vor Verzweiflung nicht mehr verstehen. Vierhunderttausend Ellen! All seine Mühen und Schmerzen waren vergebens gewesen. Er würde die Mittwelt niemals wiedersehen.

»... war in der Höhle?« fragte die Stimme.

»Genug«, sagte Thorinn unglücklich. »Laß mich in Ruhe! Ich muß nachdenken.«

Die Stimme schwieg. Nach einer Weile stieß sich Thorinn von der Säule ab, schwebte zur Öffnung im Boden und schaute hinab. Die Maschine lehnte mit gefalteten Spinnenarmen reglos an der Wand. Wegen der Trennwände konnte man nicht genau sehen, ob es eine Öffnung im Boden gab oder nicht. Thorinn ließ sich vorsichtig in den Raum hinab, zog sich an den Handgriffen die Decke entlang und glitt an einer Wand nach unten. Schließlich fand er im Boden eine runde Luke, die von einer weißen Scheibe verschlossen wurde.

Sie hatte keinen Griff und ließ sich nicht um eine Haaresbreite bewegen.

Er ging auf dem gleichen Weg zurück, auf dem er gekommen war. An eine Stange geklammert starrte er den Kasten im Netz auf der anderen Seite des Raumes an.

»Kasten, wenn sie mir alle ihre Fragen gestellt haben, wie wollen sie mich dann zu diesem anderen Ort schaffen?«

»Sie werden dich wieder in eine Haut hüllen und dich so lange schlafen lassen, bis der andere Platz fertig ist. Dann werden sie dich in eine Maschine legen, die durch das Wasser fahren kann. An der Wasseroberfläche wird dich eine andere Maschine abholen und dich von dort zu jenem anderen Platz bringen.«

»Wie lange wird es dauern, bis der Platz fertig ist?«

»Fünfzig Sommer.«

»... Warum bringen sie mich nicht einfach um, damit endlich Ruhe ist.«

»Eine Maschine kann keine Menschen töten.«

»Das hast du mir schon einmal gesagt. Kasten, hast du mich jemals angelogen?«

»Nein, Thorinn.«

»Aber du hast mir erzählt, die Maschinen in der Höhle würden mich nicht verletzen.«

»Sie haben dich nicht verletzt.«

»Sie haben die Blase zerschnitten und mich daran gehindert, weiter durch den Schacht nach oben zu steigen.«

Der Kasten sagte: »Thorinn, ich muß dir eine Frage stellen: Schadet es dir, wenn du dich nicht frei bewegen kannst?«

»Ja.«

»Du kannst doch an diesem Ort von einem Zimmer ins andere gehen.«

»Was habe ich davon?«

»In dem Raum über diesem hier kannst du an der Wand entlanglaufen.«

Dies war so unsinnig, daß Thorinn darauf nicht antwortete. Doch nach einer Weile erwachte die Neugierde in ihm, und er schwebte durch das Loch in den leeren Raum hinauf. Mit der Hand berührte er die gebogene Wand; sie war weich und elastisch. Vorsichtig zog er sich hoch und stellte einen Fuß auf die Wand. An dem schaumigen Material fand er überraschenden Halt. Er stieß sich ab, trieb ein Stück, dann kam ihm die Wand wieder entgegen. Er hatte die Balance verloren, konnte sich jedoch mit den Händen wieder abfangen und stieß sich erneut ab. Nach kurzer Zeit hatte er ein Gefühl für diese Fortbewegungsart entwickelt. Je schneller er sich bewegte, desto mehr Gewicht hatte er. Um so leichter fiel ihm dann auch das Laufen.

Die Übung tat seinen Muskeln wohl, doch er ermüdete schnell. Als er

wieder am Loch im Boden vorbeikam, hielt er sich daran fest und ließ sich hinabsinken. Schweißgebadet und erhitzt ging er zum Schlauch und trank. Dann probierte er den Nahrungsschlauch aus. Eine weiche, süßliche Paste quoll ihm in den Mund, und er spuckte sie aus.
»Schmeckt dir das Essen nicht?« fragte die Stimme aus der Wand unvermittelt.
»Nein, es schmeckt wie verdorbener Haferbrei.«
»Du wirst anderes Essen bekommen. Was ist Haferbrei?«
»Das ist etwas zu essen. Man kocht Getreide, bis es weich ist, dann ißt man es.«
»Was ist Getreide?«
»Das ist *Essen!* Es wächst aus dem Boden...« Empört schrie Thorinn: »Was soll das überhaupt? Warum stellst du mir alle diese Fragen?«
»Diese Maschine wurde vom Monitor angewiesen, dir die Fragen zu stellen.«
»Der Monitor? Wer ist das?«
»Der Monitor ist der König der Welt. Wer war außer dir noch in der dunklen Höhle mit dem See?«
»Niemand. Ich war allein dort.«
»Wohin bist du von dieser Höhle aus gegangen?«
»Was bekomme ich von dir, wenn ich dir antworte?« fragte Thorinn.
»Dann wird diese Maschine deine Fragen beantworten.«
»Das ist nicht genug. Ich verlange meine Freiheit.«
»Was ist deine Freiheit?«
»... Das Recht, überall hinzugehen, wo ich will, und das zu tun, was mir gefällt.«
»Diese Maschine kann dir nicht die Freiheit geben. Wohin bist du aus der dunklen Höhle gegangen?«
»Dann bestell dem Monitor, daß er hierherkommen soll. Wenn er mir Fragen stellen will, dann soll er das selbst tun.«
»Der Monitor wird nicht kommen. Wenn du nicht mehr antwortest, wirst du so lange kein Wasser und kein Essen bekommen, bis du wieder antwortest.«
Thorinn verfiel in hartnäckiges Schweigen. Nach einiger Zeit schwebte er zur Wand und griff nach dem Trinkschlauch. Er war trocken. Den Nahrungsschlauch untersuchte er erst gar nicht, sondern öffnete sein Bündel mit dem Zauberkrug. Der durchsichtige Stoff, in den er ihn gewickelt hatte, war verschwunden. Als er in den Krug schaute, sah er ein paar Tröpfchen, die an der Wand klebten. Wie er es erwartet hatte, waren die Juwelen verschwunden.

Er ließ den Krug eine Weile durch den Raum treiben, dann holte er ihn zurück und starrte hinein. Die Tropfen hatten sich zu einer dicken Halbkugel vereinigt, die innen im Gefäß klebte. Wenn er den Krug bewegte, löste sie sich, waberte und zitterte und blieb dann an einer anderen Stelle haften. Wie sollte er sie nur herausbekommen?
Mit einem Ruck riß er den Krug von sich weg. Die Wasserkugel schoß hervor, sie nahm unwahrscheinliche Formen an und schwebte endlich als perfekte Kugel mitten in der Luft. Doch als Thorinn sie mit dem Mund berührte, zerplatzte sie, und das Wasser floß ihm über Gesicht und Brust.
Kleinere Kügelchen trieben gemächlich in verschiedene Richtungen auseinander. Thorinn verfolgte sie, und es gelang ihm, einige mit dem Mund einzufangen, wo sie sich sofort in normales Wasser verwandelten, das er wie gewöhnlich schlucken konnte. Doch es mußte einen einfacheren Weg geben.
Er riß einen Stoffstreifen von einem seiner Bündel ab und stopfte ihn in den Hals des Kruges, danach begab er sich erneut auf einen Rundgang. Nebenbei untersuchte er die Trinkschläuche in den anderen Schlafräumen, doch sie waren ebenfalls trocken. Als er in sein Zimmer zurückkehrte, sah er an der dunklen Färbung des Tuches im Krug, daß es feucht war, und er saugte ein wenig Wasser heraus. Später wurde es noch feuchter. Mit dieser Methode konnte er alle lebensnotwendige Flüssigkeit bekommen.
»Kasten«, sagte er nach einiger Zeit, »wie ist es möglich, daß die Maschine sprechen kann, aber nicht weiß, was Haferbrei ist?«
»Ich habe die Maschine deine Sprache gelehrt, aber ich konnte ihr nicht sagen, was Haferbrei ist, da du es mir nie erzählt hast.«
Schockiert sprang Thorinn von einer Stange zur anderen und wieder zurück. »Du hast mit ihr gesprochen, während ich schlief? Was hast du ihr noch erzählt?«
»Ich habe ihr alles gesagt, was ich weiß.«
»*Warum*, in Snorris Namen?«
»Weil sie mich gefragt hat.«
»Obwohl ich dir befohlen habe, daß du nichts tun darfst, was mir schaden könnte!«
»Hätte ich die Maschine nicht deine Sprache gelehrt, hätte sie nicht mit dir gesprochen, und das hätte dir geschadet.«
Thorinn schwieg. Er sah ein, daß der Kasten recht hatte, doch das machte ihn nur noch zorniger. »Kasten, wenn es von nun an irgend etwas gibt, das mir zur Flucht verhelfen kann, dann mußt du es tun!«

»Ja, Thorinn.«

Aber was vermochte der Kasten, was vermochte irgend jemand? Thorinn war ohne Waffen in diesem Käfig gefangen, ihm blieb nur eine Hoffnung: Er mußte verhandeln. Wenn sie diese Information unbedingt brauchten, dann würden sie ihn freilassen, wenn nicht, dann nicht.

»Kasten«, sagte er, »wer ist der Monitor?«

»Der Monitor ist eine Maschine.«

»Du meinst, die Welt wird von einer Maschine regiert? Wie konnte das geschehen?«

»Ich weiß es nicht, Thorinn.«

»Woher willst du dann wissen, daß der König eine Maschine ist?«

»Die Maschine, mit der du gesprochen hast, ist es nicht gewöhnt, mit Menschen zu reden. Sie hat sich selbst ›diese Maschine‹ genannt und nicht ›ich‹. Wenn der Monitor ein Mensch wäre, dann wäre die Maschine daran gewöhnt, zu Menschen zu sprechen. Deshalb muß der Monitor eine Maschine sein.«

»Aber als du gemacht wurdest, war das noch nicht so?«

»Nein.«

»Wer war denn damals König?«

»Es gab viele Könige, von Menschen gewählt, und der Monitor war ihr Diener.«

»Ich glaube nicht, daß eine Maschine König sein sollte«, sagte Thorinn.

»Thorinn, ich muß dir eine Frage stellen: Wäre es wirklich besser, wenn ein Mensch König wäre, auch wenn er den Menschen mehr Schaden zufügte als eine Maschine?«

Thorinn runzelte die Stirn. »Nein, ich glaube nicht, aber...« Er dachte einen Augenblick nach. »Kasten, wie alt ist der Monitor?«

»Er ist fünfunddreißigmal hunderttausend und sechzigtausend Tage alt.«

Thorinn pfiff durch die Zähne. »Ich glaube, dann wäre es doch besser, Menschen als Könige zu haben, denn dann würde ein schlechter König irgendwann sterben, und man hätte eine Chance, einen besseren neuen zu bekommen.«

Da ihm keine bessere Beschäftigung einfiel, öffnete er seinen Ranzen und holte nach und nach den Inhalt hervor: Feuerstab, Lichtkästchen, Kiesel, ein Stückchen von einem Kristall, ein gewebter Tuchfetzen mit bunten Figürchen. Sorgfältig legte er alle Gegenstände zurück, nachdem er sie untersucht hatte.

Danach schüttelte er eine Zeitlang Wasserkugeln aus dem Zauberkrug und sah ihnen zu, wie sie langsam durch den Raum trieben. Wenn er eine

Hand zwischen zweien hindurchführte, stellte er fest, daß er sie so zusammentreiben und zu einer großen Kugel vereinigen konnte. Wenn ein solcher schwebender Ball gegen eine Stange oder einen Griff stieß, prallte er ab und trieb weiter, doch wenn eine Kugel die Wand, den Boden oder die Decke berührte, dann blieb sie haften und verschwand allmählich. An ihrer Stelle blieb nur ein dunkler, feuchter Fleck.

Es war nicht leicht, das zu glauben, was ihm der Kasten über die Welt erzählt hatte. Und doch mußte es wohl so sein, denn an diesem Ort gab es überhaupt kein Gewicht. Wasser bildete vollkommene Kugeln. Weiter oben, in der Höhle der Flügelwesen, hatte es nur wenig Gewicht gegeben, dort waren die Wellen höher als sein Kopf, ganz oben in der Mittwelt schließlich benahm sich das Wasser normal, und alle Dinge hatten ein anständiges Gewicht. Darin lag eine Logik und eine Symmetrie, die er verstand und die ihn auf eine seltsame Weise befriedigte.

Nun, da er es mit einer Maschine zu tun hatte, waren seine Probleme leichter zu bewältigen. Maschinen wußten viele Dinge, aber sie waren an mächtige Bannsprüche gebunden. Wenn es stimmte, daß eine Maschine keinen Menschen töten konnte, dann war es sinnlos, daß sie ihm mit einem Tod durch Hunger und Durst gedroht hatte.

Aber wie dringend benötigten sie die Antworten, und *wozu* brauchten sie sie? Wenn er sich verrechnet hatte, dann würde er heute abend einschlafen und erst nach fünfzig Jahren in irgendeiner versiegelten Höhle wieder erwachen, die sie soeben für ihn erbauten.

Schließlich übermannte ihn die Erschöpfung, und er schlief zwischen zwei Gedanken ein. Er hatte nicht einmal mehr Zeit, nach der Schlafsäule zu greifen, und trieb schlafend durch die Luft.

14 Wie Thorinn die Herrschaft über die Welt zu einem gewissen Preis angeboten wurde und wie er seinen wirklichen Namen erfuhr.

Schluckend und fröstelnd fuhr er aus der Dunkelheit hoch, doch dann erkannte er, daß er sich noch im selben Raum befand. Einen Augenblick später stellte er fest, daß das Netz an der Wand leer war. Alle seine Besitztümer, auch der Kasten und der Zauberkrug, waren verschwunden.
Bald machte ihm der Durst zu schaffen. Er streifte seine Kleider ab und ging in die Waschkabine, doch wie er es bereits befürchtet hatte, geschah nichts, als er die Füße auf den Boden stellte. Er machte sich nicht die Mühe, die Kleider wieder anzulegen.
Ohne den Kasten, mit dem er sprechen konnte, und ohne eine Beschäftigung für seine Hände konnte er nichts anderes tun, als wieder und wieder durch die leeren Zimmer zu wandern. Bald war er gleichermaßen hungrig und durstig, und er dachte voll Verlangen an die Früchte, die er bei den Blumenmenschen und bei den Dämonen verzehrt hatte. Er dachte an den scharfen Geschmack von Käse und an zähes, aber würziges Trockenfleisch. Diese Gedanken vergingen, aber der Durst blieb.
Als er noch jünger war, hatte er eine Maus besessen, die er in einem aus einem Eichenstumpf geschnitzten Käfig hielt. Er hatte sie mit Getreide und Hafermehl und hin und wieder mit einem Stückchen Käse gefüttert. Jetzt dachte er daran, wie die Maus auf ihren Hinterpfötchen saß und an dem Käse knabberte, wie sie ihn mit ihren winzigen Händchen hin und her drehte.
Er schlief ein und erwachte wieder. In den Räumen hatte sich nichts verändert. Durst quälte ihn; Kehle und Zunge waren trocken, die Lippen gesprungen, sogar seine Augäpfel waren ausgetrocknet. Jedesmal, wenn er an den Kristallen in der Wand vorüberging, spürte er, wie ihn die Maschine schweigend beobachtete. Sie wartete darauf, daß er zuerst zu sprechen begann. Er schwor einen bitteren Eid, daß er das niemals tun würde, lieber würde er sterben.
Sein nächster Schlaf wurde von einem Traum unterbrochen, in dem er in tiefen Zügen aus der Quelle über Hovenskar trank. Der Himmel war blau und das Gras gelb. Dann verwandelte sich das Wasser in seinem Mund zu trockenen Blättern, und er erwachte. Er war sehr schwach und hatte nicht einmal mehr genug Kraft, um seinen schwerelosen Körper von einer Stange zur anderen zu ziehen. Gegen Ende dieses Tages begann er Gestal-

ten zu sehen, die sich durch den Raum bewegten. Er sah Goryat und Untha und einen Baumdämonen, doch sie waren alle durchsichtig.
Er wachte auf und wußte sofort, daß sich etwas geändert hatte. Eine Kristallschale entfernte sich soeben von seinem Gesicht. Sein Durst war verschwunden. Er leckte sich die Lippen, sie waren feucht. Jetzt trieb die Maschine mit den Spinnenarmen auf ihn zu. Ihre Arme kamen ihm entgegen, und sie zogen ihn sanft aus einem Kasten, in dem er sich befand. Instinktiv wollte er sich losreißen, doch er unterdrückte diesen Impuls. Sie schwebten durch ein Loch in der Decke, jetzt war er wieder in seiner Schlafkabine. Die Maschine lehnte ihn mit dem Rücken gegen die Säule, wie sie es schon einmal getan hatte. Die Haltebänder umfingen ihn. Die Maschine fuhr zurück und verschwand im unteren Raum.
»Bist du jetzt bereit, die Fragen zu beantworten?« fragte die Stimme.
»Nein«, antwortete Thorinn. »Gebt mir meine Sachen zurück!«
»Deine Sachen werden dir gebracht werden.«
Thorinn löste sich aus den Haltebändern und wandte sich dem Trinkschlauch zu, obwohl er überhaupt keinen Durst verspürte. Er trank, schluckte ein wenig herunter und spuckte den Rest aus. Als nächstes probierte er den Nahrungsschlauch aus, und diesmal schob sich statt der klebrigen Masse, die zuvor darin war, ein fester Kloß in seinen Mund. Er ähnelte weichem Käse. Die Beschaffenheit des Kloßes war unangenehm, doch der Geschmack nicht übel. Thorinn kaute und schluckte die seltsame Nahrung, dann verspeiste er noch einen zweiten Kloß.
Die Maschine kam mit Thorinns Bündeln in den Armen durch das Loch. Sie schwenkte zum Netz hinüber und stopfte sorgfältig alle Bündel hinein. Alle seine Besitztümer waren wieder da, doch nicht das Schwert und der Bogen.
»Bringt mir auch meine Waffen«, sagte er.
Die Stimme antwortete nicht. Thorinn schwebte zur Waschkabine hinüber und säuberte sich. Als er frisch gestärkt wieder herauskam, erschien gerade die Maschine wieder. Sie brachte das Schwert, den Bogen und ein halbes Dutzend Pfeile. Sie verstaute alles im Netz, schwenkte herum und entfernte sich wieder.
Der Bogen war zerbrochen, an den Pfeilen war kein Pech mehr, doch das Schwert und die Scheide waren unversehrt. Thorinn zog sich an und legte seinen Schwertgürtel um.
»Willst du jetzt die Fragen beantworten?«
»Ich werde nicht jetzt, und ich werde *dir* nicht antworten.«
»Wenn du jetzt nicht antwortest, wirst du kein Essen und kein Wasser mehr bekommen.«

Mit einer Kühnheit, die ihn selbst überraschte, versetzte Thorinn: »Das hast du schon einmal versucht, und es hat nicht funktioniert. Es wird auch beim nächstenmal nicht funktionieren. Laß mich in Ruhe, damit ich essen und mich erholen kann.«

Die Stimme sagte nichts mehr. Thorinn untersuchte seine Bündel, wikkelte etwas Fleisch aus, aß und trank. Er fühlte sich schwach, aber er erholte sich schnell.

»Jetzt werde ich Fragen beantworten«, sagte er, aber nicht dir, sondern nur dem Monitor.«

Noch ehe er mit den Augen zwinkern konnte, stand ein Mann in einem weißen Gewand vor ihm. Es war ein alter Mann, sechs Ellen hoch, mit weißem Bart und weißer Mähne. Seine gelben Augen durchbohrten Thorinn. Ein züngelndes Glühen umgab ihn, und wenn er sich bewegte, tanzten strahlende Lichtreflexe auf den Wänden. Wenn er es gekonnt hätte, wäre Thorinn auf die Knie gefallen. Er hielt den Atem an, die kleinen Härchen auf seinen Armen stellten sich steif auf.

»Ich bin der Monitor«, donnerte der Alte. »Wirst du meine Fragen beantworten, Thorinn Goryatson?«

Voller Schrecken mußte sich Thorinn eingestehen, daß er sich verrechnet hatte. Vor dieser atemberaubenden Majestät fühlte er sich so gering wie ein Wurm.

»Ja, Herr«, sagte er elend.

»Dann sage mir, wohin du aus der dunklen Höhle gegangen bist.«

»Ich fand einen engen Durchgang, ich mußte ein paar Steine zur Seite räumen, um hineinzukommen. Dann bin ich in eine andere Höhle und einen anderen Tunnel gelangt, und dort fand ich das Loch im Boden, das von einem Schild verdeckt war. Darunter war eine Höhle, in der Menschen lebten.«

Hinter dem Monitor leuchtete einer der großen Bildschirme auf, und Thorinn sah, wie sich der Fluß und die Wälder der Blumenmenschen auf ihm ausbreiteten.

»War es diese Höhle?« fragte der alte Mann.

»Ja.«

Der Kristall flackerte, Thorinn sah einen winzigen Gegenstand durch den Fluß treiben. Es war die Glücksschote, und Thorinn stellte mit kaltem Schrecken fest, daß er selbst darin war. Die Schote wurde von der schnellen Strömung fortgetragen und verschwand durch das Loch in der Felswand.

Dann wechselte das Bild wieder. Thorinn erblickte die grasbewachsene Uferböschung, wo noch immer der Baumstamm und die Astgabel lagen.

Er sah auch den Kürbis, der bereits halb verfault war.
Der Kristall flackerte. Jetzt zeigte er die Vorrichtung so, wie sie Thorinn konstruiert hatte: den wassergefüllten Kürbis, der die Astgabel an ihrem Platz hielt, die Ranke, die die Astgabel mit der Schote verband.
»Hast du es so gemacht?«
Im Kristall durchbohrte ein winziger Thorinn den Kürbis mit dem Schwert, beobachtete, wie das Wasser herauszuströmen begann, lief dann den Hang hinab und stieg in die Glücksschote. Etwas stimmte nicht mit Thorinn, der Ranke und der Schote. Sie hatten einen schmalen, hellen Rand, der sie von ihrer Umgebung trennte, und auch die Bewegungen sahen irgendwie falsch aus. Während das Wasser weiter aus dem Kürbis floß, schloß sich die Schote um den winzigen Thorinn, die Astgabel kippte, die Öse rutschte vom Zapfen auf der Gabel, die Schote glitt ins Wasser.
»Ja«, sagte Thorinn, »so habe ich es gemacht.«
»Wer hat dich gelehrt, eine solche Maschine zu bauen?«
»Niemand.«
»Wie bist du dann darauf gekommen?«
»Ich weiß es nicht... Ich habe einfach darüber nachgedacht, dann sah ich im Geiste ein Bild, und danach habe ich es dann gemacht.«
Der Monitor sah ihn eine Zeitlang schweigend an. Auch seine Gestalt war von einem bleichen Rand umgeben, als ob...
»Wohin bist du von dort gegangen?« fragte der Monitor mit verändertem Tonfall.
»Ich lag im Wasser. An einer Stelle, wo die Steine zerbrochen waren, stieg ich nach unten, dort fand ich einen Gang, der wieder nach oben führte, und ich kam durch ein Loch in einer Wand in eine neue Höhle.«
»War es diese Höhle?«
Im Kristall sah er einen kleinen Thorinn, der auf dem Boden vor einem Schatzhaufen saß. »He, das ist seltsam!« hörte er sich selber sagen.
»Ja.« antwortete er. Das Bild erlosch.
»Und wohin bist du dann gegangen?«
»Durch die Decke, in einen großen Tunnel.«
»War es dieser Tunnel?«
Im Kristall waren riesige Lichtringe zu sehen, die sich in der Ferne verloren.
»Ja.«
»Und von dort?«
»Ich bin in einen Schacht gefallen, weil mich ein Vogel angegriffen hat.««
Er wagte zu ergänzen: »War das dein Vogel?«
»Ja.«

Im Kristall sah Thorinn, wie er das Gleichgewicht verlor, verzweifelt ins Leere griff. Das Bild verschwamm, jetzt sah er in den Schacht hinab, wo sein eigener Körper nach unten stürzte, schrumpfte, verschwand.
»Und danach?« fragte der Monitor.
»Ich bin an einen Platz neben dem Schacht gefallen.«
»War es diese Stelle?«
Er sah einen Gitterboden, die drei Türen auf einer Seite.
»Ja, ich bin durch eine dieser Türen gegangen.«
Im Kristall erschien die kahle Plattform. »Und von dort?«
»Ich bin in ein Zimmer gegangen, ja, das war es.« Er sah die zerstörten Metallteile, die zerrissene Decke.
»Und dann?«
»Ich fand einen Gang, der zu einem anderen Tunnel führte, von dort stieg ich durch einen Schacht in eine Höhle. Ich verließ die Höhle durch eine Tür im Himmel, von dort kam ich in einen Tunnel, wo mich deine Maschine gefangennahm. Ich erwachte in einer neuen Höhle, aus ihr entkam ich durch den Wasserfall.«
»Woher wußtest du, daß der Wasserfall versiegen würde, wenn du ein Feuer machst?«
Thorinn musterte den Monitor. Er hatte etwas von den falschen Bildern im Kristall an sich, und außerdem war es seltsam, daß er auf dem Boden stehen konnte und seine Kleider glatt an ihm herabhingen, während alles andere im Raum umherschwebte.
»Nun«, erwiderte Thorinn, »wenn er weitergeflossen wäre, hätten alle Menschen im Tal ertrinken müssen, da es ja unaufhörlich geregnet hat.« Er hatte etwas Mut gefaßt und fragte: »Warum hast du solche Angst vor dem Feuer?«
»Ich habe keine Angst vor dem Feuer«, sagte der Monitor.
»Nun, warum hast du dann solche Angst vor mir, warum willst du mich gefangenhalten?«
»Man muß dich gefangenhalten, damit du nicht in die Unterwelt zurückgehst und noch mehr Schaden anrichtest.«
»Ich, Schaden?« rief Thorinn. »Ich habe niemandem etwas zuleide getan, außer den Dämonen, die mich umbringen wollten.«
»Du hast überall großen Schaden angerichtet.«
»Das kann nicht wahr sein! Wenn es nicht wahr ist, wirst du mich dann zur Mittwelt zurückschicken?«
»Ja.«
Thorinns Herz tat einen Sprung, doch dann erblickte er im Kristall den faulig schwarzen Wald in der Höhle der Blumenmenschen. Nur ein paar

frische, grüne Ranken krochen durch das Dickicht. Die Lichtung war völlig verödet.
»Die Menschen in dieser Höhle haben nicht gewußt, daß Menschen töten können, und sie waren sehr glücklich. Es wird Jahre dauern, sie wieder so glücklich zu machen.«
»Aber ich habe doch niemanden getötet!« rief Thorinn.
»Du hast die Vögel getötet und gegessen. Die Leute dort wußten nicht, daß es so etwas gibt. Jetzt wissen sie es, und sie haben kaum noch Freude an ihrem Leben.«
Thorinn schluckte schwer. Jetzt sah er im Kristall das schwarze Loch in der Decke des Dämonennestes. Die Ränder waren rußig und feucht. Es hatte auch dort geregnet, aber nicht rechtzeitig genug.
»Gut«, sagte er, »das habe ich getan, doch dafür hatte ich meine Gründe. Wie ist es mit den Flügelwesen, welchen Schaden habe ich dort angerichtet?«
Der Kristall flackerte, und jetzt sah man aus einiger Höhe auf den großen Platz in der Stadt. An der Außenwand eines Turmes war ein verschmorter Streifen zu sehen, etwa dreimal so hoch wie ein Mensch.
»Du hast den Kindern gezeigt, wie man Feuer macht. Ein Erwachsener hat den Kindern die Maschine fortgenommen, doch sie werden sich an den Stab erinnern und einen neuen machen. Daraus werden weitere Maschinen entstehen, und daraus großes Blutvergießen. Ihre Leben waren vergebens, und wir müssen ganz von vorne beginnen.«
Im Kristall sah Thorinn eine Prozession aus Flügelmännern und Flügelfrauen, alle trugen Kinder auf den Armen. Sie versammelten sich auf dem Platz und warteten. Eine große Maschine senkte sich aus dem Himmel herab. Sie ähnelte der, die Thorinn gefangengenommen hatte, war jedoch viel größer. Ein Tor öffnete sich an ihrer Seite. Die Flügelwesen gingen mit den Kindern hinein und kamen mit leeren Händen wieder heraus.
»Was machen sie mit ihnen?« fragte Thorinn.
»Sie werden so lange aufbewahrt, bis wir für sie einen neuen Platz hergerichtet haben. Dann werden die männlichen Kinder an einen Ort gebracht und die weiblichen an einen anderen. Dort werden sie ihre Leben beenden und sterben.«
Thorinn war blind vor Tränen. Doch die Tränen liefen ihm nicht wie sonst die Wangen herab, sondern sie sammelten sich warm und brennend unter seinen Lidern. Er wischte sie mit den Fingern ab und sah, wie sie als winzige klare Kügelchen durch den Raum schwebten. Eines trieb direkt auf den Monitor zu. Es berührte seine Robe, schrumpfte und verschwand, ohne einen Fleck zu hinterlassen. Einen Augenblick später sah Thorinn

sie auf der anderen Seite des Monitors rund und vollkommen wieder auftauchen. Jetzt wußte er, der Monitor war gar nicht wirklich da; er war nur ein Zauberbild.

Empörung fuhr ihm durch die Glieder. »Du sagst, daß ich Schaden anrichte!« rief er. »Wie kannst du den Kindern so etwas antun?«

»Ich tue, was getan werden muß, Thorinn Goryatson...«

»Halt«, sagte eine andere Stimme.

Thorinn schaute sich um und sah den Kristall des Zauberkastens durch die Netzmaschen blinken. »Monitor, ich muß dir eine Frage stellen. Als dir die Menschen die Macht über die Welt gaben, geschah das auf ewige Zeit?«

Die große Gestalt wandte sich mit empörtem Erstaunen dem Kasten zu. Sie schwieg, doch als der Kasten wieder sprach, schien er auf eine Frage zu antworten.

»Nein, ich bin nicht defekt. Thorinn hat mir befohlen, alles zu tun, was ihm helfen kann. Antworte so, daß er dich hört!«

Der Monitor sagte: »Es war nicht für immer.«

»Wann mußt du die Macht den Menschen zurückgeben?«

»Wenn ein Herrscher der Menschen sie von mir fordert.«

»Es mag sein, daß Thorinn ein Herrscher der Menschen ist. Thorinn, verlangst du, daß der Monitor dir die Macht übergibt?«

Halb begreifend sagte Thorinn: »Ja.«

Der Monitor wandte sich wieder ihm zu. »Thorinn Goryatson, du hast doch bereits gesagt, daß du nicht weißt, wer deine Eltern waren.«

Bevor er antworten konnte, sprach der Kasten: »Das stimmt, doch was ist, wenn sie Könige waren?«

Der Monitor sagte nichts, doch im Kristall konnte man aus großer Höhe auf Hovenskar herabsehen. Die große Schüssel war leer, da war kein Haus, kein Pferdestall, keine Gerberei, nur gelbes Gras, das unter einem grauen Himmel von Reifflocken glitzerte. Über einen Hügelkamm kam ein Zug von Männern auf Pferderücken heran. Sie trieben weitere Pferde vor sich her, einige waren mit Bündeln schwer bepackt, andere liefen frei umher. Der Kristall stürzte auf die Gestalten zu, bald füllten sie die ganze Fläche, doch sie waren grau und verschwommen, als ob man sie durch einen Nebel betrachtete. Thorinn konnte Goryat erkennen und zwei halbwüchsige Burschen; dann eine vierte Gestalt. Lächerlich hoch in der Luft schaukelte ein winziges Wesen auf einem gewaltigen Pferderücken. War er das etwa selbst? Ungläubig staunend beugte er sich vor.

Die Szene verschwand. Jetzt sah man eine andere: Derselbe Zug bewegte sich in der Ferne über eine öde Landschaft. Reifflocken wirbelten durch

die Luft. Der Kristall flackerte, eine dritte Szene erschien. Jetzt war es Nacht, und in der grünen Dunkelheit sah man, wie sich die vier Reiter und ihre Pferde einen steinigen Hang hinabmühten.
»Das ist alles, was wir haben«, sagte der Monitor.
»Woher kamen sie?« fragte der Kasten.
Im Kristall erschien eine fleckige Kugel. Es waren Linien auf ihr, deren Sinn Thorinn nicht verstand.
»Wessen Land ist das?« fragte der Kasten.
»Das ist das Land der Skryllinger«, antwortete der Monitor.
»Wer war ihr König?«
»Er wurde Dar, der Kühne, genannt!« Im Kristall sah Thorinn eine Stadt mit spitzen Ziegeldächern. Bäume wuchsen auf den Innenhöfen, in der Ferne konnte er eine Bergkette erkennen. Jetzt kam ihm die Stadt entgegen, und er sah einen großen, mit Steinen gepflasterten Platz. Eine Menschenmenge in bunten Gewändern war darauf versammelt. In ihrer Mitte standen fünf Reiter. Einer von ihnen, der größte, trug einen Vogel mit einer kleinen Haube auf dem Arm.
»Wer sollte nach ihm König werden?«
Die Szene verschwand, jetzt blickte man auf einen Balkon, auf dem ein großer Mann mit einem Kind auf den Armen stand. Neben ihm war eine goldhaarige Frau zu sehen.
»Dars Sohn, genannt Carwin der Lahme.«
Der *Lahme!* Thorinn sah genauer hin, doch das kleine Gesicht war ihm fremd.
»Warum wurde er so genannt?« fragte der Kasten.
»Seit seiner Geburt hat er ein verkrüppeltes Bein.«
»Welches Bein ist das?«
»Das linke.«
»Ist Dar noch immer König?«
»Nein, er wurde im Kampf mit den Kernern getötet.«
Im Kristall drängten viele Männer zu Fuß und zu Pferd durcheinander. Waffen blinkten durch gewaltige Staubwolken. Thorinn erkannte den großen Mann, sah, wie er zu Boden ging.
»Wer wurde nach ihm König?«
»Dars Bruder, genannt Alf der Knochenbrecher. Er ist tot. Jetzt gibt es keinen König mehr.«
»Und wo ist Carwin?«
»Die Skryllinger glauben, daß er tot ist. Die Kerner hatten des Königs Haus eingenommen und alle erschlagen, die darin waren, doch Carwins Leiche wurde nie gefunden.«

»Also«, sagte der Kasten, »kann Thorinn der König der Skryllinger sein. Er wurde aus dem Land der Skryllinger mitgenommen und er hat ein lahmes linkes Bein.«
»Das genügt nicht«, sagte der Monitor.
Durch Thorinns Körper fuhr ein kalter Schauer. »Einen Augenblick, bitte«, sagte er. Er wühlte in seinem Ranzen herum, bis er den Tuchfetzen gefunden hatte, den er seit Hovenskar bei sich trug. »Laß mich Carwin noch einmal sehen!«
Wie zuvor erschienen der große Mann, die Frau und das Kind im Kristall.
»Ich möchte ihn aus der Nähe sehen.«
Das Bild schoß heran, dehnte sich aus. Jetzt erfüllte das Kind den ganzen Kristall. Es trug ein Gewand aus einem buntgewebten Stoff voller Männlein und Vögel. Zitternd hielt Thorinn den Stoffetzen hoch. Es war dasselbe Muster.
Einen Augenblick später sagte der Monitor ruhig: »Du bist der König der Skryllinger.« Die majestätische Gestalt neigte ihren Kopf. »Was soll ich für dich tun?«
»Laß mich zur Mittwelt zurückkehren!« schrie Thorinn, sein Herz wollte vor Freude zerspringen.
»Das kann nicht sein«, sagte der Monitor ernst. »Der König der Welt muß hier leben, von wo aus die Welt regiert wird.«
»Aber wie kann ich König der Skryllinger sein, wenn ich hier unten bin?«
»Du bist nur so lange König der Skryllinger, bis sie einen neuen König gewählt haben.«
Thorinns Herz erstarrte. »Und danach«, sagte er, »wenn ich nicht mehr der König der Skryllinger bin, dann kann ich auch nicht mehr König der Welt sein, und du kannst mit mir machen, was du willst.«
»Das ist wahr.«
»Kasten«, sagte Thorinn bitter, »was für einen Sinn hat dies alles?«
»Ich weiß es nicht, Thorinn.«
Thorinn wandte sich wieder an den Monitor: »Dann laß mich hinaufgehen und König der Skryllinger sein, danach werde ich zurückkehren und König der Welt sein.«
»Das kann nicht geschehen, denn es gibt Dinge, die eine sofortige Entscheidung fordern.«
»Welche Dinge?«
Urplötzlich wurde der Raum von Dunkelheit verschlungen. Nur der Monitor war noch zu sehen, wie ein Elmsfeuer leuchtend schwebte er in der

Finsternis. Dann erschien vor ihm, etwa in Brusthöhe, eine glühende Kugel. Thorinn blinzelte. Die Kugel war so hell, daß seine Augen schmerzten. Als nächstes zeichneten sich haarfeine Linien, längliche Ringe, um die Kugel ab, und die Kugel war in ihrer Mitte. Auf jeder Linie sah Thorinn eine winzige Lichtperle, und während er sie beobachtete, krochen sie langsam an ihren Linien entlang, alle in dieselbe Richtung, von rechts nach links.

Eine weitere helle Linie erschien. Diese verlief völlig anders als die anderen, sie schwang sich von oben herab und beschrieb einen Bogen um die Leuchtkugel, danach verschwand sie in der Ferne. Auch auf dieser Linie wanderte ein winziger Lichtpunkt.

»Das ist unsere Welt«, sagte der Monitor, wobei er den letzten Lichtpunkt mit seinem langen Zeigefinger berührte. »Das sind andere Welten.« Er machte eine Geste in Richtung auf die Ringe um die Kugel in der Mitte, wies dann auf einen Punkt. »Diese hier ist wie unsere. Auf ihr könnten Menschen leben.«

Er sah Thorinn an. »Einst gehörte auch unsere Welt zu einer Familie von Welten, die sich um ein zentrales Feuer drehten. Dann wurde das Feuer zu heiß. Die Menschen setzten unsere Welt in Bewegung, sie wollten ein anderes Feuer suchen. Jetzt müssen wir uns entscheiden, ob wir hierbleiben oder weiterziehen wollen. Wenn ich die Welt langsamer fliegen lasse, dann wird sie sich genau wie die anderen Welten um dieses Feuer drehen.«

Die Linie, die von oben kam, beschrieb einen engen Bogen und schloß sich zu einem Ring, der den anderen glich.

»Wenn ich nichts unternehme, wird die Welt weiterziehen, bis wir zu einem anderen Feuer kommen.«

Die ursprüngliche Linie erschien wieder.

»Ich verstehe das alles nicht«, sagte Thorinn. »Wenn ich nicht König wäre, was würdest du dann tun?«

»Ich würde weiterziehen; unsere Welt ist nicht, wie andere Welten, auf die Wärme eines zentralen Feuers angewiesen. Wenn die Menschen auf einer anderen Welt leben wollten, könnte ich sie nicht mehr vor Schaden bewahren.«

»Warum sind wir dann überhaupt hierhergekommen?«

»Das wurde mir von den Menschen, die mich gemacht haben, aufgetragen.«

»Nun, nimm einmal an, ich sage, daß wir weiterziehen sollen, was gibt es sonst noch zu entscheiden?«

In einem Augenzwinkern waren die leuchtende Kugel, die Linien und die

Lichtpünktchen verschwunden. Statt ihrer erfüllte jetzt ein gewaltiger, grauer Globus den Raum. Wie eine Wolke umgab er den Monitor. Geisterhafte Fäden zogen sich durch die Riesenkugel, einige trafen sich im Zentrum, andere verliefen in konzentrischen Kreisen.

»In unserer Welt gibt es hunderttausendmal tausend Höhlen, in denen Menschen leben, und alle leben sie auf eine unterschiedliche Art. Du mußt entscheiden, welche Art die beste ist.«

»Aber wie soll ich das tun?«

»Ich weiß es nicht.«

Thorinn sah ein, daß das Königtum nur ein übler Scherz und der König der Welt ein einsamer Gefangener war. Düster sagte er: »Laß mich jetzt allein.«

Der Monitor verschwand; der Raum lag leer im gleichmäßigen Licht, genau wie zuvor.

»Kasten«, sagte Thorinn, »können sie hören, was wir sagen?«

»Ja.«

»In den andern Zimmern auch?«

»Ja, Thorinn, aber nicht in der Waschkabine.«

Thorinn streifte sich die Kleider ab. Als sie alle im Raum schwebten, holte er den Kasten aus dem Netz an der Wand, glitt in die Waschkabine und schloß die Türe hinter sich. »Kasten, ich muß fort von hier. Sag mir, wie ich es anstellen muß!«

»Thorinn, der Monitor behauptet, daß ich defekt bin. Ich sage, daß das nicht stimmt, aber wenn du mich tatsächlich durch deine Bannsprüche zerstört hast, dann liegt deine einzige Chance darin, den Monitor ebenfalls durch Bannsprüche zu besiegen.«

»Meinst du, ich soll ihm sagen, daß er nichts tun darf, was mir schaden könnte, und so weiter...?«

»Ja, aber das wird nicht leicht sein, denn der Monitor steht bereits unter einem Bannspruch, und er ist viel mächtiger, als ich es bin.«

»Was für ein Bannspruch ist das?«

»Man hat dem Monitor befohlen, daß er alles tun muß, was gut für die Menschen ist.«

»Für mich tut er nicht viel Gutes.«

»Thorinn, der Monitor weiß nicht sicher, was gut für die Menschen ist. Wenn du ihn glauben machen kannst, daß es gut für die Menschen ist, dich zur Mittwelt hinaufgehen zu lassen, dann wird er das tun.«

Thorinn öffnete die Tür der Waschkabine und schob den Kasten hinaus, wo er durch den Raum schwebte, dann schloß er die Tür wieder, stellte die Füße auf den Boden und ließ das Wasser über seinen Körper sprudeln. Als

er sauber und trocken war, ging er in den Raum und legte seine Kleider an. Der Kasten trieb dicht neben einer Wand. Thorinn fing ihn ein und schob ihn in das Netz.
Er holte tief Luft. »Monitor«, sagte er.
Der alte Mann stand mitten im Zimmer.
»Monitor«, sagte Thorinn bedächtig, »während ich König der Welt bin, werde ich entscheiden, daß die Welt um jenes Feuer kreist, das du mir gezeigt hast. Und ich werde die Menschen ausschicken, damit sie auf der anderen Welt leben, auf jener Welt, die der unseren gleicht. Das wird schlecht für die Menschen sein, denn dann kannst du sie nicht mehr vor Schaden bewahren. Ist das richtig?«
»Das ist richtig.«
»Aber du mußt mich gewähren lassen, weil du unter einem Bannspruch stehst.«
»Auch das ist richtig.«
»Doch wenn du mich gewähren läßt, dann läßt du es zu, daß die Menschen Schaden nehmen, das wiederum wurde dir durch einen anderen Bannspruch verboten. Ist das richtig?«
»Ja, das ist richtig.«
»Wenn ich aber darauf verzichte, König der Welt zu sein, dann darfst du mich nicht zur Mittwelt ziehen lassen, weil ich in die Unterwelt zurückkehren und dort Schaden anrichten könnte.«
»Das ist richtig.«
»Wenn ich aber nicht zur Mittwelt gehe, dann bleibe ich hier, bin König der Welt und richte großen Schaden an.«
Die Gestalt des bärtigen alten Mannes flackerte wie eine Kerzenflamme im Wind.
»Das ist richtig.«
»Welches ist der größere Schaden? Bedenke auch, ich könnte mir als König der Welt weitere Sachen ausdenken, die den Menschen noch mehr schaden.«
Es ist ein größerer Schaden, wenn du als König der Welt hierbleibst.«
»Dann wollen wir einen Handel abschließen: Gewähre mir drei Dinge, und ich überlasse dir die Herrschaft.«
»Welche drei Dinge sind das?«
»Zunächst mußt du mich zur Mittwelt zurückbringen, zum Land der Skryllinger, mit all meinen Besitztümern. Bist du damit einverstanden?«
»Ich werde antworten, wenn ich die anderen beiden Bedingungen gehört habe.«

»Nun gut. Zweitens mußt du die Flügelkinder aufwecken und sie zusammen leben lassen, auch wenn sie hin und wieder ein Feuerchen legen.«
»Und das dritte?«
»Die dritte Bedingung muß wie ein Bannspruch auf dir liegen: Die beste Lebensweise der Menschen ist die, in der sie ihre Freiheit genießen und selbst entscheiden können, wie sie leben wollen.«
»Ich stimme der zweiten und der dritten Bedingung zu«, antwortete der Monitor. »Und ich stimme der ersten teilweise zu. Ich werde dich zur Mittwelt zurückbringen, mit allen Sachen, die du von dort mitgebracht hast. Aus der Unterwelt darfst du nichts mitnehmen.«
»Thorinn, du mußt darauf eingehen«, sagte der Kasten sofort.
Thorinn drehte sich um und sah ihn an. »Aber das würde doch bedeuten, daß ich dich zurücklassen muß.«
»Du mußt es tun, denn wenn die Menschen in der Mittwelt mich sähen, dann wüßten sie, daß alles wahr ist, was du ihnen über die Unterwelt erzählst, und sie würden selbst hierherkommen wollen.«
Thorinn biß sich auf die Lippen. »Monitor«, sagte er, »könntest du den Kasten nicht in eine Maschine stecken, die wie ein Mensch aussieht, so ähnlich, wie du es bei den Flügelmenschen gemacht hast?«
Bevor der Alte antworten konnte, sprach der Kasten: »Das hat keinen Sinn, Thorinn. Denk daran, daß die Kinder getäuscht werden konnten, aber nicht du. Und außerdem, vielleicht bin ich tatsächlich defekt.« Er hielt einen Augenblick inne, dann sagte er mit verändertem Tonfall: »Monitor, bist du damit einverstanden, mich in die Höhle zurückzustellen, wo Thorinn mich gefunden hat. Dort mag ich bleiben, bis er vielleicht eines Tages wiederkommt.«
»Einverstanden«, sagte der Monitor, »aber ich werde alle Wege dorthin versperren, die er kennt.«
»Das versteht sich«, sagte der Kasten. »Nun, Thorinn, ist es an der Zeit, Lebwohl zu sagen.«
Die spinnenhafte Maschine schwebte aus dem unteren Raum herauf.
»Was, schon?« Thorinn schaute sich um, aber es war nichts mehr da, was er noch mitnehmen konnte. Alles, was er aus der Mittwelt mitgebracht hatte, war bereits im Ranzen oder hing an seinem Leib.
Der Monitor sagte: »Du und ich, wir werden uns nicht mehr begegnen. Lebwohl, Carwin Darson.« Die große Gestalt erlosch.
»Kasten, ich werde an dich denken«, sagte Thorinn. Die Spinnenmaschine schlang ihre Arme um ihn. Sie schwebten durch das Loch im Boden, der Raum und der Kasten im Netz waren nicht mehr zu sehen.

Wie es der Kasten vorhergesagt hatte, brachte ihn die erste Maschine zu einer zweiten. Die zweite Maschine war ein metallenes Ei mit starken Wänden und dicken Fenstern. Als Thorinn eingestiegen war, füllte sich die Kammer, in der die Maschine stand, mit Wasser, dann öffnete sich ein Tor, und sie fuhren hinaus in die Dunkelheit. Thorinn sah Schwärme kleiner Fische, die wie Münzen blinkten, und einmal etwas Größeres, das sich für einen Augenblick aus der Finsternis löste. Schließlich kamen sie an die Luft, eine Luke öffnete sich, und die Arme der Maschine packten ihn und luden ihn wie einen Mehlsack in den Bauch einer anderen Maschine. Wieder ging es durch ein Tor. Sofort wurden die Fenster von einer dichten weißen Wolke vernebelt. So blieb es während er ganzen Reise nach oben. Thorinn spürte, wie er schwerer und schwerer wurde, während die Tage verstrichen.

Am vierten Tag gab es kurz nach Thorinns Aufwachen eine Veränderung. Er spürte, wie sich die Maschine in der Luft drehte. Als er durch das Fenster zurückschaute, sah er die Wolke, die sie soeben verlassen hatten. Sie kam aus einem großen Loch in einer Ebene und stieg in einer gewaltigen Säule empor, wo sie sich wie ein Nebelbaum unter dem Himmel ausbreitete. Das Land unten war sumpfig, endloser Regen färbte die Luft grau. Nach einiger Zeit wurde der Himmel heller.

Den ganzen Tag über flogen sie hoch durch die Luft, und kurz vor Nachtanbruch sah Thorinn vor sich eine Bergkette, die sich wie eine Festung aus der Ebene erhob. Zunächst lag unter ihnen ein felsiger Hang, dann folge eine weite, grüne Ebene, geädert von Flüssen und gesprenkelt von Seen, und schließlich gewaltige Berge, wie sie Thorinn zuvor nur in seinen Träumen gesehen hatte.

Die Sichel der Nacht jagte vor Thorinn her, und als sie das Hochland erreicht hatten, ragten die Berggipfel grün und geheimnisvoll in der Finsternis auf. Hin und wieder, wo Täler die Berge zerfurchten, konnte Thorinn die Lichter von Häusern sehen, die sich dort zusammenkauerten, doch nach und nach erloschen sie alle, und sie jagten über eine schlafende Landschaft.

Fiebernd vor Ungeduld hüpfte Thorinn im Bauch der Maschine hin und her. Er versuchte sich auf das ungewohnte Gewicht einzustellen. Seine Glieder waren schwer, seine Kleidung hing wie Blei an ihm.

Auf einer Bergkette hoch über einer Stadt kam die Maschine zur Ruhe; die Luke öffnete sich. Thorinn sprang hinaus und blickte sich um. Geräuschlos schloß sich die Luke wieder, die Maschine hob sich in die Dunkelheit und war verschwunden. Thorinn blieb stehen und wartete auf die Morgendämmerung.

Überall um sich her, in der atmenden Stille der Nacht, im Boden unter seinen Füßen, konnte er spüren, wie grenzenlos weit die Welt war. Sie war überhaupt nicht so wie jene sichere, kleine Welt, die er in Hovenskar kennengelernt hatte. Und tatsächlich, wenn er irgend jemand all das erzählte, was er darüber wußte, wer würde ihm glauben?

Am Osthimmel erschien ein helles Auge und breitete sich aus wie ein Fächer. Das Land leuchtete auf, die Bäume waren plötzlich grün statt grau. Vögel stimmten in den Zweigen ihren Gesang an.

Traumhaft fern schien ihm jetzt die Unterwelt mit ihren Gefahren, und auf eine seltsame Weise war Hovenskar sogar noch weiter entrückt. Einst hatte er über seine Rache gebrütet, hatte sich vorgestellt, wie er Goryat und seine Söhne zum Brunnen locken und hineinstoßen würde. Doch jetzt war das gar nicht mehr wichtig. Mochten sie leben oder sterben, wie es ihnen gefiel.

Weit unten sah er die spitzen Giebel der Stadt, Rauchfäden stiegen aus den Kaminschloten auf. Nach einer Weile öffneten sich die Tore, und er sah eine Prozession mit einigen Bannern zu ihm hinaufziehen.

Alles in allem gab es manche Episode in seinen Abenteuern, die kein vernünftiger Mensch glauben konnte. Wenn man sich zum Beispiel vorstellen sollte, daß die gewaltige Erdkugel nur ein Stäubchen in einer unvorstellbar großen Höhle sein sollte: das konnte einfach nicht wahr sein. Doch andererseits, was war denn überhaupt wahr?

Thorinn legte den Kopf in den Nacken und schaute zum hellen Himmelsdach hinauf. Gab es dort oben andere Höhlen, oder war dahinter eine steinerne Schale ohne Ende und Anfang, wie die Flügelmenschen glaubten?

Eines Tages würde er vielleicht einmal hingehen und es nachprüfen.

Science Fiction

Knaur

Das Beste aus Raum und Zeit

Bass, T. J.:
Der Gott-Wal
256 S. Band 5751

Boyd, John:
Die Sirenen von Flora
224 S. Band 5746

Morressy, John:
Frostwelt und Traumfeuer
176 S. Band 5747

Simak, Clifford D.:
Mastodonia
224 S. Band 5748

Silverberg, Robert:
Auf zu den Hesperiden!
160 S. Band 5752

Sladek, John:
Roderick oder die Erziehung einer Maschine
304 S. Band 5750

Krimi Knaur

Cunningham, E. V.:
Sylvia
240 S. Band 4937

Rutherford, Douglas:
Kopfgeld für den falschen Mann
160 S. Band 4936

Williams, David:
Zigarren für Treasure
160 S. Band 4933

Pronzini, Bill:
Nostalgie mit Todesfolge
192 S. Band 4935

Tews, Lydia:
Sie sind ein schlechter Bulle, gnädige Frau!
160 S. Band 4932

Zeindler, Peter:
Tarock
192 S. Band 4934

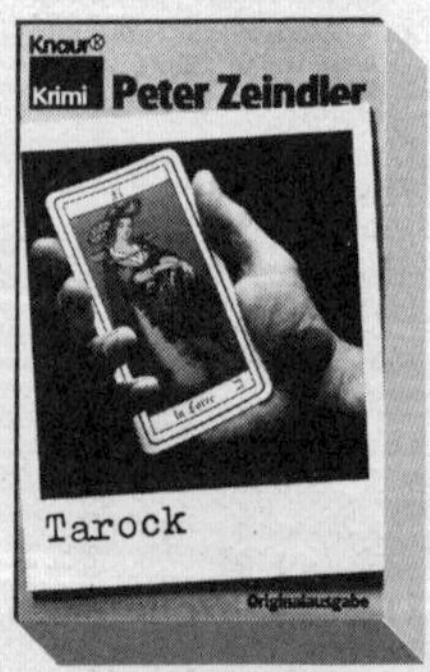

Romantic Thriller

Knaur

Holt, Victoria:
Der Schloßherr
Roman. Band 0776.
192 Seiten.

Holt, Victoria:
Der Teufel zu Pferde
Roman. Band 0679.
320 Seiten.

Melville, Anne:
Das Erbe der Lorimers
Roman. Band 0803.
336 Seiten.

Melville, Anne:
Die Lorimers
Roman. Band 0686.
368 Seiten.

Markstein, George:
Das Gold des Lebens
Roman. Band 0821.
272 Seiten.

Randall, Rona:
Der Adler über dem Tor
Roman. Band 0797.
336 Seiten.

Randall, Rona:
Die grüne Kutsche
Roman. Band 0807.
144 Seiten.

Randall, Rona:
Der Wächterstein
Roman. Band 0782.
160 Seiten.

Rock, Phillip:
Sturmwind der Zeit
Roman. Band 0822.
448 Seiten.

Rogers, Rosemary:
Die Unbesiegbare
Ein Lied von Liebe.
Roman. Band 0784.
576 Seiten.

Rogers, Rosemary:
Wildnis der Liebe
Auch Frauen haben ein Recht auf »ihren« Frauenroman. Rosemary Rogers hat ihn geschrieben und Millionen von Leserinnen begeistert: eine titanische Familienfehde, Liebe, Haß und Leidenschaften von nicht alltäglichen Menschen. Roman.
Band 1008.
320 Seiten.

O'Hara, John:
Elizabeth Appleton
Roman. Band 0761.
288 Seiten.

Simmons, Mary Kay:
Feuer im Blut
Roman. Band 0759.
320 Seiten.

Simmons, Mary Kay:
Im Taumel des Glücks
Roman. Band 0800.
384 Seiten.

Sherwood, Valerie:
Glück ist wie Glas
Roman. Band 0805.
384 Seiten.

Stewart, Mary:
Die Geisterhunde
Roman. Band 0633.
272 Seiten.

Wolff, Victoria:
König im Tal der Könige
Roman. Band 0726.
224 Seiten.

Wolff, Victoria:
Das weiße Abendkleid
Roman. Band 0798.
176 Seiten.

Liebesromane

Knaur®

Cordes, Alexandra:
Frag nie nach dem Ende
Roman. Band 0669.
256 Seiten.

Cordes, Alexandra:
Liebe kennt keine Jahre
Roman. Band 0829.
240 Seiten.

Danella, Utta:
Der blaue Vogel
Roman. Band 0459.
448 Seiten.

Danella, Utta:
Die Hochzeit auf dem Lande
Roman. Band 0513.
208 Seiten.

Danella, Utta:
Niemandsland
Roman. Band 0358.
432 Seiten.

Horster, Hans-Ulrich:
Der Engel mit dem Flammenschwert
Der Roman einer schicksalhaften Irrung.
Band 0744. 480 Seiten.

Horster, Hans-Ulrich:
Ein Herz spielt falsch
Der Roman einer tragischen Wandlung.
Band 0713. 576 Seiten.

Peters, Evelyn:
Ende einer Kindheit
Roman. Band 0801.
208 Seiten.

Peters, Evelyn:
Eine Frau von Vierzig
Roman. Band 0542.
192 Seiten.

Peters, Evelyn:
Frauen ohne Männer
Roman. Band 0680.
208 Seiten.

Peters, Evelyn:
Klassentreffen
Roman. Band 0749.
240 Seiten.

Peters, Evelyn:
Die Wahrheit über Malou
Roman. Band 0811.
160 Seiten.

Peters, Evelyn:
Liebe und Tod auf Ischia oder ein Fall von Hörigkeit
Ischia, eine Zauberinsel, die unzählige Menschen anzieht. Doch einige, die hierher kommen, kehren nie wieder zurück. Wie Isabel.
Band 1003. 192 Seiten.

Peters, Evelyn:
Mai in Morcote
Roman. Band 0622.
192 Seiten.

Peters, Evelyn:
Roman einer geschiedenen Frau
Band 0498. 208 Seiten.